巧手回春

3

文創風 431

芳菲 著

目錄

第六十三章

王妃有孕之後，一應社交都概不參與，所以劉七巧平常是鮮少出門的，對京城大戶人家的概念，也不過就是停留在像王府這樣的貴族宗室，或像杜家那樣的富家商賈。梁家祖籍江南，說白了這京城的產業，也就是梁大人為官這麼多年來在京城置辦的。聽說梁大人是霽月清風一樣的人物，雖然是權臣，卻長了一副文士的模樣，當年也是有名的美男子。劉七巧覺得，從王妃的遺傳上來看，便大致可以推測一二。

不過女眷們的活動鮮少有男賓，想見見那位傳說中帥氣的老男人只怕沒有機會。而且掐指算算，這梁大人大約也有近六十的年紀，這樣的年紀就算再帥氣，也不過就是一個夕陽紅了。

恭王府的人來得不算早，門口已經停留了大約十來輛的馬車，各有下人們候著。而梁府的下人一早就在門口等著，見了恭王府的馬車便早早應了上來，身後跟著一串十來抬的藍呢小轎子。

為首的是梁夫人的陪房馮嬤嬤，後面跟著的幾個丫鬟劉七巧倒是見過，正是上回梁夫人去王府時帶著的喜鵲和鸚哥。王妃見了就道：「怎麼讓妳們迎了出來，太太那邊不用照應著嗎？」

那馮嬤嬤笑著道：「太太說了，最要照應的就是大姑奶奶您，讓我們千萬要一早在這兒等著，不能讓大姑奶奶來了，沒個熱絡的人陪著。」

劉七巧忙和周蕙一起扶了王妃下車，回頭見幾輛車上的人都下來了，才道：「人都到齊了，太太我們就進去了吧。」

王妃見了自己原先的家，不由就有些感慨道：「我這也有一年沒回來過了，也不知今年的桂花開得如何。」

馮嬤嬤忙迎上來，扶著王妃道：「今年的桂花開得特別好，最近沒什麼雨水，這花一簇簇的，竟沒有一處是壞的，昨兒太太還囑咐我們，等著桂花宴過了，讓把花朵們都收集了一處，回頭釀桂花酒、做桂花蜜來著。」

「我是最愛那桂花蜜的，若是你們做了，可多送些過來。」王妃回了自己娘家，心情也愉快了起來。

前頭老王妃已經有人服侍著上了轎子，王妃和周蕙各自入了轎子，劉七巧和青梅分別在後面跟著。

這梁府的正房也沒有多少稀罕的，不過跟大多數的人家一樣，四合院一樣的構造，分劃成不同的幾個區域，大抵就是府上太太、奶奶們住的地方。不過越往後頭走，就越發有意思起來，穿過一條三孔的拱橋，便見一處假山屏障，上面一汪的瀑布沖流而下，水聲潺潺。

王妃挽開了轎子的側簾看了一眼，深呼吸一口氣。「每次聽見這水聲，就知道已經到了院子裡。七巧妳聞聞，這花香近了。」

劉七巧聽王妃這麼說，便也閉上眼深吸了一口，果然聞到一陣陣似有似無、若隱若現的花香來。這會兒離得遠都已經聞到了，一會兒近了，這桂花的氣息馥郁濃厚，只怕還要更好聞些。

「太太，這園子建得真好看。」劉七巧知道，當奴婢的規矩是不興在園子裡探頭探腦、左顧右盼的，不過她這是第一次進園子，難免好奇了一些，只低著頭偷偷拿眼神瞄來瞄去。

王妃見了便笑著道：「一會兒坐定了下來，妳隨便出去玩玩，反正這院子青梅已經來過很多次了，這回就便宜了妳吧。」

劉七巧那日聽青梅說太太喊了梁夫人請來杜老太太之後，便覺得這次說什麼都要收收心思，不能在杜老太太面前沒了規矩。可恨劉七巧是個頂自由散漫習慣了的人，如今為了杜若，也只能循規蹈矩了起來。

「我還是在太太跟前服侍著吧，我這手裡可還帶著太太的吃食呢！」劉七巧說著，把手裡的攢盒舉了舉道：「我就是太太的移動食盒，太太在哪兒，我便在哪兒服侍著，絕不讓太太找不著我。」

幾人正說著，轎子就在一旁穩穩的落下了，劉七巧上前，扶著王妃出了轎子，這才抬起頭看了一眼這處地方。

四周花木扶疏、香氣逼人，不遠處有一處碧青的湖水，湖水一旁建著水榭，還有一方淡淡伸出外面的四角亭子，周圍圍著幾道欄杆，兩旁角落裡各有開得繁盛的桂花盆栽，布置一新。

幾個人正聊著，那邊隱隱約約果然傳來了清幽的琴聲，在水面上迎風而來，確實讓人有幾分身在仙境的錯覺。

老王妃讚嘆道：「就說是書香門第的閨女，自是不一樣的。」說著，便回頭對著周菁幾人道：「妳們聽聽，這琴藝是不是就把妳們給比下去了？」

周菁也是能說慣道的，笑著奉承道：「老祖宗這會兒就只聽了琴聲，便把我們姐妹幾個貶得沒形了，一會兒見了真人，可不是要把我們幾個都丟了不成？老祖宗可真夠偏心的。」

老王妃聽了，只笑著假作要去掐周菁的嘴。「她們但凡是樣樣都比妳強些，也有一樣是比不上妳的，就妳這張嘴，誰敢說妳是王府家的姑娘呢？還當是不知從哪兒冒出來的野丫頭，假充了王府的種呢！」老王妃也不過就是無心之言，等說完了卻才反應過來，王妃要認了劉七巧當乾閨女，可不就是野丫頭充了王府的種？不過她素來是有修養有涵養的，見大家夥兒都正哈哈笑，便也沒發作，只默默推開了周菁，抬手喊了劉七巧道：「七巧，妳這胳膊肘上挽著的攢盒是做什麼的？難道還怕這梁府餓了妳的主子不成？」

劉七巧見後面老王妃喊她，便轉身回道：「可不是，我家主子如今是兩個人，自然要格外優待點的。」劉七巧剛才光顧著看風景，倒也沒聽見周菁說了些什麼，並不曾在意。

梁夫人這時候已經在水榭裡頭候著，見老王妃來了，笑著迎了上來。「老太太可是來了，我這邊忙，怠慢了可不好，今兒我請了金花班來府上唱戲，老太太一定喜歡。」

老王妃點點頭道：「噢喲，難為妳了，妳這才回京就請了金花班來，只怕費了不少口舌吧？」

梁夫人笑著道：「可不是，那班主最是講規矩，說八月十五請的人太多了，實在是排不開，我巴巴的等了他兩天，他總算是派人來回話，說是看了我的宴客名單，裡頭有恭王府的老王妃，他才勉為其難的抽一個時辰，趁著午時來唱一場的。」

「妳這般抬舉我，倒讓我不好意思起來了，那一會兒我可真問問那班主，倒是不是這麼一回事了。」老王妃笑著道。

「儘管問、儘管問，我還能騙妳不成？」兩個老太太說著，又各自笑了起來。

這邊說著，那邊又有幾個來客，分別是富安侯夫人、安靖侯老夫人、誠國公夫人、英國公夫人、幾位六部官員的家眷，以及眾位未出閣的小姐們。一時間這水榭裡頭鶯鶯燕燕彙聚一堂，真真是叫人眼花撩亂得很。

梁夫人見姑娘們三五成群的往那邊去，便笑著道：「姑娘可別光顧著玩，我們家萱姐兒還有個說法的。」正說著，從方才角落裡的琴房中，出來一個穿妃紅蹙金海棠花鸞尾長裙的姑娘，頭上戴著白玉嵌紅珊瑚珠子雙結如意釵，走路時候頗有步步生蓮的感覺，讓劉七巧無端就想起曹爺爺形容王熙鳳的一句話來：恍若神仙妃子。

可再看她形容相貌，也不過就是十四、五歲的模樣，只聽那梁萱開口，聲音清脆悅耳、珠圓玉潤，竟沒有半點小女兒腔調。「今兒高興，我們也附庸風雅一回，每人作一首桂花詩出來，一會兒請了我二哥品一品，妳們說如何？」

梁萓口中所說的二哥，便是如今梁大人的長子嫡孫梁睿，因為在兄弟姐妹中排行第二，所以家裡的姑娘們都稱他為二哥。目前也是在玉山書院就讀的學子，年紀輕輕，如今已是舉人，才華學問都是年輕一代的翹楚，因此在姑娘們心中的聲望也是很高的。

眾人聽梁萓這麼說，已有不少人面紅耳赤的低下了頭去，只羞澀不敢言語。梁萓笑著道：「今日難得中秋，我二哥哥也難得回來一回，姊姊們可不能這樣耍賴了去。」梁萓說著，便又上前走了幾步，拉著其中一位姑娘的手道：「秦二小姐，往年的詩會總讓妳姊姊拔了頭籌，本來今兒高興，我不該提這個事的，提了免不了又要傷心起來。」

劉七巧這會兒才看見，原來那宣武侯家的二姑娘居然也在人群之中！這梁夫人是要有多好的心態才能這樣淡定的請了這樣的人來參加宴會！劉七巧覺得，果然權貴的心思不是她這麼一個小人物可以理解的，即便她有再好的氣度和心胸，別說和宣武侯府老死不相往來吧，至少也不會把她們請上門添堵的。

秦二姑娘聽梁萓說起這個，便也假作拿帕子擦了擦眼角道：「可不是，往年姊姊哪次不是拔得頭籌的，如今她去了，這詩會也越發變得沒意思起來了。」

梁萓只拉著她的手，繼續道：「妳快別傷心了，一會兒跟著大家夥兒好好玩去，我們小姐妹也有小半年沒見過了，這次我去了江南，給妳們帶了好些小玩意兒，一會兒妳跟我回清秋闈，我帶妳去看。」

秦二姑娘只點了點頭，那邊便有人喊了梁萱道：「我們這都要去了，妳這個東道怎麼還在那邊說話呢？到底去不去？」

梁萱急忙迎了過去道：「誰讓妳們不走的，千詩岩那邊早就備好了茶水點心，妳們先去就是了，我這裡還要招呼客人。」

那群姑娘便笑著道：「作詩吃什麼茶水？沒有酒我們可做不出來詩的！」

梁萱無奈，便笑著轉身道：「有酒有酒，妳們要吃酒，還能不給妳們吃不成？只喝醉了，出了什麼事別賴上我便成了。」梁萱說完，拉著秦二姑娘的手道：「我們一起去吧，這邊都是些長輩，坐著也無聊得很。」

正這時候，杜老太太帶著杜大太太和二房的幾個姑娘也來了。梁萱見了，便撇下了秦二姑娘，又上前照應杜家姐妹，幾人說了幾句，大家高高興興的就一起往千詩岩那邊去了。

王妃見劉七巧今天表現得尤為乖巧，便笑著問道：「七巧，妳要不要也去千詩岩那邊，跟姑娘們一起作詩玩玩？我記得妳好像也是會作詩的？」

劉七巧低著頭，臉脹得通紅，心道：我這哪裡是會作詩，我這只是會吟詩而已。不過就是熟讀唐詩三百首，不會作詩也會吟罷了。

「太太快別說笑了，我那叫什麼詩，不過就是打油詩，姑娘們都是文采斐然的，我過去也就是供大家消遣笑話，太太好歹讓七巧留些面子。再說，七巧要是丟臉了，那也是丟得王府的臉面，人家心道：『這還是王府的大丫鬟呢，作詩都不帶韻的』。」

王妃只笑著道：「妳聽聽，我說一句，妳倒說了十句出來，我不過是怕妳覺得待在我們身邊悶得慌而已。」

這時候富安侯夫人笑著道：「七巧姑娘，我這回可是又見著妳了，我可要好好謝謝妳，我家媳婦的身子如今好多了，前幾日已經起得來床了，不然我也沒什麼心思參加這桂花宴了。」

這時候梁夫人也奉承道：「可不是，我聽我家閨女說的，也覺得這丫頭好，也就我閨女有福氣，能有這樣的丫鬟服侍著了。」

「說得是，但凡我們家有這樣一個丫鬟，何至於我那媳婦一連兩次小產，也就是我們家沒福了。」

劉七巧聽富安侯夫人這麼說，便笑著道：「夫人快別這麼說，少奶奶有您這樣的婆婆，便是她的大福分了。」

眾人一聽，都笑了起來，連連稱讚劉七巧嘴巧。

梁萱帶著眾姑娘們去了千詩岩，那邊早已經一字排開，擺好了好幾張矮几，矮几的邊上是一張紅木翹邊書桌，上面放著筆墨紙硯等物件。四周桂樹林立，幽香陣陣，身後又是文人騷客無不留名的千詩岩，任憑是腹中再沒墨水的人，到了這裡，也沾染了幾分鐘靈毓秀的氣息來。

那邊有人招呼梁萱道：「三姑娘今天怎麼沒在呢？」梁萱只笑著道：「她去了江南一次，倒真成了南方人了，回來直鬧水土不服，已經在院子裡休息了十來天了，都沒出門。」

一旁杜家的大小姐道：「這水土不服也不是鬧著玩的，有沒有請大夫過來瞧瞧？別熬壞了身子。」

「瞧瞧，這就是太醫家出身的姑娘，就是比我們懂得多，前兩日已經請了妳家寶善堂的大夫看過了，說是沒什麼大礙，只不讓吹風，過幾日就好了。」梁萱說著，便轉身去瞧那幾個正在書桌上寫詩的姑娘，一一的看過了，點頭讚許，頗有成年女子的風範。她見秦巧月正坐在矮几前面飲茶，便笑著迎了上去道：「既是來寫詩的，吃什麼茶？來，我介紹妳一味江南的美酒。」

梁萱說著，彎腰扶了秦巧月起來，兩人來到最靠邊的一處矮几邊上，梁萱轉身道：「把楊梅酒拿來，給秦姑娘斟上喝喝看。這酒是用舊年江南最甜的楊梅釀造出來的，我家只釀了十罈，我祖母回來就送了人五罈，我軟磨硬泡的，總算是弄出這一罈子來，招待妳們這群貴客了。」

「賞桂花、喝楊梅酒，妳這裡倒是好意趣，方才聽妳撫琴，倒似琴藝越發精進了，江南果真是個好地方，只半年沒見，妳比京裡的姐妹們都越發水靈了呢。」秦巧月見梁萱這麼說，便也誇讚了她幾句。

梁萱只假作生氣。「瞧妳，這酒還沒喝多少，胡話倒是先說上了。」

兩人正喝酒說話，便見遠處一個小丫鬟上前道：「秦姑娘，我們三姑娘請您到紫藤苑坐坐。」

秦巧月聞言，便起身跟梁萱告退，梁萱淡笑著跟來的小丫鬟吩咐道：「妳好好扶著秦姑娘去，她剛才喝了一點酒，仔細別摔著了。」這會兒各家姑娘帶的丫鬟們也正在一處玩呢，所以秦巧月的丫鬟並不在身邊。

那小丫鬟笑著道：「二姑娘放心，奴婢一定小心服侍著。」說著便衝著梁萱眨了眨眼，上前扶了秦巧月過去。

第六十四章

這邊梁萱見秦巧月跟著人走了，只將方才秦巧月喝過酒的那杯子拿了起來，遞給方才那個送酒的丫鬟道：「去把這杯子洗洗乾淨，收著吧。」

其實這一個多月秦巧月過得不甚如意，自從老王妃命人送了那封信給宣武侯府之後，宣武侯大發雷霆。原本要把秦巧月送去家廟面壁思過，可是侯夫人如今只有這麼一個女兒是自己的，如何能捨得？再說秦巧月的婚事也沒定下來，這好端端的姑娘家被送去了家廟，外面人看著多少會起幾分疑心。宣武侯被侯夫人這麼一勸慰，為了姑娘家的將來，也只得把她留在府裡，只是不准她出門去。

誰知道這時候梁夫人卻向宣武侯夫人投去了橄欖枝，請她們上梁府參加桂花宴。兩家原先就是世交，侯夫人見梁夫人還和以前一樣待她們，便料定了這事情恭王府沒有聲張出去。說白了這事也不是什麼體面事情，兩家人守口如瓶，在面上能過得去也就算了。所以侯夫人便帶了秦巧月一起來。一來呢，是看看宴會上有沒有哪家的公子哥正好到了年紀的；二來呢，也算是放她出來散散心。

秦巧月原先就和兩家三姐妹關係不錯，如今大小姐進了宮，剩下的兩位小姐也都是京城裡面有名望的才女，她也很願意結交，於是乎便跟著她娘來了。本來她還帶著幾分惴惴不安，如今見梁萱待她還如以前一樣熱絡，便漸漸的放下了心思，只覺得自己的擔心是多餘的。

秦巧月跟著那小丫鬟走了幾步，那紫藤苑是在這後花園的前面，往前走正好要經過那一片湖水，不過這湖邊正好有小道，倒也不怕什麼了。只是秦巧月才走沒幾步，便覺得頭昏腦脹的，腳步也虛浮了起來。那小丫鬟連忙上前扶住了問道：「秦姑娘，這邊有塊大石頭，要不要歇一下？」

秦巧月果見湖邊有一塊碩大的太湖石，便走過去，理了理衣裙往上頭一坐。怎知那太湖石竟是沒生根的，秦巧月雖然身子不重，可往上面一坐，這石頭忽然間就撲通一聲掉到湖裡去了，秦巧月一時不察，只尖叫了一聲，也跟著石頭落入了水中。

湖岸的這一邊，梁家二少爺正在明月軒中招待他玉山書院的學友。因為今日園中人多，梁夫人特意囑咐了他不准帶著外男進園子，只把這一處留給了他們，從這裡看整個園子，隔著一片湖泊，美景也是盡收眼底的。

秦巧月的這一聲叫，恰巧把明月軒裡面的書院才子們都給驚了出來，幾個小廝也跟著出來。那小丫鬟一早就急了，只扯著嗓子喊道：「不好了，秦二小姐落水了，快去喊人來救人啊！」

這邊伺候著的都是一些小廝跟班，也沒幾個人會水。所幸秦巧月在水中亂蹬了幾腳，發現這湖水並不深，不過就在她胸口邊上，可這一群男人們圍觀著，又叫她如何好意思出水呢？

那小丫鬟見秦巧月在水中站穩了，只著急的上前，跟站在領頭的梁睿道：「二少爺，快找人救秦姑娘起來吧，這水裡也夠冷的了。」

這時候梁睿總算是醒悟了過來，趕緊喊了小廝們上去拉人，一旁的各位公子、小爺們，大多也都是尚未娶親的少爺們，除了幾個崇尚非禮勿視的，其他人的眼珠子更是不自覺的往秦巧月的身上瞟。

這時候的秦巧月真是想死的心都有了，分明身上凍得直哆嗦，臉上卻紅得跟什麼似的，只賴著身子不肯從水裡起來。眾小廝還以為她是沒了力氣，便越發使勁的往上拽，只聽得嘩啦一聲，秦巧月的一條袖子被一個笨手笨腳的小廝給扯成了片，一條雪白的胳膊就這樣裸露在光天化日之下。

秦巧月這會兒已經徹底懵了，只能任由幾個人把她拉上來。幸好湖岸對面的水榭裡頭，有人看見了這邊的情形，派了幾個老嬤嬤過來。老嬤嬤見狀，也只嚇得說不出話來，連忙上前道：「二少爺，把你這軒裡頭的毯子借了用一用，總不能讓秦姑娘這樣濕著身子在園子裡吹風吧？」

梁睿忙點了點頭，只叫小廝進去取，又瞧了一圈自己這些個同學，尷尬的笑著道：「我們進去繼續作詩吧，一會兒我妹子的詩可要送過來了，若是我們這幫人勝不過她們，那真是枉為鬚眉男子了。」

這時候大家看也看過了，對秦巧月的身材評價也得出一個不過爾爾的結論來了，也沒有多少留戀，只像看完熱鬧便散了一般，又回明月軒作詩去了。

可憐秦巧月這會兒是尋死不成，身上沒一處是乾的，只濕答答全貼在了身上，每一處曲線都讓人看得一乾二淨。偏偏她還冷得直哆嗦，原本傲人的曲線如今也打了點折扣，似乎並沒能入得了這幫公子哥兒的法眼，倒是一旁的小廝們似乎還看得津津有味的。

那老嬤嬤見了，只瞪了那幾個小廝一眼道：「看什麼看？再看就把你們的眼珠子戳瞎。」

幾個小廝被老嬤嬤這麼一嚇，急忙退後了幾步，紛紛散開。

秦巧月被老嬤嬤扶著進了紫藤苑，身上早已經凍僵了。只匆匆換了一身衣服，還來不及跟正在養病的梁蕊說兩句話，便讓人請了宣武侯夫人，逕自到門口要回家。

宣武侯夫人正在水榭和那幫夫人們喝茶，聽見前去回話的嬤嬤道：「太太，方才秦家的二姑娘落水了，幸好少爺和幾位世家公子正在那邊吟詩，把秦姑娘救了起來，如今秦姑娘已經坐上轎子在門口等了，只請了侯夫人出去，想必是秦姑娘受了風寒，想先回家歇歇。」

宣武侯夫人聽到這裡已經急得直跳腳了，連忙對跟在身邊的丫鬟道：「去把跟著二姑娘的丫鬟給找回來，大白天的不好好跟著主子，倒是幹什麼去了。」說著，也來不及再多說什麼，就起身告辭了。

這水榭少說也有十來位的太太、老太太，聽那老嬤嬤這樣說，便一臉了然的表情。老王妃、王妃還有劉七巧，無一不自覺的從眸中透出一絲微笑來。這下好了，這秦二姑娘的清譽算是毀了，不過為什麼會有一種皆大歡喜的感覺呢？

劉七巧忙清了清嗓子，忍著笑又上前為老王妃和王妃各滿了一杯茶，接著又上前為梁夫人也滿上了一杯茶，梁夫人忙笑著道：「妳是客人，怎麼倒給我端茶倒水的了。」

劉七巧笑著道：「七巧覺得夫人受得起，夫人就儘管喝了七巧這杯茶吧。」

老王妃見那宣武侯夫人已經走遠了，只忍不住冷笑了一聲，抬眸對梁夫人道：「給妳倒茶妳就喝吧，怎麼就喝不起呢？實話告訴妳們，王爺打算收了七巧當乾閨女，妳可不就是她的乾姥姥了，如何受不起這杯茶？」

老王妃這句話很有分量，但凡是尚未確定的事情，再沒有這種在外人面前隨便說出來的道理。老王妃既然發話了，王妃認劉七巧當乾女兒這事便是定下來了。

「我說這姑娘看著氣派就和普通的丫鬟是不一樣的，原來還有這一說，之前我也是略有耳聞，只說今兒來赴宴，沒準還真能遇上呢。」這首先開口說話的是誠國公夫人，和梁夫人兩人甚是交好，聽老王妃這麼說，便讓身邊的丫鬟取了荷包出來，親自塞給了劉七巧道：「好閨女，來讓我瞧瞧。」

誠國公夫人一出手，她的幾個媳婦也都紛紛出手送起了東西。接著又是英國公夫人和她的兩個媳婦，再下來是富安侯夫人，又是安靖侯老夫人。接著就輪到了杜老太太和杜大太太了。

杜老太太笑著道：「有這好事，怎麼不早說了？幸虧我也是機警人，備著禮來的。」說著，便讓丫鬟取了荷包出來，裡面裝著小魚兒樣子的金錁子，總有一串那麼多。

說起闊氣來，杜老太太是闊氣習慣了。杜家畢竟是商戶人家，再不是指望著莊子上那些收成過日子的人家。英國公夫人便取笑道：「妳們瞧瞧，她要麼不出手，要麼每次出手都丟我們幾個的老臉，妳這般大方，我家有個閨女，嫁給妳當孫媳婦可好？」

杜老太太這次來就是存了這個心思，聽英國公夫人這麼說，便也上心打聽了起來，只問道：「那敢情好，她今天來了嗎？也好讓我見見，見面禮是少不了的。」

英國公夫人只嘆息道：「我那孫女，什麼都好，就是身子弱了些，這幾日入秋，又著了涼，我便讓她養著了。」杜老太太在心裡擰眉想了半天，之前是聽人說起過這位英國公家的姑娘的，似乎也是個病秧子來著。她想起杜若那身子，便覺得使不得，這兩個病秧子湊一會兒，哪裡能過得好呢，還不是得讓長輩們操心個半死的。

「身子不好可得好好將養，姑娘家身子不好，以後當了媳婦，事情又多又沒個清靜，只怕還更糟了，老姐妹，這事妳可要操心起來的。」杜老太太話鋒一轉，便不再提結親的事情了。

英國公夫人臉上淡淡一笑，心想這回試探也試探過了，看來杜家是沒這意思了。原本想著自家姑娘身子不好，便找個醫藥世家，嫁進去好好調理個幾年，沒準身子也就好了。她這邊國公府都忍心下嫁了，誰知這杜家竟然還跟自己打太極。罷了罷了，還是先把閨女的身子養好了是真。

杜老太太冷眼看了一圈，只覺得杜若這婚事還真不是一般的難辦。這公侯門第的，他們杜家高攀不上。這一般的官員之家，又指望著女兒給家裡添一重姻親關係，就算是願意給閨女的，多半也都是庶出的姑娘，杜若怎麼說也是杜家的長子嫡孫，還不至於連個嫡女也夠不上。

杜大太太一早就有了稱意的媳婦，一點也不著急，只跟一旁的幾位太太、少奶奶們聊得津津有味，只有杜老太太一人，看著一屋子的貴婦們愁眉不展。到底哪個大戶人家可以漏一個媳婦出來，配給自家的杜若呢？

酒過三巡，戲也聽了一半，王妃因為有了身子，故而坐多了便覺得累得慌，只起身先告辭了。劉七巧也跟著王妃離去，那邊杜大太太推說這戲也沒什麼好看的，倒是這園子不錯，想去外頭逛逛，帶著丫鬟跟著出了水榭。

杜大太太前腳出來，後腳便有小丫鬟來招呼道：「杜夫人，我們家大姑奶奶請您到假山邊上的抱廈裡頭說說話。」杜大太太聽聞那小丫鬟說是大姑奶奶，便知道是恭王府的王妃有請，只點了點頭道：「那就請姑娘領路吧。」

王妃這時候正在抱廈裡頭的貴妃榻上躺著，見杜大太太進來，忙著起身要迎。杜大太太連忙福了福身子道：「王妃快別起來，按理您是王妃，我不過就是尋常百姓人家的婦道人家，您合該受我的禮數。」

王妃聽杜大太太說得謙遜，便也笑著躺了下去，只那眼珠子瞟了劉七巧一眼道：「還不快給妳的準婆婆上茶，還要我提點妳不成？」

劉七巧只笑著點頭出去，由那小丫鬟領著去茶房沏茶去了。

王妃請了杜大太太入座，兩人便閒聊了起來。

「說句實話，七巧這孩子我是真心喜歡，也是打心眼裡想留在身邊的，只可惜她自己是個有主意的，不瞞您說，如今我家媳婦也沒了，我便是用王府的世子妃去誘她，只怕她也是不願意的。」

杜大太太只在一旁聽著，偶爾也露出些笑來，不過她的心思是一門清的。便是杜家這樣的人家，要娶劉七巧，那還是千難萬險，恭王府那樣的人家，便是看上了，只怕也不會讓七巧做正室，王妃這麼說，不過就是在她面前抬舉劉七巧罷了。

「王妃這麼說是抬舉七巧那丫頭了。」杜大太太嘆了一口氣道：「不瞞您說，論起七巧的身世，那確實是拿不出手的，我夜裡為了這事睡不著，也不是一天、兩天的，如今王妃能成全了七巧，讓她做您的乾閨女，真是解了我們杜家的燃眉之急。您不知道我家那個老太太，這輩子就是跟鄉下人犯沖，但凡遇到鄉下人就從沒有過好事。最近家裡又出了一件不體面的事情，越發的對鄉下人有了排斥之心。」

上回法華寺的路上，她們也是一起去的，王妃自然知道杜大太太口中所謂不體面的事情，只笑著道：「我們能做的也就只有這些了，下面的事情就要靠兩個孩子的造化了。杜大夫這孩子，我看著也喜歡，溫文爾雅、玉樹臨風，比起我家那舞刀弄槍的，不知強了多少倍了。」

杜大太太連忙笑著道：「王妃還是少誇他，他其實也是一個牛性子，倔得很了，就為了七巧的事情，起先我不同意，幾次跟我甩臉子，又是下跪又是哭的，我也就在您面前跟您說說，其他人斷然是不能讓她們知道的，真真是要笑死人的。」

王妃只搖頭道：「妳家那個還老實，還肯跟妳說，我身邊這個七巧可真是瞞得結結實實的，若不是這會子大約覺得自己也沒法子了，只怕她還不肯說呢！」

「可不是，這私相授受的事情，說起來是有那麼點不體面，這要是換了平常姑娘家，我家老爺也斷然不會答應的，誰知偏偏是七巧呢？我家老爺平素就最佩服這些醫術高明之人，我們寶善堂王妃也是知道的，裡頭的名醫也不少，大多數都是我家老爺慕名去請的。」杜大太太說著，臉上不時淡淡一笑，竟是已經把劉七巧當成了媳婦看待。

王妃點點頭道：「這事我就先跟妳通了氣，等王爺班師回朝，我們這邊認了七巧做乾閨女，妳那邊就可以派人來提親了。」王妃蹙眉想了想道：「我估摸著，這仗年前大約也能打完，我們現在開始備著，到明年這個時候，大概也能趕上兩個孩子的婚期了。」

兩人正聊得津津有味，劉七巧這時候也端了茶盤進來。只把茶盤放在了茶几上，要給王妃上茶。

王妃笑著道：「這裡是我家，妳該給杜大太太先上茶，這點規矩還不懂嗎？」

劉七巧只好低下頭，紅著臉換了一杯茶遞給杜大太太。

王妃又問道：「怎麼我的茶和杜大太太的還有什麼不同嗎？難不成這當了婆婆，連待遇也提升了？」

劉七巧只紅著臉道：「太太也太會玩笑了，怎麼就太太沒有杜夫人的好了呢？夫人剛剛喝了幾口楊梅酒，那酒雖然好喝，卻容易醉，所以我泡了一杯解酒的蜂蜜水來。至於太太的嘛，方才我見太太多用了幾筷子的蜜汁叉燒，那東西怪膩味人的，所以給太太沏了一杯酸棗茶來。太太，您倒是說說看，我是優待了誰了？」

杜大太太捧著媳婦送上來的蜂蜜茶，開開心心的喝了一口，直從口中甜到了心坎裡頭，拉著劉七巧的手道：「好孩子，身子可好些了？」

劉七巧臉越發紅了，只輕聲道：「吃了杜大夫的藥，還挺管用的。」

杜大太太只笑著，拍拍她的手背道：「管用就好、管用就好。」

王妃見劉七巧羞得面紅耳赤，便開口道：「今兒也算是妳好好在我跟前服侍了一番，這會兒還餓著肚子吧，妳去把青梅喊回來，自己跟著小丫頭去吃些東西，再好好玩一玩，別說跟著我出來了一趟，連桂花都沒賞到一株。」

劉七巧知道王妃和杜大太太還要閒聊幾句，便規規矩矩的先下去了。

第六十五章

至宴會結束，杜家婆媳上了馬車，便開始討論起今日的宴會來。杜老太太只冷著臉道：「我今日又問了幾個有待嫁姑娘的人家，聽她們話中的口氣，倒像是看不起我們這種商賈出身的，她們也不想想自己家能有多少根基，在錢莊裡面存了多少銀兩？倒看不起我們杜家來了，不是我說，我們家的銀子就是填了她們家院子裡的那一塊小湖泊，那也是儘夠的。」

杜大太太聽杜老太太這麼說，也不由笑了起來。「老太太快別鬧心了，跟那些眼皮子淺的婦人有什麼好說的呢，咱們大郎一表人才的，還怕娶不到媳婦嗎？」

「妳說得好聽，妳倒是變個媳婦給我瞧瞧呢？一天到晚的不上心，妳這母親也不知怎麼當的！」杜老太太說到這裡，又把杜大太太給數落上了。

杜大太太只低頭笑笑，話到了嘴邊又嚥了下去，這事她自己拿不準，還是別捅這個樓子，回頭要是搞砸了，兒子倒要埋怨起自己來。

劉七巧跟著王妃赴完了宴會回來，王妃便賞了恩典，讓劉七巧回自己家過中秋去了。

劉七巧坐了轎子回家，錢大妞上前開門，見劉七巧回回都是坐轎子回來的，便有些疑惑。「七巧，平常妳都是走著回來的，怎麼這幾次都是坐轎子回來？」劉七巧知道錢大妞是個細心的，便拿著東西挽著錢大妞的手往裡頭邊走邊說道：「這事我正尋思怎麼跟我娘說呢，太太那邊要認我做乾女兒，說是等我爹和王爺回來了，就要正式辦這個事。」

錢大妞一聽可也覺得不得了了，只張大了嘴巴道：「這是真的？」她垂下眸子細細思量了片刻。「七巧，這下妳和杜大夫的婚事可就越發順利了，王府是什麼人家，杜家難道不想著高攀嗎？」

劉七巧其實也不大懂這個王爺義女的分量，但她站在現代人的角度，自己總還是劉家的女兒。認一個乾女兒什麼的，不過就是名聲上好聽一點，至於裡頭的實質性作用，劉七巧自己也不敢高估什麼。

「這個我也不懂，反正以後說出去，我倒也是個王府的姑娘了。」

錢大妞接過劉七巧手中的包袱道：「阿彌陀佛，真是祖上燒了高香，我說今兒怎麼院子裡的梧桐樹上，喜鵲嘰嘰喳喳的叫個不停呢，原來是真的有喜事了。」

錢大妞在外面正說著，裡面李氏已經迎了出來道：「大妞，妳在說什麼喜事不喜事的？」錢大妞見李氏出來，只把東西往茶几上一放，走上前扶著李氏道：「大娘，七巧大喜了，王府的太太要認七巧當乾女兒，這會兒杜大夫可以大著膽子來提親了。」

李氏聞言也不由一驚，只拉著劉七巧的手問道：「是不是真的？」

劉七巧點了點頭道：「太太和老祖宗都是這麼說的，而且也把話給說出去了，估計用不了多久，京城的權貴們也都知道這回事了。」劉七巧把茶几上的包袱解開，將裡面七、八個荷包都遞到李氏的手中。「這些是今兒太太帶著我去梁大人家的桂花宴上，那些太太、奶奶們給的見面禮。」

李氏見了那些做工精緻的荷包，已是大開了眼界，又瞧了那荷包裡頭，哪個沒裝幾個金錁子小元寶的，越發覺得自己就像跑到了那些文人寫的話本裡頭，沒個真實的感覺。

「這些都是她們給妳的？隨隨便便的，就把一包的金子給妳了？」李氏伸手撫摸著精巧的荷包，口中讚揚道：「這手工確實好，怪不得城裡人嫌棄我們鄉下人做的東西上不了檯面，就算是這針腳能做出這些花樣來，也沒那麼好的材料來配，瞧瞧這流蘇上頭的玉碎，竟然是真的玉石做的。」

劉七巧見李氏手裡拿著的那個荷包，笑著道：「這是杜老太太送的，裡面還有一串小金魚呢。」劉七巧不得不承認，杜家真的是財大氣粗得很，那一串小金魚她方才拿出來瞧了瞧，做工一點兒都沒有偷工減料。這時候的黃金鍛造工藝還沒有鏤空和吹金，所以那些小金魚都是實打實的，一串加起來少說也要有一兩，就這樣隨隨便便給送人了。

李氏把那荷包打開，看見那一小串金魚兒，只笑著道：「瞧瞧這東西，做得可真精緻，上面的小魚解下來，用紅繩子給串成一串，戴著又喜慶又好看。」

這會兒錢喜兒也從裡面跑了出來，見劉七巧回來也很開心，走了幾步又回過頭去，往房裡望了望。前兩天寶善堂的夥計小吳給劉八順帶了一支枴杖來，現在劉八順也能支著枴杖在房裡走動走動。錢喜兒見了，便又跑回去，安安靜靜的扶著劉八順，慢慢的一步一步走出來。

「我們家的小瘸腿能走路了呀。」劉七巧笑著見劉八順撐著柺杖走出來，錢大妞見了，上前一把抱起劉八順，把他給一路抱到了外面的靠背椅上坐著。「說了讓妳好好陪著八順，他現在腿腳不方便，妳怎麼還讓他出來？」

劉八順只嘟著嘴道：「我在房裡大半天了，就想出來透透氣，聽吳大哥說，今兒城裡有燈會。」

「就你這小瘸腿，還想看燈會去？你還是別想了吧，等元宵節你腿腳好了，說不定爹也回來了，我們一家人一起出去看燈會好不好？」劉七巧捏了捏劉八順的臉頰，拿了一個荷包遞到他手中道：「拿著，姊姊給你的，等腿腳好了，出去買糖吃。」

劉八順偷偷解開荷包看了兩眼，悄悄從裡面拿出幾顆好看的小金錁子，一溜煙塞到錢喜兒的手中道：「喜兒喜兒，這個好看，這個給妳。」

劉七巧笑著道：「還能少得了喜兒的嗎？瞧你那勁兒，長大了準就是個媳婦奴。」劉七巧說著，又挑了一個玫紅色的荷包遞給錢喜兒。「拿著，有好東西往裡面放著，別給八順，他沒腦子，一會兒又不知道丟哪邊了。」

裡頭人正開開心心的聊天，便聽見有人在外面敲了敲門，原來又是寶善堂的夥計小吳來傳口訊。「七巧姑娘，我家少東家說了，一會兒晚上來接妳去賞花燈，他今兒下值早，這會兒已經往家裡去了，要陪著家裡人吃過了團圓飯才能出來，七巧姑娘仔細留著門。」

小吳平常是有些結巴的，尤其是遇到急事，更是憋不出句話來，不過這會兒倒是說得順溜。劉七巧今兒心情好，便賞了他一吊錢當跑路費，只笑著問道：「今兒你們店什麼時候打烊？今兒是團圓節，是不是關得也比平日早呢？」

「姑娘您說對了，店已經打烊了，我這不正回家呢，順道給少東家傳個口訊。」小吳得了賞賜，更是高興。「謝謝姑娘。」

「謝我做什麼？我還要謝你呢！你這一天三、四回的揹著我家八順上學，路上也夠累的吧。」

「哪有，八順小少爺能有多重？還不夠一包藥材重的。」小吳笑哈哈道。「姑娘要是沒啥事，我可就先回去了。」

劉七巧點了點頭，見他手裡也拎著一包月餅，想來是寶善堂給發的福利了。

「去吧。」劉七巧只點了點頭，關門進去，錢大妞已經進了廚房張羅起飯菜來。因為今兒是中秋，所以李氏把啞婆婆也給放了回家，還送了她幾件衣服和一些布料。

杜若從宮裡下值回來，直接去了鴻運路上的寶善堂，把朱雀大街店裡準備的月餅給送了過去。他見時間不早了，又知道劉七巧今兒去了梁府參加桂花宴，沒準還沒回家，懶得自己跑這一趟，索性請人去傳話，自己先回家去了。

杜若才回家，杜老太太和杜大太太也才剛剛到家，杜老太太見了杜若便道：「今兒過節，宮裡提早讓你們走了？」

杜若笑著道：「二叔發話讓先走的，只留了兩個人在那邊守著，我給兩家分號送了東西過去，安排好了事情，讓掌櫃的也先回去了。」

「是這個道理，這一年到頭的，不過也就這幾個節氣，而且聽說今天晚上有燈會，太晚了打烊也不安全。」杜老太太說著，便吩咐道：「你回去洗一洗換件衣服，今兒都到我的福壽堂來。」杜老太太這話雖是跟杜若說的，其實也是跟後面跟著的幾個姑娘們說的，大家夥兒聽了便都恭恭敬敬的應了一聲，各自回房梳洗換衣服。

且說那杜二太太暗地裡瞧見大太太走了幾趟珍寶坊，打了十來套的頭面，那架勢分明就是在給杜若備聘禮，又想起方巧兒說過那劉七巧的事情，便派了個婆子去外頭打探消息。雖說劉家人丁簡單，並沒有什麼人亂說，可如今劉八順的腿瘸了，每日裡都是由寶善堂的夥計揹著去上學的，單這一條也已經夠讓二太太驚訝的。

二太太心裡便估摸著，難道杜若當真看上了那小丫鬟，想娶進門來？照大太太那個架勢，分明不止納個妾那麼容易。

二太太這廂正得意，外面小丫鬟便進來傳話道：「回二太太，老太太和大太太回來了，這會兒老太太已經回福壽堂去了，幾位姑娘也回來了。」小丫鬟說完話，杜二太太揮了揮手示意她退下，那丫鬟才走到門口，便又被二太太給喊住了道：「妳去把大姑娘喊來，就說我有話問她。」

二太太在外人面前是一個體面人，生了一子一女，正好湊成一個好字。杜二老爺家裡雖然有四房姨太太，卻都是落難的苦命女子，個個知書懂禮，也沒鬧出什麼事情來。雖然這也能從側面說明，杜二太太並不是一個眼裡容不得人的人，可她偏偏覺得，她做得那麼好，緣何杜老太太卻不偏向著點二房，是以這也成了她和杜大太太妯娌矛盾的關鍵點了。

杜家大小姐杜茵，年方十三，也到了議親的年齡了。下面還有兩個庶妹，一個叫杜芊、一個叫杜苡，都是相近的年歲，是以二太太接下去幾年，肩膀上的擔子還不輕。

因為杜家二位太太平常要管家，所以杜茵小時候基本上是跟著杜老太太長大的，只這兩年才搬回了西跨院，請了教繡花的女先生，專門教授三位小姐繡花來著。

杜茵回家，見自己的娘躺在軟榻上，看著似乎軟綿綿沒什麼精神，偏偏那雙炯炯有神的眼珠子騙不了人，分明就是有話想說的模樣。杜茵從小跟著杜老太太，也是出門應酬慣了的，看人臉色也是一套一套的，便開口道：「母親今兒找我來是有事情要說嗎？」

杜二太太見連女兒也騙不過去，也知道自己大約是太過得意忘形了，只清了清嗓子，從榻上起身，指使丫頭出去倒茶，自己則拉著杜茵的手道：「這事我只告訴妳，妳可別告訴別人，我就是一個人悶在肚子裡，怪難受的。」

杜二太太說著，便把自己的推測一五一十的跟自家女兒說了，只嘆了一口氣道：「妳大伯大娘一向都是拎得清的人，怎麼在妳大哥哥的婚事上這樣糊塗，那劉七巧是什麼人？是山溝裡出來的野丫頭！當初我們求了妳嫂子來，妳祖母還覺得妳嫂子家根基不厚，在京城也不過兩代人，祖籍又是在山東那邊的。如今倒好了，妳大伯大娘要是真找了這樣一個丫頭進門，豈不是要把妳祖母給氣死……」

杜二太太的話還沒說完，那邊杜茵便擰眉道：「娘您說的那個劉七巧，可就是恭王府的那個劉七巧嗎？」

「可不是，哪裡來那麼多叫劉七巧的，就是上回進府給沐姨娘看病，搞得大家夥兒都一驚一乍的那個劉七巧。」杜二太太不以為然道。

「唉呀，母親您幸好沒直接往老太太跟前說去，這事我們萬萬不可以沾邊了，那劉七巧如今可不是什麼鄉下丫頭，母親今兒沒去梁夫人家的桂花宴，您還不知道呢！」杜茵說著，只安撫她娘坐下，挑著眉梢繼續道：「今兒恭王府的老王妃當著滿屋子的太太、奶奶們說，王妃要認了劉七巧當乾閨女，還說要替她找一位如意郎君呢！」

杜二太太一聽，差點兒沒氣得七竅生煙，她前腳還想著這回可以借著劉七巧的身分大做文章，讓大房在老太太面前抬不起頭來。後腳這劉七巧轉身大變樣，一下子從一個鄉下丫頭變成了恭王府的義女了！這下還了得？

京城的侯門太太們都有那麼些政治腦筋，杜二太太耳濡目染久了，自然也是知道的。聖上的親兄弟在十幾年前同韃子大戰的時候死了兩個，如今皇上倒是越發信任恭王這個堂兄了，雖然恭王只是郡王，可這次要是真的把韃子給趕了出去，能封個親王也未可知的。到時候，就連恭王府看門的人只怕臉上都要有光了，更別說恭王的乾女兒！更可氣的是，如今恭王府另外兩個姑娘都已經有了婆家，剩下的都是年紀還沒到的二房庶出的閨女，想要攀上這門關係，門路是越來越窄了。到了那時候，即使是個義女，劉七巧只怕也是拍馬眾人中最炙手可熱的人物了。

「這，依妳看，老太太會應了這門親事嗎？」杜二太太這會兒疑惑了，別挑撥不成反倒又促成了一件好事？

「這事也未必，只是由母親來說只怕適得其反，老太太本來就說了母親連自己兒子房裡的事情尚且還沒管好，如今又去管大哥哥那邊的，老太太會怎麼看？」杜茵說著，只繼續道：「聽母親這麼說，這事倒是有些時間了，這樣算來，大娘那邊是一早就存了這心思的，不然也不會這麼急匆匆的就準備了彩禮。」杜茵只想了想。「就連大伯、大娘都還沒想好怎麼跟老太太說，母親您千萬不能把事情做得太明顯了，不然的話，她沒進門就算了，萬一進了門，以後還要不要在這一個院子裡過了？」

「那我應該怎麼辦呢？」杜二太太的眉宇越發皺得厲害了起來。「我尋思著，妳二哥不過就是納了一個妾，這鬧得就跟家醜一樣的，有什麼意思呢，如今他們要娶一個鄉下丫頭來當大少奶奶，難道還不准我心裡嚥不下這口氣嗎？」

杜茵見母親實在是一口氣堵著難受，便索性湊到她的耳邊道：「娘，我倒是有個法子，絕對不會讓人看出您的心思來。」杜茵說著，湊到二太太的耳邊說了幾句，二太太聽了，果然眉飛色舞起來，連連點頭道：「好辦法，虧得我沒白疼妳，一會兒就去老太太那邊，把這個事給敲定一下。」

杜茵點頭笑了笑，想起今兒在水榭裡頭見了那劉七巧，一邊走一邊想，娘可真傻了，這樣的姑娘進了杜家才好呢！沒什麼大見識，自然不會跟妳搶什麼，看著待人接物也還過得去，挺爽朗的，自然也不是那種會苛待小姑的大嫂子。不管怎麼說，這大嫂自己還是很滿意的，比起整天板著臉擺著大家閨秀派頭的趙氏，杜茵反倒覺得劉七巧更親切些。

第六十六章

杜大太太回了自己院子，又命小丫鬟喊了杜若過來說話，更是把今兒和王妃接洽之後說的事情原原本本的告訴了杜若。「如今你大可以放心了，王府那邊也已經出面了，你和七巧的婚事錯不了，我尋思著就這幾日吧，跟你爹商量一下，找個老太太高興的時候把這事情給說了，也算了了你一樁心願。」

杜若只覺得長久以來的一塊大石頭終於落地了，甩了袍子就跪下來道：「孩兒不孝，婚姻大事原本理應是父母之命，媒妁之言，是孩兒罔顧了禮義廉恥，還要母親這樣為孩兒操心，孩兒真是大不孝。」

杜大太太搖了搖頭，把杜若扶了起來。「行了，你要真覺得你不孝了，等七巧進了門，你早些和她生個孫子給我抱抱，我也就忘了你們的不孝了。」

杜若只紅著臉說不出話來，低著頭小聲道：「父親說七巧還要養一些時日，沒長開了就生育，有損姑娘家的身子。」

杜大太太想想自己這身子，當年懷杜若的時候也不過就十五、六的，果然就這樣沒養好了，如今三十五、六了，只有杜若一個兒子。

「你父親說得對，你們都還小，我也不著急。」杜大太太說著，又問道：「今兒是中秋，你可派人給七巧家送些東西過去了？如今她父親不在家，家裡都是些女眷，你既是她將來的男人，更要上些心思，知道不？」

杜若連連點頭道：「東西今兒已經讓春生預備了，這就讓送過去，一會兒用了晚膳，孩兒還約了七巧去看燈。」

杜大太太聽杜若這麼說，也只搖了搖頭，起身走到裡屋，從妝奩中拿了一個俏花旦的面具出來，遞給杜若道：「我就知道你們小年輕的，定然是在家待不住的，這個你讓七巧戴上，在外面人多的地方總也要知道個避嫌，尤其如今老太太還不知道，這事還是低調著些。」

杜若捧著面具，只感激得不知道說什麼好，又是臉紅又是臊的。杜大太太見了兒子這副模樣，想起杜大老爺年輕時候的樣子，只回味道：「我們也年輕過，自然知道你們的心思，這面具可不能丟了，這可是你爹當年送給我的。」

杜若聽杜大太太這麼一說，越發覺得這手中的面具如千斤重，只連連點頭道：「母親放心，我一定讓七巧小心些配戴。」

杜大太太擺擺手道：「行了，時候也不早了，也該起身往福壽堂去了。」

杜若回了一趟自己的百草院，看過了春生今日準備的禮品，點了點頭道：「這回你總算沒有給我弄出那些亂七八糟的禮物來。」春生笑著道：「這些東西都是我今兒出去街上挨家挨戶的買的，再也不敢勞煩了管家，今天他們預備著家裡的宴會，已經夠忙的了。」

杜若聽春生這麼說，滿意的點點頭道：「行吧，你去把這些東西送到七巧家。今天你爹娘都在府上服侍，你要是有本事，就在七巧家蹭一頓飯，只記得酉時三刻來接我。」

春生一聽，更是樂得一蹦三尺高，只笑著道：「少爺說得可是真的？那我可就真厚著臉皮去蹭了？」

杜若搖搖頭笑了笑道：「你有這本事，我自然沒什麼意見。不過，你這樣去白吃白喝也不成個體統。」

春生只低著頭嘿嘿笑了兩聲道：「我用這幾年攢下的金錁子給大妞打了一只鐲子。」春生說著，從懷裡掏出一只白手帕包著的赤金纏絲手鐲，遞給杜若看了一眼。

杜若只拿在手上看了看，見那做工手藝倒都還是不錯的，只是用一方絲帕包著，看上去就寒酸了，便搖了搖頭道：「你打算就這樣送出去了？」

春生一臉不解的看著杜若，杜若笑著，從一旁的抽屜裡取出一個寶藍色錦盒，將裡面的墨錠子拿了出來道：「好歹放在好看點的錦盒裡面收著，才看著像幾分樣子啊。」

春生撓撓頭鬱悶道：「我怎麼就忘了跟老闆要了呢，那老闆也太不地道了。」

杜若笑著，將錦盒遞給了春生。「你快去吧，時間也不早了，她們家裡沒什麼人，沒準就趕早吃了。」

春生一把將錦盒塞到了自己的胸口，抱著大包小盒的禮物往外頭去了。

這邊春生剛走，外頭福壽堂的小丫鬟就來傳膳了，杜若為了一會兒節省時間，直接就換上了出門的衣裳，跟著小丫鬟過去了。

這時候福壽堂的人已經到齊，除了杜蘅在江南料理生意還沒有回來之外，杜家眾人都在福壽堂齊聚一堂。杜老太太帶著兩個兒子、三個孫子坐在一旁的小圓桌上，另外的大圓桌上坐著杜家二房的三位姑娘並趙氏母子。沐姨娘的閨女月分小，便沒有抱過來。

杜老太太看兩位媳婦都沒入座，只在自己身邊服侍著，便開口道：「妳們兩個也去坐吧，難得今兒過節，小輩們都坐著呢，我們比不得那些規矩人家，處處都是講究，都坐下來吃吧。」

杜大太太和杜二太太這才到另外一桌上坐了下來。

「蘅哥兒明明在信上說中秋之前是可以到家的，怎麼就耽誤了呢？」杜老太太抬眸問了杜二老爺一聲。

「這個兒子也不大清楚，前兩日收到信，說是已經走了半道了，或許是有什麼事情耽誤了也未可知，再等等吧。」

杜老太太點點頭道：「罷了，他身邊跟著可靠的人，我也不擔心，況且他素來機警慣了，只會欺負他哥老實。」杜老太太想起去年杜蘅拉著杜若出去喝酒的事情，還是有些心有餘悸的。

杜二太太見場面有些尷尬了，便笑著道：「老太太，今兒去梁夫人府上赴宴，不知有沒有適齡的姑娘家給大郎物色上一個的？依我看，大郎若是有了媳婦，自然就不會跟著蘅哥兒瞎混了。」

「是這個道理。」杜老太太點點頭，想起今日談起的那幾個姑娘家，只搖了搖頭道：「現在的那些官家太太，哪裡是在嫁女兒，簡直就是賣兒賣女的，一個個眼珠子都長在天上，我們杜家雖然是經商起家的，如今老二也是朝廷命官，哪裡就比她們家世差到哪兒呢？還一副愛理不理的模樣。」

杜二太太聽杜老太太這麼說，便料定了她們今日沒少碰釘子，只拿帕子掩著嘴偷偷的笑了笑。

那邊杜若和杜大太太幾人見話題又圍繞在了杜若的婚事上面，只蹙起了眉宇，個個神經緊張。杜二老爺笑著道：「大郎的婚事有大哥大嫂操心，妳只把家裡三位姑娘的婚事管管好便罷了。」

杜二太太聽杜二老爺這麼說，只笑著道：「我這不是也著急嘛，茵兒也大了，我自然張羅，可到時候人家要是知道杜家大少爺的婚事還沒成，我就著急著自己女兒的事情，這也不像話呀。」杜二太太說著，眼珠子一轉，笑著道：「依我看，我倒是心裡覺著有這麼一個良媒，跟大郎相配得很，不如說出給老太太聽一聽？」

杜老太太一聽，果然精神了起來。「快說快說，我今兒正挑著冒火呢，妳若是有好的，也別藏著掖著，妳是他的親嬸子，自然是為他好的。」

杜二太太難得被杜老太太這樣真心讚許，雖然心裡不受用可臉上卻還是陪著笑，想了想便鼓足了勇氣道：「我聽茵兒說，今天恭王府的王妃認了一個乾女兒，就是上回到我們家給沐姨娘看病的劉七巧，老太太，妳覺得這個女娃子怎麼樣啊？」

杜二太太這話一出，席面上頓時鴉雀無聲，唯一有的聲響，也只是杜大太太嚇得把調羹掉進了湯碗、杜大老爺的上牙磕到了下牙、杜二老爺的筷子差點兒落碗裡。而一旁的杜若，收在袖管裡的手只握拳顫抖著。

全場只有杜老太太的神色是保持鎮定的，不過她老人家放下筷子想了半天，慢悠悠的開口道：「我們杜家並不是攀龍附鳳的人家，倒不至於為了這個關係去攀人家家裡的一隻假鳳凰。說句實話，這劉七巧我也是喜歡的，可她畢竟是個鄉下丫頭，讓她進門當杜家的大少奶奶，太不像話了。恭王府的王妃疼她，給她體面，又是認乾女兒什麼的，那是恭王妃的事情，可這也改不了她是個鄉下丫鬟的事實，杜家要是娶了她，只怕會沾了攀龍附鳳的名聲，被人家背地裡笑話呢。」

老太太這一席話說得在座的人都變了臉色，杜若更是急得滿臉通紅。杜大太太見自己兒子這樣，早已心疼不已，只笑著道：「弟妹這都是玩笑話吧，今兒大家高興，千萬別讓這事壞了大家的興致。」杜若沈著臉不說話，誰知沒過片刻居然臉色泛起了蒼白，額頭上汗珠子都冒了出來。

杜若只覺得胃疼得厲害，越發坐不住，那邊杜二老爺見了杜若的神色，只放下筷子道：「大郎，你這是怎麼了？」

杜若撐著案桌不說話，一旁的小丫鬟忙捧著痰盂過來，杜若擰眉，對著痰盂吐起來，竟吐出了一口血。

這下子頓時把大家嚇得半死，杜二老爺連忙起身為杜若把脈，杜若只臉色蒼白的喘著氣，丫鬟們伺候著餵了一小口水進去，杜若又忍不住吐了出來。

原來今兒中午，太醫院幾個年輕的太醫到外頭聚了聚，杜若喝了兩小杯的酒，原先也沒覺得有什麼，回來就吃過了藥，晚上稍微吃得清淡一點興許也就過去了。誰知道杜老太太的那一席話戳中了他的心頭之事，他就為了這事情提心吊膽的，聽杜老太太這麼說，一時間只覺得萬念俱灰，胃便忍不住痙攣絞痛了。

「大郎，你怎麼樣？」杜大太太見杜若一下子白了臉色，嚇得急忙上前扶著他，招呼外頭候著的老嬤嬤道：「快去抬了肩輿來，把人先送回百草院去。」

杜若這會兒疼得說不出話來，摀著腹部合眸並不言語。那邊杜大老爺也急忙喊了人來道：「快去把大少爺平常吃的藥拿來。」一時間整個大廳都忙亂了起來。杜二太太見杜若這一下子病倒了，也嚇得沒了主意，只看了一眼杜茵，略帶無辜的攤了攤手。

杜茵不知道這一番試探竟是試探出這樣的一齣事來，也急得沒了主意。那邊杜老太太見杜若這吐得臉色蒼白，想起他年前昏迷不醒那段日子，只嚇得腿都抖了。「到底是怎麼回事？這好好的怎麼又犯病了？」

杜大太太這會兒正站在杜若身邊垂淚，本想回兩句的，可那邊杜大老爺急忙摟著她的肩膀以示安撫，杜大太太便把唇邊的話又給嚥了下去。

不多時一群人便圍著杜若的肩輿回了百草院，杜若躺在床上，只覺得胃裡熱辣辣的難受，那種灼燒疼痛的感覺激得自己直犯噁心。一群人進進出出的端水伺候，杜大老爺親自為杜若餵了藥下去，在床榻邊看著他。

杜二老爺上前，按住了杜若的脈搏把了半天，只捋著山羊鬍子道：「氣傷胃，急火攻心，你這孩子，怎麼就急起來了呢？」這會兒杜老太太還沒跟著過來，杜二老爺便也忍不住數落了杜若兩句。

杜大老爺發話道：「行了，這事先別提了，養好大郎的身體是真。」

這會兒杜老太太正跟著人往裡頭走，聽說杜若又犯病了，家裡的下人們也都往百草院這邊來了，那張嬷嬷往門裡頭看了一眼道：「老太太，這給少爺沖喜的方巧兒剛走沒幾天，少爺又犯病了，您說會不會和這個有關呢？」

杜老太太眉頭一皺，只揚眉問道：「誰把方巧兒放走了這是？」

杜若只合眸躺著，依稀聽見杜二老爺和杜大老爺在說話，搗著肚子扭頭在床邊的痰盂裡頭又吐了幾口。杜大老爺上前見了那帶著紫黑的顏色，只坐在杜若床邊訓斥道：「大郎你不要亂想，老太太也只是隨口一說，你千萬把心思放輕鬆了，這事我和你娘還能做得了主。」

杜若擰著眉頭道：「算了，父親和母親從未對老太太做過不孝之事，不能為了孩兒就擔上了不孝的罪名，是孩兒對不住你們，這事就讓孩兒一個人來辦，若是不孝，也只是孩兒一個人不孝。」

「你在胡說些什麼？什麼叫你一個人來辦？你怎麼辦？想學人家戲本裡頭唱的，帶著七巧遠走高飛？你這樣做有沒有想過七巧，她一個正正經經的姑娘家，為了你就要背上淫奔的罪名嗎？」杜大老爺被杜若的一番話氣得吹鬍子瞪眼的，只負手訓斥道。

這會兒外面的丫鬟進來問道：「太太在外頭問，大少爺好些了嗎？」

杜大老爺深呼一口氣。

「妳去回太太，就說不打緊，我和二老爺還在診治呢。」

這時候杜二老爺已經拿了天王續命丹，餵杜若服下了一顆，杜若只臉色蒼白的平躺在床上，神色帶著幾分茫然。杜二老爺上前，拍了拍杜大老爺的肩膀道：「大哥不要太著急了，我看著這事如果真的不能明說，改明兒上一趟恭王府，偷偷的請了老王妃進宮去請太后娘娘旨意，這辦法倒是穩妥得很，總比直接跟老太太說，萬一把老太太的身子也氣出個好歹來，可就是不孝了。」

杜若聽杜二老爺這麼說，身子在床上掙了掙，杜二老爺上前，按著他的肩膀道：「大郎，你好好養病，這事還沒到山窮水盡的地步。」

杜若側頭，眼梢竟已是落下了淚來，杜二老爺只憤憤道：「這次是你二嬸挑事，我回去饒不了她。」

杜大老爺聽杜二老爺這麼說，忙嘆息道：「算了，弟妹是不知者無罪，再說她也是真心為了大郎好的。」

裡頭兩個大男人正商量著，外面杜老太太才從院子裡進門，便拉長了嗓音問道：「是誰把那個沖喜的方巧兒給放出去的？」

第六十七章

杜大太太哪裡知道杜老太太進來的第一句話竟是問的這個，倒是讓她頓時覺得無言以對了起來，只愣了半天才開口道：「是媳婦的意思，方巧兒家的鄰居來贖她，我看著她年紀也到了，就做主放了出去。」

「糊塗，她是普通丫鬟嗎？她是給大郎沖喜的，那丫鬟的八字我是送去測過的，和大郎的契合著呢，不然我能隨隨便便放個人在大郎屋裡？」杜老太太只搖了搖頭，想了想道：「她家在哪兒？妳趕緊打發了讓人把她接回來，就算現在沒收房，以後等大郎成親了也是要收房的，有這樣一個人在大郎身邊，益補的！」

這會兒杜大太太更是愣得說不出話來了，臉上神色也尷尬。二太太難得見杜大太太這樣吃癟的樣子，心裡別提有多舒坦，但城裡人絕不像鄉下人，喜歡直截了當的落井下石，她笑著上前道：「老太太您這就錯怪大太太了，那不是前一陣子沐姨娘的事讓老太太生氣了，把府上好幾個莊子裡來的鄉下丫頭都給攆回去了嗎？大太太知道這方巧兒也是鄉下來的，生怕哪天讓老太太撞見了不高興，所以才打發了的。若是老太太不在意，媳婦這就去請人把她給接回來。」

「接接接，現在就接，能旺大郎八字的，便是個鄉下丫頭，我也忍了。」杜老太太說著，竟真的指使起二太太接人去了。

杜若方才是被氣得胃疼，這會兒杜大太太又被氣得肝疼，只捶著心口，說不出個話來。這時候杜大老爺正好從杜若房裡出來，杜大太太這一腔的委屈沒處發洩，只低下頭顫著身子擦了擦眼淚，又強顏歡笑的上前問道：「大郎怎麼樣了？」

「吃過了藥，已經躺下了。」杜大老爺摟著杜大太太的肩膀安撫了一番，他方才從房裡出來，也聽見了她們的談話，便轉身對杜老太太道：「老太太，人家閨女已經放回去多少天了？指不定配了人都不知道呢，如今大郎才病了，又派人去接，倒是怎麼說好呢？反倒落了旁人的口實，只說我們杜家是把她閨女當救命菩薩的，沒用了就給丟回去，這會兒有用了，又請回去。」

杜大老爺說著，只嘆了口氣道：「依我看，這要是尋常人家，倒也是無所謂的，可我們杜家畢竟是開藥鋪醫館的，也這樣迷信，只怕百姓們只當我們的藥不靈，以後誰來找我們看病呢？」

杜老太太才想開口，卻發現杜大老爺說的實在有道理，想了想道：「我這不也是病急亂投醫嗎？聽你這麼說倒確實是這個理，杜家畢竟是醫藥世家，這種事情做一次也就夠了，做幾次倒是讓人笑話。大郎的身子怎麼樣了？」

「比上次好一些，應該沒什麼大礙，這會兒已經不吐了，老二正在為他施針。」杜大老爺見終於把杜老太太給勸服了下來，總算鬆了一口氣，見家裡的姑娘和哥兒們都在這裡等著，只開口道：「今兒中秋，本是一家團圓的事情，如今弄成這樣，都是你們大哥哥的不是，你們以後可記著了，要好好鍛鍊身子，多吃飯。」

姑娘和哥兒們只都虛心領受，笑著道：「大老爺教訓得是。」

杜老太太見了這一圈孩子們，又見趙氏也坐在那裡，便抬手道：「蘅哥兒媳婦，妳帶著弟弟妹妹們繼續吃去吧，這才剛開席呢，我進去看看你們大哥哥，一會兒就回去。」

趙氏只點頭應了，領著一群孩子們回了福壽堂。

過了片刻，杜二老爺才從房間裡頭出來，額頭上還帶著點點汗珠，見幾個家長都圍著呢，便開口道：「不咳血了，這會兒也不吐了，要進食卻是不能，讓廚房備著些米湯，等大郎醒了稍微喝一點吧。」

杜老太太心疼道：「這好端端的，怎麼就一下子病得這麼厲害了呢？平日裡吃的喝的，哪一樣不是盡心盡力的？」

杜二老爺自然不能拿氣傷胃這一說來跟杜老太太解釋，只能如實道：「今兒中午太醫院幾個年輕的小太醫們聚了聚，也不知有沒有喝酒，等我明天回去問問便知道了。」

杜老太太聽了道：「若是真的帶著大郎吃酒去了，你便罰罰他們的俸祿，一群不省事的公子哥兒！」

杜二老爺點頭應了，上前扶著杜老太太道：「老太太也快回去吧，今兒月亮圓著，吃完了兒子陪您賞月。」

「我現在哪裡有什麼心思賞月？真是被嚇得魂還沒回來呢。」

杜二老爺笑著道：「那趕緊的，回去吃一顆強心丸，壓壓驚。」

杜老太太被杜二老爺勸著走了，杜二太太也跟著後頭一起去了。杜老太太走了幾步，回頭看了一眼杜大老爺和杜大太太道：「你們兩個進去看看大郎，一會兒也過來吧，今兒還過節呢。」

杜大太太這會兒心裡還難受著，只勉強陪笑點了點頭，目送他們離去。這人才一走，杜大太太就撐不住了，只埋在杜大老爺的懷中抽噎道：「這可怎麼是好啊，誰知老太太的心思是這樣的，我也顧不得那麼多了，只同王妃說好的那樣，等王爺回來就上門提親便罷了。」

杜大老爺也是眉宇緊蹙，只搖頭道：「原先從沒提起過，便是禮成了，老太太不樂意也只能生個悶氣，頂多罵我們幾句不孝。如今她心思都說得這麼明擺，我們再這麼做，那倒像是頂著她老人家一樣，存心要跟她對著幹了。」

「可不是，我本就是怕這個，所以才各方瞞得結結實實的，誰知道這個二太太，怎麼就鬧出這一招來，倒是讓我們無計可施了！」杜大太太說著，轉身往房裡頭去。「大郎這會兒怎麼樣？原先是說好了今晚要和七巧去看燈會的，如今也去不成了。」

杜大太太進了門，見這會子正有兩個丫鬟守著，便交代道：「妳們好生服侍著大少爺，要是他醒了，要吃什麼、要喝什麼，就立刻命廚房去做，外頭的小丫鬟們也都候著呢，只今晚妳們上心些，可千萬別自己睡過去了。」

兩個丫鬟都提起了精神道：「太太放心，我們定然一刻也不歇的盯著大少爺。」

杜大太太走上前，伸手撫摸杜若緊皺的眉峰，手指在他蒼白的臉頰上緩緩畫過，嘆息道：「傻孩子，怎麼就氣成了這樣？」

杜大老爺看著病中的兒子，想起年少時因為見了杜大太太一眼，所以回家茶飯不思的那些醜事，頓時覺得這兒子還真是像極了自己。可是他怎麼也沒想到，這孝子和慈父之間，卻也有要打架的一天。

卻說春生把東西都送到了劉七巧家去，還死皮賴臉的混了一頓晚飯。中秋時節天黑得比較遲，東邊的月亮倒是已經升了起來，跟大玉盤一樣掛在了雲間。難得杜若不在，春生又在，劉七巧雖然萬般不喜歡做家務，今兒還是大義凜然的把收拾廚房的事情給包了下來。所幸有錢喜兒的幫助，她也不算太吃力，兩人坐在廚房裡頭邊洗碗邊聊天。

「喜兒，妳覺得春生哥哥怎麼樣呢？」劉七巧見春生最近表現良好，打算幫春生一把，給他在自己小姨子面前刷一下存在感。

「春生哥哥人很好啊，經常給我和八順買好吃的。」

劉七巧一聽樂了，原來春生確實是做過功課的，還有點心思啊！居然能知道把小姨子馬屁拍好這樣有技巧性的關鍵點。劉七巧旁敲側擊的問道：「喜兒，七巧姊姊就要嫁給杜大夫了，妳姊姊也要跟著去，妳說她是不是就乾脆嫁給春生哥哥算了？」

錢喜兒一邊洗碗一邊小聲對劉七巧道：「七巧姊姊，我姐只能嫁給春生哥哥了。」

這下子劉七巧倒是弄不明白了，只疑惑問道：「為什麼呢？妳姐就不能嫁給比春生哥哥更好的人嗎？」

錢喜兒很憂鬱的搖了搖頭道：「不行，八順說，女孩子只能給自己的男人做鞋，我姐都給春生哥哥做了鞋，怎麼還能嫁給別人呢？」

劉七巧噗哧笑了，在圍裙上擦了擦手，揉了揉錢喜兒的腦袋瓜道：「八順是唬妳只給他一個人做鞋吧？妳別聽他的，他就只知道欺負妳，在王府裡面他就可憐了，誰也不敢欺負，整天乖得跟什麼似的。」

錢喜兒聽劉七巧這樣說，一張小臉也頓時紅了，只低頭道：「我才開始學納鞋底，八順說，要我在他腿好之前做一雙鞋出來，他的腿一能走路，就要穿我的新鞋子去上學。」

劉七巧捏捏錢喜兒總算胖鼓鼓一點的臉頰道：「好好納，回頭在鞋底給他放一根大針，讓他繼續翹著腳上學去，誰讓他欺負妳的。」

錢喜兒一臉窘迫的看著劉七巧，心道世上居然有這麼狠心的姊姊啊？以後還是我的大姑，七巧姊姊妳可真壞呀！

春生和錢大妞並排坐在前院梧桐樹下的大石頭上，兩人各自低著頭，你蹭蹭我，我蹭蹭你；你擠我一下，我再擠你一下。就這樣又蹭又擠了小半個時辰，春生才怯生生的從懷裡拿了那寶藍色的錦盒出來，遞給錢大妞道：「大妞，裡頭那些都是少爺讓送給七巧她們的，這個是我私下裡送給妳的。」春生說著，把錦盒往錢大妞的衣裙上一放，低著頭不好意思的撇開身子。

錢大妞這會兒也是心跳加速，看著錦盒的架勢，倒是價值不菲的樣子，別弄出什麼個定情信物來，她可消受不起了。

「這個我不能要，太貴重了。」錢大妞光看盒子就沒了打開的信心了。

「別啊，貴重啥呀？不過就是一個普通玩意兒。」春生說著便急了，臉脹得通紅道：「少爺說了，這送人的東西，不能隨便包帕子就完事，這盒子是他賞我的，妳好歹打開看看呢？」

錢大妞見春生急了，又說得這麼真真切切的，想了想便伸手將那錦盒的扣子給打開了。眼前正是月光盈盈的時候，那金色的纏絲花紋在月光下都灼灼閃亮。錢大妞從小便沒看過多少這樣的玩意兒，李氏也是個勤儉的性子，便是有也不常拿出來戴，所以這東西她還真沒見過幾次。

「這這這……還說不貴重呢！這麼好看，花了不少銀子吧？」錢大妞頓時就心疼起了銀子。錢大妞知道春生家是杜家家養的奴才，靠著家主生活，家裡定然是不富裕的。

「沒花多少銀子，這些金子都是逢年過節老太太、太太還有大少爺賞的，我這不沒敢讓我娘知道，偷偷存著了，正巧打出這麼一個小玩意兒來，妳快試試看呢？」春生說著，把手鐲給取了出來，往錢大妞的手腕上戴了上去。錢大妞一雙手腕是做慣了家務的，沒有劉七巧那麼細巧，看著渾圓白皙，倒是襯得這鐲子越發好看了。

錢大妞有些不好意思的低下頭，想了想從懷裡也拿出幾雙襪子，遞給春生道：「前幾日給七巧繡嫁妝，正巧多了這麼幾塊布頭，我尋思著也沒什麼用，就給你縫了幾雙襪子。」

兩人又在樹底下膩了半天，看著月亮就要上中天了，春生這才起身道：「我回府接少爺出來，一會兒帶著妳和七巧一起看花燈去。」

錢大妞羞羞答答的送他出門，又囑咐他一定要路上小心些。春生笑哈哈的道：「放心吧，一會兒就見了。」

只可惜天不遂人願，今天是見不成了。春生才回到府上，就聽自己老爹說了杜若發病的事情。他平常是杜若的跟班小廝，沒有杜若的允許卻也是不能進百草院的。這會兒只能在院門口乾著急，好不容易見了院裡的小丫鬟，趕緊陪笑著問道：「好姊姊，好好的少爺怎麼就病了呢？如今怎麼樣了？」

那小丫鬟搖著頭道：「我們也不清楚，說是在福壽堂吃團圓飯的時候，也不知怎麼就犯病了，聽二老爺說，是中午跟著太醫院裡的太醫吃酒去了才會這樣的，也不知是不是真的。這會兒人已經睡下了，老爺說倒是比上次發病的時候輕一些，茯苓和連翹兩位姊姊都在裡面看著呢，王嬤嬤也進來了，正守在大少爺床邊上哭呢。」

春生這會兒也滿腦子的問號，他家少爺最近是人逢喜事精神爽。他跟前跟後每次都小心伺候著，還真沒聽說他有哪裡不舒服，怎麼說犯病就犯病了，而且看著來勢洶洶的樣子，竟是病得不輕了，這叫什麼事啊！

春生想了想，覺得錢大妞她們還在家等著，倒是不能讓她們久等了，只能辭了小丫鬟，趕著車又往劉七巧家跑了一趟，只把杜若生病的事情給說了一通。

劉七巧前幾日才見到杜若，看他臉色比先前好很多，雖然身上還不見長肉，可力氣也沒小啊？怎麼這才幾天沒見，就……病了呢？難不成是因為杜若跟著她回了一次牛家莊，長途跋涉的，又勞累到了哪兒？

「春生，你快回去看著你家少爺，讓他先好好養病吧，這些都別記掛著了。」劉七巧雖然這麼說，可心裡頭還是七上八下的。聽春生方才說的那些話，杜若這次鐵定又是胃出血了，這好端端的，怎麼就那麼不小心呢？

「聽說是少爺中午跟人喝了兩杯酒……」春生還沒說完，劉七巧就氣呼呼道：「他居然還敢喝酒，他當自己的身子是銅牆鐵壁嗎？竟然喝酒去……」後面的話，劉七巧已經嘟囔得別人聽不見了，說什麼——說得好聽，還說只喝跟我的交杯酒，男人都是這樣一張臭嘴，看我下次還信你！

春生見劉七巧急了，急忙勸慰道：「七巧姑娘妳別急，這次沒上次嚴重，估摸著過幾日也就好了，妳別著急，明兒我再來給妳傳信。」

李氏見劉七巧憋得眼眶都紅了，只上前安撫道：「人還沒個頭疼腦熱的？妳也別太擔心，杜家畢竟是醫藥世家，杜大夫一定會沒事的。乖，別哭了。」李氏說著，拿帕子給劉七巧擦了擦眼淚。

劉七巧只抽噎了一、兩聲，扭頭道：「誰哭了？他要是愛喝酒，就算是喝死了，我也絕不掉一滴眼淚，還白糟蹋了呢！」

李氏見女兒這樣，便笑著道：「妳瞧妳這氣話說的，他婚書都留下了，要是他死了，妳不得守寡去？別口沒遮攔的，讓人家春生聽見了也不好。」

春生見劉七巧這回是真生氣了，忙賠笑著道：「這話一定為七巧姑娘帶到，我們家少爺就聽妳的，妳這麼說他可是不敢再喝酒了。」

春生說著只往外頭而去，錢大妞連忙追了出來。「管好你的嘴，別什麼都亂說，倒是讓少東家先養好了身子，到時候自己來跟七巧說個正經。」

春生點著頭道：「我知道，我就是納悶，我這就今天一天沒在少爺跟前，怎麼就出了這事呢？回頭我得仔細打聽打聽，少爺中午到底有沒有出去喝酒。」

「算你上心，快回去吧，時候也不早了，今兒你可守著點少東家。」

「房裡一大窩子人呢，哪裡用上我？我就在二門外守著吧。」春生說著，也嘆了口氣，駕了馬車離去了。

第六十八章

屋裡頭劉七巧方才還忍著，這會兒見春生走了，便趴在茶几上哭了起來。不過劉七巧哭了一會兒就停了下來，想想自己這也三十的人了，怎麼越發活回去了，跟姑娘家一樣矯情了起來。於是便擦了擦眼淚，笑著對大妞道：「大妞，他不帶我們去看燈會，我們自己看去。」

錢大妞沒想到劉七巧一會兒就不哭了，還喊了自己一起出去看花燈，也不知怎麼回應，便笑著道：「外面人多，不然我們還是別出去了吧。」雖然錢大妞心裡是很想出去的，她進城那麼久了，一早就聽隔壁的嫂子們說起八月十五的燈會，一個個臉上都洋溢著笑，說是這京城頂熱鬧的盛會呢，你沒出去看過花燈，就跟你沒過八月十五一樣。

李氏原先也是不想讓劉七巧出去的，可是轉念一想，劉七巧這會兒心情不好，沒準去外面走幾圈也就好些了，也不會再生杜若的氣，便拉著大妞的手道：「不然妳們就出去瞧瞧，我聽說燈會就在長樂巷邊上的永樂巷上，離這邊也不遠，妳們早去早回，散散心去。」

錢大妞領會了李氏的心思，便笑道：「大娘這麼說，那我可就真去了？」

八月十五本來就是團圓的節日，一家人吃完了晚飯，權當散步一樣來到永樂巷邊上的秦河邊賞賞花燈、猜猜燈謎，一派悠閒的場面。也有年輕的小情侶背著家長出來玩的，各自都戴著面具，只私下裡手牽著手，反正也沒有人能認出他們來。

當然也有許多不戴面具的姑娘，基本上就是城裡平常百姓家的姑娘，沒有那麼多講究，也不怕被人看了去，只三五成群的在一起玩。劉七巧本來心情不好，不過在看見了這樣熱鬧的場面之後，心情也好了幾分。

錢大妞從沒見過這麼多人又這麼大的場面，只拽著劉七巧的袖子不鬆手，生怕人多走丟了。劉七巧笑著轉頭道：「大妞妳不用拽那麼緊，人還不至於那麼多。」劉七巧前世是見識過春運的人，保守估計現在永樂巷上的人流量，也不過就是萬兒八千的，根本就沒達到飽和水平，至少走路的時候，還不需要踩著別人的腳後跟。

錢大妞就不一樣，只覺得這一、兩秒之內就有人從自己身邊經過，那已經是不得了的人多了，不過她適應得挺快的，一會兒便也不像方才那麼緊張了。

劉七巧沿著秦河的岸邊一路走，看著畫舫在河上慢悠悠的過去，過眼是繁華的街巷，耳邊是悅耳的絲竹聲和熙熙攘攘的人聲，第一次真真切切的感覺到，自己確實是置身於千年以前的時空。這不是一場冗長的夢境，這是她的第二次人生。

「大妞，我們回去吧。」繁華過後，總覺得異常的落寞，劉七巧也覺得自己傷感了起來，想起還在病床上的杜若，她也沒了看燈的心思了。

錢大妞那邊正看得津津有味，冷不防聽劉七巧說要回去，便也收了性子點頭道：「那就回去吧，這會兒也不早了。」兩人正說著，前頭不遠處的人群中忽然傳來一聲痛苦的尖叫聲。

原來那邊有個做花燈的民間藝人，正在現場做花燈。好多人都在圍著看，裡三層外三層的，正巧有人往後退了兩步，一腳踩到了身後人腳上，那後面正巧站著的是一個大肚子的孕婦，這幾步一退就跌倒在地上了。前面的人一時沒了依靠，也只往地上摔下去，誰知碰巧卻正好摔在了那孕婦的身上，才鬧出這麼大的動靜來。

孕婦的肚子已經七、八個月大了，被重物一壓，當場羊水就破了，只扯著嗓子喊肚子疼。撞在那孕婦身上的是個姑娘，臉上戴著面具，這會兒見孕婦喊得厲害，也只能上前安撫道：「妳家住哪兒，我喊了下人扶妳回去先。」

這時候她身邊的少年郎有些沒耐心，只拉著那姑娘的袖子，在她耳邊道：「我們先走，一會兒讓下人們過來處理，免得給人看見了。」

那姑娘卻不肯走，只彎下腰陪著那孕婦，抬頭對那男子道：「那怎麼行？是我撞了她，你若是怕人看見，你先走好了。」

這時候人圍得越來越多了，那男子也顧不得其他，甩開了那姑娘的袖子就先走了。劉七巧上前看了看情況，那產婦身下好一灘羊水，又沾染了一些血跡，只怕是也見紅了。她的男人正跪在地上扶著她，口中焦急道：「妳怎麼樣，還能忍嗎？」

「肚子疼，疼死了。」看產婦的年紀應該不是第一胎，口中只胡亂喊疼。劉七巧見人越圍越多，那姑娘卻還沒有走的意思，她知道這時代男女私相授受的出來，是會被人說道的，於是便靠過去對那姑娘道：「姑娘先回去吧，這裡就交給我。」

那姑娘隔著面具瞧了一眼劉七巧，差點兒漏了兩拍心跳，提著衣裙就站了起來，也不敢道謝，急急忙忙的就往沒人的角落跑了。

劉七巧只覺得這身影有些熟悉，卻一時也不知在哪裡見過，不過這時候產婦正喊著疼，她也顧不得這些了，只彎腰問產婦道：「大嫂子，妳家遠嗎？還能起來嗎？」

那產婦忍著疼搖搖頭道：「忍不了了，要生了，啊……」

她這一聲才一喊，下面又湧出一灘羊水來。這時候看熱鬧的人越來越多，大家七嘴八舌道：「看樣子是要生路上了，那兩個撞人的怎麼都跑不見了呢？」

劉七巧摸了摸產婦的肚皮，果然已經入盆了，又見那產婦頗有經驗的用起了力道來，便喊了一旁的大嫂、大嬸道：「嫂子、嬸子們幫個忙，好歹把這位大嫂子移到角落裡頭一點，別真在大馬路上就生了啊。」

這時候正有一個好心的貴婦人道：「我家馬車就停在那邊路口，不然上馬車上生吧？」

劉七巧連連點頭，跟著眾人一起把產婦扶進了路口的馬車。那產婦才一進馬車，就又是一陣陣痛襲來，她自己卯足了勁兒用力，都已經瞧見了胎兒的頭頂了。劉七巧知道只要不是頭胎，後面的都快得很，便也安撫道：「大嫂子別急，省著點力氣，等肚子疼的時候再用力。」

幸虧今兒是燈會，照明問題也解決了，看熱鬧的嫂子、嬸子們人手提著一盞燈在邊上候著。錢大妞只拿帕子為劉七巧擦擦額頭上的汗道：「七巧，看著快生了。」

「嗯。」劉七巧點點頭，嘴角微微一笑，她工作起來便嚴肅認真，沒有半點女兒家的嬌態，轉頭向大妞道：「妳去幫我找一把剪刀來，一會兒孩子下了得剪臍帶。」劉七巧說著，又伸手按了按產婦的肚皮，發話道：「大嫂這會兒用力，肚皮已經發緊了，對……就這樣用力，別喊出聲來！」

大家都不約而同的就跟著劉七巧說的屏住了呼吸，恨不得跟自己生孩子一樣，都脹得臉色通紅。那產婦一通力氣使完，孩子的頭已經頂在了陰道口上了，大家夥兒都興奮的道：「看見孩子頭了，要出來了要出來了！」

這種集體觀摩生孩子的場景，讓劉七巧想起了她第一次看自己老師做剖腹產手術時候的場景，他們一圈學生圍著一個產婦，看著老師把孩子從產婦的肚子裡抱出來，當時那種激動和興奮的心情，真是讓人記憶猶新。

而此時此刻，這些嫂子、嬸子們的心情也是一樣的，她們曾經可能自己也生過孩子，但對於她們來說，那都是痛苦的經歷，唯獨現在，讓人激動得難以自持。

「再用一點力就出來了。」

「看這頭頂就是男孩。」

「可不是可不是，大嫂子妳加把勁兒。」

這時候錢大妞去一旁的裁縫店裡頭借了一把剪刀，才擠進人群，就見劉七巧已經伸手摸上了小娃兒的脖頸，只輕輕的往外頭一帶力，那閉著眼睛皺巴巴的小人兒就從那產婦的肚子裡面給生了出來。

人群中又一次響起了激動的聲音。

「看我猜得沒錯吧，果然是男孩。」

「男孩好、男孩好，恭喜你，得了一個大胖小子。」有人轉身對著正在人群周邊的孩子他爸道喜。

劉七巧處理好了嬰兒的臍帶，提起小寶貝的一雙腿，伸手在他的腳底心拍了兩下。一聲響亮的哭聲穿透嘈雜的人群，傳入燈火通明的夜空中。

不遠處的角落中，小丫鬟朝著產婦生娃的方向道：「姑娘，我們回去吧，那大嫂子生了。」

杜茵點了點頭，心頭的大石頭總算是落了下來，暗暗舒了一口氣，想起那個棄她而去的公子哥兒，生了悶氣。

「我們快回去吧，順道看看大哥哥醒了沒有。」

小丫鬟提著燈籠在前面引路，小聲道：「二姑娘、三姑娘只怕還在裡面玩。」

「那我們就在馬車上等著，她們身邊都有人跟著，料想也不會走得太遠的。」

「嗯，若她們不在，就喊了車夫進去找一圈，又不費什麼事。」

小嬰孩一哭，全場看熱鬧的人心口都鬆了下來，劉七巧將孩子往懷裡一抱，那孩子居然縮著小脖子連連打了幾個噴嚏。劉七巧被他逗得笑了起來，一旁看熱鬧的大嫂子笑著道：「喲喲，小寶貝著涼了，都打起噴嚏來了。」

這時候孩子他爹已經脫下了外衣遞了過來，劉七巧把孩子放在馬車裡頭包裹住，遞給一旁回過神的產婦道：「大嫂子，恭喜妳喜得貴子。」

那產婦連連點頭謝過來，正要起來，一旁的貴婦人道：「妳快別起了，生了孩子當心受風，還是在馬車裡頭躺著，妳告訴我家住哪兒，我讓我家車夫把你們送回去了。」

那孩子他爹千恩萬謝道：「今兒出門正是遇到貴人了，不然我們小夫妻倆可怎麼辦啊？我家住得不遠，就在過兩條巷子的安泰街上。」

劉七巧一聽，安泰街可不就是杜家的那條街上？也沒發話，她這會兒手上還沾著髒東西，只拿錢大妞遞過來的潮帕子擦了擦，對那夫人道：「那麻煩這位夫人送大哥大嫂回去，我這裡就先走了。」

錢大妞領著劉七巧來到一處河岸，自己站在上頭看著，劉七巧蹲下來，低著頭在秦河水裡頭洗了洗手。

劉七巧洗完了手，在路口的花燈攤子上買了兩盞花燈，跟錢大妞一起往家裡去。這時候錢大妞才忙不迭的問劉七巧道：「七巧，妳認識方才那位姑娘嗎？她撞了人，妳怎麼就這麼容易放她走了呢？」

劉七巧把玩著手中的花燈道：「妳沒看見她方才和那身邊的男子都是戴著面具的嗎？必

定是哪戶人家的公子小姐偷偷的出來玩，她要是在那邊不走，一會兒她家的下人找了來，不都知道她是哪家的姑娘了？」

錢大妞點了點頭道：「喔，我懂了，城裡這規矩嚴，不比我們鄉下的。」

「可不是，剛才我看那姑娘是存心想救人的，可她一個人勢單力薄，她男人又撇下她走了，要是被人揭穿了身分，她的閨譽只怕不保，所以就上前幫了她一把。」

「那人也太不是男人了，還是杜大夫好，不管什麼事都替七巧考慮，也不管什麼閒言碎語的，都站在七巧妳身邊。」錢大妞這會兒好容易逮著了機會，便為杜若美言了幾句。

「行了吧，少在這邊旁敲側擊的，他要是真好，怎麼平白無故的要喝酒，我看他就是沒想好。」劉七巧經過了方才的事情，這會兒已經不怎麼生氣了，不過還是撇了撇嘴道：「算了，看他如今都已經病著了，我也懶得跟一個病人一般見識。」劉七巧說著，又嘆了一口氣。「可是他病了，我要如何見到他呢？」要是真的十天半個月都見不著杜若，劉七巧覺得，自己也要得相思病的。

錢大妞這下也不知道怎麼安慰劉七巧了，這杜若生病鐵定是在家裡待著，劉七巧又進不去，可不是十天半個月都見不著了？錢大妞也跟著劉七巧嘆了一口氣，兩人無精打采的往家去了。

杜茵上了馬車，才略等了一會兒，杜家另外兩個姑娘也回來了。她們兩人身後都跟著老嬤嬤，見了杜茵便道：「大姐，方才我在那邊瞧見那個劉七巧了，她今兒也出來逛燈會，方才還給一個路上要生產的孕婦接生了呢！」

杜茵只虎著臉道：「什麼生不生的，這也是姑娘家能說出來的話嗎？錢嬤嬤，妳好歹是二姑娘的奶娘，妳就任憑她回去也這樣亂說？一點女孩子家的貞靜嫻淑都沒有。」杜茵雖然年紀也不大，但在杜家三姐妹中是最年長的，拿出長姐的威嚴來倒是有幾分樣子。

「大姑娘說得是，二姑娘快別這麼說，這些話可不是女孩子家說的，便是年輕媳婦也不敢這麼說，都是我們老人家嘴碎，讓姑娘妳聽了來，在老爺、太太跟前是萬萬不能說的。」錢嬤嬤連忙在杜茵面前認錯，杜芊只撇了撇嘴，有點不服氣的點了點頭。一旁的杜苡倒是安靜得很，同她的母親蘇姨娘很像。

杜茵心裡裝著事情，臉上也不大好看，只繃著臉道：「大哥哥還病著，我們偷偷出來玩已經是不好的，若是讓老太太知道了，又要說我們兄妹之間不親厚，今天的事情，回去就不要再提了，知道不？」

兩位妹妹都點了點頭表示知道，杜茵這才鬆了一口氣，對外面車夫道：「錢叔，回府吧。」

第六十九章

杜府西跨院裡頭，難得杜二老爺留在了杜二太太的房裡。杜二太太年紀不大，雖然到了三十如狼四十如虎的年紀，難為她要如此清心寡欲，這幾年杜二老爺也做起了計劃生育，雖然在姨娘房裡睡得比較多，但中彩的機率還是小了很多。

杜二太太見今日杜二老爺留下了，以為中秋夜二老爺打算和自己團圓團圓，便上前邊為他寬衣邊道：「今兒倒想起我了，前幾日莘哥兒身子不好，你去蘇姨娘那邊瞧了嗎？」

「怎麼沒看過？小孩子不過就是著了點風寒，沒什麼大礙的，他姨娘以前也是官宦人家的小姐，難免嬌慣著點，我已經同她說過了，男孩子不能當女孩子養。」杜二老爺這會兒倒是平靜得很，他原以為杜二太太方才那些話不過只是一時興起才說出來的，所謂不知者無罪，杜二老爺雖然生氣，但也不至於胡亂怪罪人。

杜二太太見杜二老爺似乎心情不算很差，又想著剛才他們兩兄弟陪著杜老太太喝了兩杯，方才那事情沒準大家都覺得已經過去了，便小心翼翼的試探道：「劉七巧和大郎那事，你是早知道的吧？我今天要是不提起來，你們預備還瞞著老太太多久？」

杜二老爺這會兒已經除了外衣，正想上床躺著，聽杜二太太這麼一說，頓時覺得這事情有古怪，轉身問道：「妳這話都是聽什麼人說的？」

杜二太太拉下臉道：「什麼叫我是聽誰說的，外頭藥鋪的夥計都知道的事情，憑什麼我不能知道，你說說看，蘅哥兒不過就是納了一個鄉下丫鬟做妾，老太太都訓了我多少次話呢？如今大哥大嫂要找一個鄉下丫鬟做大少奶奶，她自然是不會同意的。」

「敢情妳今兒是故意挑事去的？」杜二老爺從床上一蹺腳就坐了起來，盯著杜二太太問道：「我說妳怎麼莫名其妙就提起劉七巧來了。」

杜二太太仍舊後知後覺的道：「我那怎麼叫挑事？我不過就是幫你大哥大嫂在老太太面前探探口風而已，又沒說出什麼來，哪算是什麼挑事？我要是真想挑事，一早就偷偷的把這事情告訴老太太去了。」杜二太太說著，側身往床沿上一坐，只冷哼了一聲道：「依我看，老太太就是偏心。」

杜二老爺聽杜二太太這麼說，只氣得吹鬍子瞪眼，從床上爬了起來，一邊往衣架子上拎衣服一邊道：「妳這蠢婦，大哥大嫂平常不幫襯我們嗎？妳不知恩圖報就算了，還去破壞杜若和七巧的好事，妳可知道七巧的能耐，她要是當了寶善堂的大少奶奶，寶善堂這塊金字招牌興許還能多傳幾代呢！」

杜二太太一聽，頓時一肚子委屈，只坐在床沿上哭了起來。「你怎麼也怨我呀，我這不是為了我們二房考慮嗎？怎麼說蘅哥兒媳婦的娘家還是大理寺的堂官呢，如今騎在她頭上的嫂嫂是個鄉下丫頭，你讓她以後怎麼有臉回娘家呢？」

「我看妳倒是從來沒這麼心疼過蘅哥兒媳婦，兒子要把姨娘接進府上的時候妳心疼過她沒有？那姨娘在府裡鬧騰的時候妳心疼過她沒有？妳也別在這邊說風涼話了，今兒要不是妳，大郎會氣得舊病復發嗎？我說妳怎麼就這麼不得閒呢夫人，妳好歹也是有孫子孫女的人了，有空就在這西跨院帶帶孩子，少出去禍害人吧！」杜二老爺說著，拎了腰帶繫上，一轉身就走了。

杜二太太在房中獨守空閨，見外頭有動靜還以為杜二老爺回來了，正開口想問，那邊丫鬟便進來回話說，杜二老爺去蘼蕪居和幾個姨娘喝酒去了，還把剛去時幾位姨娘的熱情招待給稍微描述了一下，惹得杜二太太這心頭的怒火還沒下去，又被一罈子酸水給堵住了，氣得翻身上床就睡，可偏巧怎麼睡也睡不著。

而這一夜，亦有幾個人是沒睡著的，其中一個就是回到了家中的劉七巧。劉七巧在炕上翻來覆去幾次，還是睡不著。想起杜若發病時候的模樣，他本就瘦弱，臉又白，胃疼的時候常忍出滿頭大汗來，一張臉更是跟紙一樣。劉七巧想到這裡，就覺得心疼得要死，恨不得立馬就飛到杜若身邊守在他床前才好呢。

劉七巧唉聲嘆氣的沒完，那邊錢大妞翻了一個身，看看視窗上透出來的魚肚白，揉了揉眼睛道：「七巧，天亮了嗎？」

劉七巧看看外頭的天色，可不真天亮了，不過她這會兒也終於扛不住了，瞌睡蟲上來抱著被子就呼呼睡下去了。

還有一個一夜沒睡的，倒不是不想睡，只是不敢睡，那就是在百草院二門口門房裡面守著的春生。因為怕杜若半夜醒過來要食物和水，所以一眾丫鬟們輪流值夜，一直到了五更天的時候杜若才悠悠醒轉，話是能說了，只不過虛弱得很。丫鬟茯苓急著要去找杜二老爺來瞧瞧，被杜若拉住了道：「我不礙事，這會兒還早，不要驚動了老爺太太們，妳去看看春生在不在外頭，在的話把他喊進來。」

茯苓忙點頭道：「春生就在二門外候著呢，大少爺您這會兒怎麼樣？要不要吃些什麼？用些什麼？」茯苓見連翹正趴在桌子上睡得沈，上前拍了一把她的肩膀道：「這小蹄子，還不快醒醒？大少爺醒了。」

連翹忙起身，揉了揉眼睛站在杜若面前道：「大少爺想吃些什麼，我這就給大少爺去廚房取。」

茯苓想了想道：「昨晚太太說讓廚房備著米湯的，妳去瞧瞧有了沒有，快去端一盅過來，讓大少爺潤潤喉。」連翹點著頭要出去，又被茯苓叫住了道：「妳先到二門口把春生叫進來，大少爺急著找他。」

春生這時剛剛才和周公會上面，聽見人喊他，一下子就站了起來，見是杜若院裡的連翹，忙笑著問道：「好姊姊，大少爺醒了沒有？」

連翹道：「大少爺要是沒醒，我來找你幹麼？快去吧，大少爺正喊你呢。」

春生連連點頭哈腰，笑著就往百草院裡頭跑，連翹在後面喊道：「你走慢點，仔細腳下的泥，別帶進了房裡讓我們好忙的。」

春生道：「知道了，姊姊放心，我脫了鞋進去。」

連翹笑著道：「可別，大少爺才醒，別又給你熏暈過去。」

春生這下也無語了，只嘿嘿的乾笑了兩聲，往裡頭去了。

杜若這時候還昏昏沈沈的，也不知道是什麼時辰，看著天是亮著的，便問茯苓道：「這會兒什麼時辰了？」

茯苓打了個哈欠。「大少爺，這會兒五更了，天才剛剛亮呢。」杜若點了點頭又閉上眼睛，這會兒小丫鬟在外面傳話道：「春生來了。」

杜若這才又睜開了眼，春生平常跟著杜若跑書房跑得多，這房間他也沒進來過，見了茯苓又是不好意思的點頭哈腰。茯苓見兩人有話要說，便索性去了外間，留下話道：「大少爺要是有什麼吩咐，只管讓春生喊一聲，我就在外頭候著。」

春生還沒等杜若發話，便老老實實的把昨天的事給說了一遍。「七巧姑娘生氣了，說少爺您不該喝酒的，少爺您這真是喝了酒才犯病的嗎？」

杜若這會兒自己也分不清了，酒是喝了兩杯，但他在劉七巧家陪劉老爺喝的還不止那麼多呢。況且中午喝的還是暖過的黃酒，壓根兒不應該這樣，唯一的解釋大概就是氣的吧。這會兒杜若已經平靜了下來，只是覺得身子虛得很，便慢悠悠的說。「一會兒你出去給七巧傳話，說我沒喝酒，不過就是……」杜若一想，要是讓劉七巧知道杜老太太如今還不同意他們的婚事，只怕也要生氣，便嚥下了一口氣道：「罷了，就當我是喝酒犯的病吧。」

春生這會兒聽得雲裡霧裡的，只不解道：「少爺您這到底是怎麼病的？您都多久沒病過了，怎麼說病就病了？」

杜若閉著眼睛，繼續道：「你也不用多問了，告訴七巧我過幾日就好了，讓她不要擔心，我好了就去看她。」

春生擰眉道：「可七巧姑娘還在生您的氣呢，少爺您好歹是不是要安慰安慰七巧姑娘，您說這……不然我去了，也只有被她罵的分了……」

春生對於劉七巧的彪悍還是心有餘悸的，況且他又不能拿劉七巧怎麼樣，不然錢大妞就會把他給怎麼樣了。

杜若想了想，對春生道：「你去我的書房，那裡有一本《孕婦飲食手札》，上回七巧讓我把裡面用到的藥材效用和醫理寫在邊上的，如今我已經寫好了，你拿去給她吧。」

「啊？您就讓我給她這個？」春生覺得杜若泡妞的手段簡直還沒自己高明，他昨兒送了錢大妞一只手鐲，錢大妞對他的態度就不只多好了，所以春生好意提醒道：「少爺，不如給些別的吧？香袋？玉珮？金鎖？姑娘家不都喜歡這些嗎？」

「你拿那本書過去就行了，少廢話！」杜若提了點力氣，跟春生道。春生想了想道：「少爺，我不識字，您那書放哪兒了？可別讓我給拿錯了。」

正這時候，忽然聽見外面的丫鬟開口道：「大姑娘怎麼一早就來了？」

杜茵從外面進來，神色也是有幾分倦怠的，這便是昨晚沒睡著的第三人。原來杜茵想起昨日害得杜若舊病復發，又偏巧被劉七巧所救，心裡愧疚得很，怎麼也睡不著，一早就起身了，只等著杜若醒了好來看他。

「方才我的小丫頭看見連翹姊姊去廚房，想來是大哥哥已經醒了，所以過來瞧瞧。」杜茵說著，由茯苓引進了房內，轉身道：「妳出去歪一會兒吧，想來也一夜未睡，大哥哥這邊有我幫妳看著點。」

茯苓邊打哈欠邊道：「那就謝謝大姑娘了，我這會兒正睏勁上來，哈欠都打不完了。」

杜茵入內，見春生也在，她向來知道春生是杜若的心腹小廝，便也沒讓他出去，開門見山道：「大哥哥，昨兒我出去看花燈，遇見七巧姊姊了。」

杜茵這一聲七巧姊姊喊得極好，等於是認了七巧的身分了。杜若聽杜茵說起了劉七巧，還來不及狐疑杜茵為何這麼說，只睜開眼睛道：「妳們怎麼會遇上她的？」

「昨兒母親准許我們姐妹三人跟著老嬤嬤一起出去看燈，正巧遇上了七巧姊姊也在秦河邊上，那時候人太多，有一個孕婦被人擠了一下，摔了一跤，當場就要生孩子，七巧姊姊就在路邊的馬車裡頭給那個孕婦接生了，母子平安。」杜茵不緊不慢的說著，到了最後才低下頭道：「也難怪大哥哥會喜歡七巧姊姊，七巧姊姊確實是一個能幹的姑娘，雖然比我們年長不了多少，卻有那樣的本事，處變不驚，讓人敬佩。」

杜茵想起昨夜狼狽的樣子，對那離去的男子更是充滿了鄙夷，臉上又不禁浮起了紅暈，只對著杜若福了福身子道：「都是我的不是，昨兒知道了大哥哥和七巧姊姊的事情，便想著如何才能幫你們一把，原以為七巧姊姊如今是王府的義女了，身價倍增，老太太定然不會再嫌棄她什麼的，可誰知道竟弄巧成拙，還害得大哥哥舊病復發，我真是該死。」

杜若聽杜茵這麼說，總算明白了昨晚之事的隱情，只是事情已經發生，現在無論說什麼都沒有用了。當杜大太太提出要將這一切瞞著杜老太太的時候，杜若還有一絲絲的僥倖，然而昨晚杜老太太的那一席話，可謂是真的戳中了杜若的痛處了。

「算了，這事情既然過去了就不要再提了，老太太不接受七巧那也是沒辦法的事情，其實老太太和七巧也算有過幾面之緣，也是喜歡七巧的，只不過……」只不過難以接受一個鄉下丫頭做杜家的大少奶奶罷了。

杜茵見杜若臉色蒼白、病容懨懨的模樣很是自責，又想起昨晚劉七巧的搭救之恩，便咬了咬唇道：「大哥哥放心，老太太的心思也不是不能改的，沒準兒我們可以想想別的辦法，反正七巧姊姊這個嫂子，我是認定了。」

杜若聽杜茵這麼說，也是感激不盡，只笑著道：「眼下倒是有一件事請妳幫忙。」杜若說著，便喊了春生上前道：「你帶大小姐去書房，讓她幫你認那一本《孕婦飲食手札》。」

春生應了一聲，躬身替杜茵引路。「大小姐這邊請。」

杜若合上眸子，嘴角露出淡淡的笑意來，劉七巧總是這樣，無論何時何地，總能幫到需要幫助的人，這和杜家的家訓正是一樣的。杜若伸手安撫著自己的心口——杜若杜若，你可要快點好起來，七巧在等著你呢！

第七十章

且說劉七巧迷迷糊糊到了五更天才睡過去，幸好王妃是熟知她性子的，每每早起都跟幽魂一樣，瞌睡都會打到廚房裡去，所以王妃並沒有一早安排了轎子過去，只說午飯後去接便行了。上回廚房的許婆子還偷偷告訴青梅，說劉七巧在廚房看火的時候睡著了，火星差點兒燒著了眉毛。

春生去杜若的書房拿了東西，趕早就去了劉七巧家。錢大妞知道劉七巧昨晚沒睡好，便只讓春生在廳裡坐等。春生也是一宿沒睡的人，才等了片刻，就趴在茶几上打起呼嚕來。

劉七巧穿好了衣服出來，春生剛剛用袖子擦乾流在劉七巧家茶几上的口水。見了劉七巧便把懷裡的書給了她，道：「這是少爺讓給妳的，少爺說他過幾天就好了，讓七巧姑娘不用擔心。」

劉七巧接過春生遞過來的書本，放在掌心翻看了幾頁，笑著道：「我可沒什麼閒心思擔心他。」劉七巧坐下來，從最開始的一頁翻開看，見上面不但有解釋，還畫了圖案，就像是一本看圖說話的小人書。劉七巧不得不感嘆，古代的文人還真是書畫全才，她每次畫的東西都是寫意畫，杜若畫出來的可就是工筆畫了。

劉七巧看了幾頁，只覺得津津有味，裡面的醫理解釋得很清楚，就連不少劉七巧以前也不盡瞭解的東西，看過後一下子就恍然大悟了。劉七巧看了半天書，見春生還在那邊候著不走，便抬起眼皮道：「你怎麼還不走呢？」

春生笑嘻嘻的站在那邊，抓抓後腦勺道：「七巧姑娘就沒有什麼話要帶給我們家少爺的嗎？他如今這病榻纏綿的，姑娘也帶幾句話安慰安慰他吧？」

「他有什麼好安慰的？他自己不注意身子，我還去安慰他，以後越發嬌慣了呢。」劉七巧撇撇嘴，繼續埋頭看書，春生只尷尬的站在一旁，頂著一個苦瓜臉。

劉七巧想了想，從懷裡抽出一方絲帕，遞給春生道：「不然，你就把這帕子給他吧。」

「這……用過的帕子？」春生接在手裡，不知道這帕子到底是個什麼意思。

劉七巧心道：這會兒看你們主僕兩人怎麼猜我這啞謎。

春生接了帕子，點頭哈腰從廳裡出來，見了錢大妞便問道：「大妞，我讓七巧帶幾句話給我家少爺，她給我一方用過的舊帕子是個什麼緣故呢？難道這上面寫了什麼字？」春生說著，拿起帕子在太陽底下比著看了看，見上面除了有幾塊擦過的斑痕以外，就只在一個角落中繡了劉七巧的字樣。

錢大妞也接過去看了半天，恍然大悟道：「你傻啊？你看看上面的斑點，那是昨晚七巧哭的時候拿它擦眼淚來著，你看看這手帕，上面得有多少淚痕啊，這還不夠說的嗎？少東家一病，七巧就落了那麼多淚，這上面的點點滴滴，那都是鐵證啊！」

春生頓時茅塞頓開，表揚大妞道：「還是妳細心，我還琢磨著，這一方舊帕子能有個什麼意思呢？還不如幾句貼心話來得暖人呢。如今少爺要是看見了七巧的淚痕，那還不乖乖的吃藥？我這就回去，把這帕子拿給少爺去。」

杜若醒了之後，除了身子比較虛弱以外，倒也沒了別的什麼感覺。胃部已經不像昨夜那般劇痛，這會兒他稍微喝了一些米湯，正靠在引枕上，隨意的翻看一本婦科醫書。

杜老太太用過早膳之後，便跟著杜大太太一起匆匆前來看望杜若，見他已經起身來，也略略放下了心。「你好生養著，昨兒哪些人帶你去吃酒的，我今天讓你二叔全發落了。」杜老太太拿帕子擦了擦杜若的臉頰。「你看你這一病，好容易才養出的一些肉又沒了，我看你這身子不適宜隨處跑，不然太醫院的職就讓你二叔給辭了吧？」

杜若想了想，搖頭道：「老太太不用擔心，是我自己沒注意，今兒已經好多了，只需靜養幾日就好，太醫院的幾位老太醫醫術高明，我進去不過也就是為了跟他們多學著點，倒是累不著人的。」

杜老太太見杜若的氣色比昨晚好了很多，也便不多說什麼，只囑咐他以後千萬不可再碰酒了。

杜若點頭應了，杜大太太又問了一圈丫鬟們杜若昨夜的情況，略略鬆了一口氣。「你這會兒病著，只管養養精神罷了，何必還看什麼書呢？」

幾人正說著，忽然聽見門外傳來一陣爽朗的笑聲，人還沒見著就聽見了聲音。「老太太總怨我帶壞了大哥，這回我可走得遠遠的，緣何大哥還是犯病了呢？我就說大哥這病根本和我沒什麼關係的！」

杜若聽見這聲音，也是臉上帶笑，杜老太太這才反應過來道：「你這個混世魔王，怎麼今兒才回來？昨兒中秋，巴巴的全家就等你一個，你還好意思說？」

只見簾子一挑，從外面進來一個穿靚藍色綾緞袍子、披著墨綠色刻絲鶴氅的人，他就是那個承襲了杜二老爺風流的杜家二少爺杜蘅。

「老太太這次可別怨我，我從嶺南那邊回來，途徑金陵，正巧遇上了姨奶奶一家，他們這都二十年沒回京城了，正巧姨奶奶的孫兒這回進京赴考，所以一家人都來了。我尋思著他們家那在京城的房子幾十年沒住過人，怎麼好住了？所以就全給您接了過來了。」

杜老太太聞言，只激動道：「你說的可是真的？他們家都來了？」

杜蘅道：「那是自然，姨奶奶，還有她的媳婦、還有她一雙孫子孫女，都在呢。」說起這姨奶奶，是杜老太太的親妹子，當年嫁給了一個京官，後來韃子打來，一家人都跟著南遷了，男人死在了南邊，一家人就再沒回來了。前幾年聽說兒子也病死了，還請了金陵寶善堂分號的大夫去瞧過，沒能救得回來。如今一家老小，倒只有三個女的並一個孫子了。好在聽說孫子是極有出息的，小小年紀已經是舉人了，這次回京，大約就是為了年後的春試。

杜大太太聞言，上前扶著杜老太太道：「既是姨母來了，那我們還是出去迎一迎的好，你怎麼就這樣把客人留著，莽莽撞撞就來這裡了？」

杜蘅笑道：「大娘還當我是以前的小孩子嗎？人我已經領了他們到梨香院去安頓了，也派了幾個小廝丫鬟當幫手。我這不是聽說大哥又病了，著急來看嗎？」

杜老太太聽了，點點頭道：「倒是穩重多了，你大伯沒白帶著你天南海北的跑，這會兒也有些人樣了。」

杜蘅人在外頭跑了兩個月，臉上也沾染了些許風霜之色，看上去是比之前穩重多了，笑著道：「老太太難得誇我一句，還非得帶上大伯，我就這麼不禁老太太誇嗎？」

眾人聞言，都笑了起來，外頭正好有丫鬟進來，便笑著道：「二少奶奶託我來告訴二爺，房裡的熱水已經預備好了，二爺不如先回房洗漱洗漱，再各處走動看看？」

杜蘅點了點頭道：「行了，妳回去回話，說我一會兒就過去。」杜蘅說著，走到杜若的床邊道：「大哥，這回你犯病可怨不得我了吧？依我看，你這病多犯幾次，以後也服了，沒準還能練出個酒量來。」

杜若只是低頭笑笑，無奈的搖了搖頭。那邊杜老太太更是啐了他一口道：「才誇你，又在這裡胡言亂語的，就你大哥這身板，還能怎麼折騰？你小子要真心對你大哥好，就好好跟著你大伯學生意，你又是個定不下性子的人，一本醫書也不看，你大伯當年可是一邊要照顧生意，一邊還要學醫的。」

杜蘅聽到這裡，已是沒什麼耐心，急忙起身道：「老祖宗快別說了，這醫術方面不是還有大哥嗎？再不濟我爹後院還有兩個庶出兄弟呢。就算兄弟們都不管用，大哥以後娶親了，嫂子總能給您生出幾個孫兒來繼承杜家衣缽的。您老整天嘮嘮叨叨的，也不嫌口渴？孫兒我這會兒就給您老斟一杯茶，您先潤潤嗓子，先好好的教訓大哥，讓他怎樣都得先把身子養好了再說吧。」杜蘅說著，轉身到茶几那邊倒了一杯熱茶來，遞給杜老太太，又要給杜大太太倒去，被杜大太太攔住了道：「你快回你自己的院子去吧。姪媳婦也有那麼長時間沒見你了，俗話說小別勝新婚，我們也不耽誤你了。」

杜蘅聞言，這才笑著告辭了。這邊杜老太太喝過了茶也不生氣了，便起身對杜大太太道：「妳隨我一起去梨香院看看吧。要是有什麼缺的，也儘早給他們安排了，他們都是有禮數的人家，難免有什麼難處，也不跟我們說的，以前他們是官家，看著體面，可畢竟沒有多少積蓄，如今舉家來京城，只怕是不會再回去了。」

「是。」杜大太太應了一聲，跟著杜老太太一起出了百草院。

說起來姜姨奶奶一家也算是時運不濟，偏生有能耐的男人就沒一個高壽的。如今留下這三個女人也著實可憐。杜老太太進了梨香院，看見幾個家丁正忙著搬箱移櫃的，見了那停在門口一溜的馬車，料想這次是真的舉家搬遷了。

姜姨奶奶是杜老太太的親妹子，當年杜老太太嫁入了杜家，姜姨奶奶還覺得杜老太太嫁得不好，是上不了檯面的商賈人家，如今想想自己這遭遇，倒是還比不得杜老太太了。

「老太太怎麼親自來了？我還說一會兒整理完了東西，就帶著媳婦孫子一起去給老太太請安。」

「自家姐妹，客氣什麼？聽說你們來了，本是要親自迎出來了，可惜我家大郎身子不好，我正在那邊院子裡看著呢。」杜老太太說到這裡，也不由嘆了口氣。

「怎麼大郎的身子現在還是不好嗎？」杜家沒遷回京城的時候，兩家人多有來往，姜姨奶奶知道杜若身子不好也不足為奇。她是死了丈夫兒子的人，對男人的身子越發就緊張了起來，直開口道：「那倒是要好好調養調養，這男人比不得女人，要在外面賺功名、忙仕途什麼的，若是沒個好身體，只怕也熬不住。」

杜老太太點點頭，跟著杜大太太一起進了梨香院。這梨香院原本是杜老太爺以前姨娘住的地方，現在姨娘們都去了，便留下這麼一處住處，裡頭還有個小院子，有十來間房舍，在杜家的西北角上，倒是清靜得很。

杜老太太環視了一周，笑著道：「委屈妳在這邊住幾日，回頭我讓他們把我以前住的那院子修一修，你們再搬過去。」

姜姨奶奶笑道：「這裡就夠好了，夠清靜，丞哥兒讀書也方便些。」

杜老太太點點頭，又問道：「哥兒以前是在哪個書院唸的書？如今在京城是自己溫習呢，還是再找個書院唸著？」

姜姨奶奶想了想道：「有書院能進去自然是好的，來之前也曾打聽過幾家，據說玉山書院是京城裡頭的頭一家，棲霞院的韓先生也是寫了推薦信的，只不過聽說那書院要求頗高，想要進去除了有人推薦之外，還要有考題，如今也不著急這個，只等安頓下來了，再看怎麼進去吧。」

杜老太太在邊上聽著，默默記在心裡，這時候有一個三十五、六的婦人從裡頭出來，模樣生得極好，只是看著瘦弱因而顴骨有些高。她的身後跟著一男一女兩個孩子，男的看上去十七、八歲，畢竟是讀書人，臉上神情比起杜蘅、杜若兩人羞澀很多。姑娘頭上盤著髮髻，看來已是過了及笄之年了。

杜老太太特意多看了一眼那姑娘，臉頰上有一對米窩，不笑的時候看著也跟在笑一樣，杏花眼很大，倒是一個養眼的美人兒。不過這年歲，為了自己哥哥的功名仕途便背井離鄉的，只怕這婚事⋯⋯

「這是歆丫頭嗎？我記得我們回京城的時候，她才懷上，轉眼竟然就這麼大了，倒是出落得可人。」杜老太太隨口讚揚了幾句。杜大太太也跟著把那姑娘上下打量了一番，和劉七巧對比了一下，覺得也沒哪裡是太出彩的。

「說起這事，我也是愧對了她的，她這麼大的丫頭，按道理已到了出嫁的年歲了，可偏偏遇上她哥哥這事情，我們若是進了京城，便是不想著回去了，又捨不得把她一個人留在那裡，所以幾門親事就這樣給推了，我還正跟她娘商量著，這到了京城，首先要給歆丫頭找戶人家才是。」姜姨奶奶說道。「如今我們也算才來，人生地不熟的，倒是老太太若有什麼合適的人選，可以介紹介紹。我們要求也不高，正經人家，祖上能稍微有些基業的當然最好，沒必要非是官家，只要哥兒自己上進，以後的功名倒也是不愁的。」

杜老太太只點了點頭，心裡倒是嘀咕道：妳這初來乍到的，屁股還沒坐熱就想著嫁孫女了，這嫁閨女可不是件容易事，這嫁妝準備少說也得一年半載的。如今妳這樣倒是落了下乘了。

杜老太太清了清嗓子道：「這倒也不急在一時，我看歆姐兒的年紀也才到，還可以好好找上一年，嫁閨女可不是這麼簡單的事情，我家那幾個年歲還小呢，我已經讓她們的母親開始準備著了。」

姜姨奶奶聽到這裡，臉色不由就尷尬了起來，話在嘴邊也不知怎麼開口。杜大太太方才見了他們帶的行李，也知道這姜家只怕是沒有多少家私了，如今全家人都指望著兒子能考上功名，能給閨女的嫁妝大概也只是九牛一毛了。

「姨娘不用擔心，眼下還沒到操心這些的時候，先在這邊安安心心的住下了，等以後再慢慢物色人家，這京城畢竟比別處繁榮些，總能找得到稱心如意的人家。」杜大太太說著，又喊了幾個丫鬟進來，幫著姜家人一起整理房間。

只見那姜家姑娘略略低下頭，臉上暈出一絲紅雲來，悄悄的側過身子避過杜大太太的視線。杜家婆媳兩人見這邊也正忙得人仰馬翻，便也沒多待，只交代了幾聲便去了。

姜姨奶奶皺著眉頭道：「我沒料想到杜家大郎還是一副病歪歪的模樣，我們家已經有了兩個守寡的了，可不能再添一個了，看來歆丫頭的婚事，我們得再往別處想想。」

原來這姜姨奶奶一家沒回京之前也聽過杜家現在的境況，又知道杜若如今年已二十了還是單身，心裡便想著把姜梓歆配給杜若。可現下姜家最怕的是什麼呢？就是男人身子不好，人家一門三探花的，他們姜家總不能最後落得個一門三寡婦。在這一路上，姜姨奶奶沒少打聽杜若的身子。先是聽說開春的時候差點兒病死，一顆心就已經懸著了，後來聽說又好了些，現在都已經到太醫院就職了，還只當杜若的病已經好得差不多了，這顆心就慢慢給落了下來。誰知道才回京進了杜家的大門，又聽見了杜若病發的消息，這可真是當頭一棒，把姜姨奶奶給打懵了。

當然，躺在病床上的杜若也不曾想到，他這一病倒是一場及時雨，免去了好大一堆麻煩。不然的話，一個活生生的表妹塞到面前，他是要呢還是不要？

劉七巧在家中用了午膳，王府的轎子也來了。

「我還說我自己就回去了，葉嬤嬤倒是來了，進來先喝杯茶歇歇腳吧。」劉七巧正想挽著葉嬤嬤進門，那邊葉嬤嬤道：「太太倒是有心讓姑娘在家裡多待一會兒的，可今兒有人上門做客，說起了姑娘昨晚在秦河邊上給人接生的事情，老太太便讓我趕緊出來，接了姑娘回去問問。」

劉七巧只在心裡嘀咕，怎麼什麼事都傳得那麼快，簡直比臉書傳播還厲害呀！不過這京城統共也就這麼大，人民生活也很無聊，發生一點事情便成了茶餘飯後的談資，也不足為奇了。

劉七巧只得進門，話別了李氏和錢大妞，跟著葉嬤嬤回王府。前腳才跨進轎子裡頭，後腳就聽見春生在後面喊了道：「七巧姑娘，這裡有個東西，有人託我帶給妳。」因為當著人面，春生也不好說什麼，只能這樣含糊其辭道。

劉七巧接過了他手中的荷包，轉身道：「知道了，蒙你費心了，這跑來跑去也怪累的，自己進我家討一口茶吃吧。」

春生正有這意思，見劉七巧給自己臺階下，只笑著點頭道：「謝謝姑娘，我這真有那麼點口渴呢，那就不客氣了。」

劉七巧坐進了轎中，這才將那雙魚荷包打開，看見那一方素白的帕子上沾染了自己的淚痕，也添上了杜若新寫的詩句。劉七巧只抿唇笑了笑，把手帕按在了胸口，覺得眼眶熱呼呼的，竟是感動得又想哭了，只嬌嗔的自說自話道：「這傻子，倒也懂這些，小看了他了！」

第七十一章

這一晃又過去了七、八天，杜若身子已好了差不多，但杜老太太發話了，半個月內不准他踏出杜府半步，所以杜若也只能在書房裡頭看看書，偶爾累了便進房休息一會兒。

這日他正覺得在百草院待著悶得慌，便披了披風到花園裡頭轉轉，隱約卻聽見有人在假山後面說話。

「表妹，那日我不是故意撇下妳走的，妳也知道那時候人多，若是讓人認出了我們來，這以後妳我的名聲就全毀了。」

杜若細細聽那男子的聲音，應當是杜家二太太娘家的少爺。

「我原當你是個有擔當的男子，誰知道你竟這樣怕這怕那的，你這麼害怕，何苦還約我出去賞那花燈，我又怎麼會撞到那孕婦，那日若非那姑娘給我解圍，今天只怕全京城的人都知道寶善堂的大小姐花燈會上跟人私會的事情。」杜茵擦了擦眼淚，繼續道：「你倒是跑了輕巧，你若真是個有心的，緣何不讓我先走，你再去幫那孕婦一把？你我都是唸過書的人，這點濟弱扶傾的道理自然也是懂的，你既然做出了那樣的事來，還來找我做什麼？」

「表妹，我是真心喜歡妳的，不然我何必約妳出去？只是事出突然，我也是一時緊張，才會……才會自己先走了。」那人言語焦急，聲音倒是漸漸小了下去。

杜茵似乎是有些動容，只低聲道：「你做出那樣的事情，讓我如何相信你？」那人還要說什麼，杜若冷不防就清了清嗓子，兩人在假山後面俱是一驚。那男子急忙道：「我先走了，改日再來看妳。」

杜若等著那人走遠了，才慢悠悠的開口問道：「人都走了，妳還不出來嗎？」

杜茵聽見是杜若的聲音，當下就鬆了一口氣，這事要是被自己那快嘴的二哥哥給知道了，杜茵在杜家也不用混了。杜茵遠遠看著那一襲淺藍色衣袍的人已走遠，這才紅著臉從假山後面出來。

「大哥哥，你……」杜茵一時間不知怎麼說好，只低著頭又小聲道：「你身子好些了嗎？」

「好了。」杜若淺淺一笑，轉身往一旁的涼亭走了過去，他平素裡溫文爾雅，很少有這種長兄的風範，倒是讓杜茵覺得有些心虛，只低著頭在後面跟著。

「妳坐下。」杜若轉身落坐，將身上的外袍披嚴實了，臉上仍有幾分病容。

杜茵依言坐下，欲言又止，只低頭不語。

「妳也看見了妳那表兄的為人，以後還是少跟他來往的好，京城裡他這個年紀的人，但凡上進一些的，都去書院裡頭求學去了，哪裡有跟他一樣整天就知道在家跟丫頭小廝玩的？」杜若很少管這些閒事，不過今天既然趕巧被他撞見了，他也不得不說幾句。

杜茵這時候又羞又愧，只恨不得找個地方給鑽下去，紅著臉道：「大哥哥也是知道的，我娘總想著要親上加親……」杜茵說到這裡，也不好意思再說下去了，畢竟女孩子對待自己的婚事是沒有什麼自主權的。

「這個我也聽說過了，可畢竟嬸娘也沒正式提起，這事情也還有轉圜的餘地，妳只別跟著他亂來了，到時候反倒說妳不矜持。我聽妳方才說的，他竟是一個沒擔當的，妳如何能跟了他？」杜茵聽杜若這麼說，已是委屈得落下了淚來，只點頭道：「我年輕不懂事，怎麼知道他是這樣的人，他平常待我也是好的。」

「妳難道沒聽過一句話嗎？夫妻本是同林鳥，大難臨頭各自飛，這夫妻之間尚且還靠不住，妳如何能指望他對妳有什麼呢？妳看方才我只不過清了清嗓子，他便跑得比老鼠還快，有這樣的人嗎？倒把姑娘家的臉不當臉的。」杜若以前也不在意這些，可自從和劉七巧談上了戀愛，對這些倒是比以前更小心了，人前人後對劉七巧更是沒有半點不服的。

杜茵抽噎了半刻，杜若見話也說得差不多了，只柔聲問道：「聽妳說，那日替妳解圍的人應該就是七巧了？」

杜茵這時候已忍住了哭，點了點頭道：「正是七巧姊姊，可我們只在梁府見過一面，當時我還戴著面具，興許她並沒有認出我來，只不過就是路見不平拔刀相助罷了。」

杜若臉上揚起燦爛的笑意，感嘆道：「她就是這樣一個人，但凡她遇上的，能幫得上忙她都會伸出援手，我喜歡她也正因為這一點。她雖然是個姑娘家，卻有一顆醫者之心，我們杜家的家訓就是懸壺濟世、澤被蒼生，妳說我遇上這樣一位姑娘，能不動心嗎？」

杜茵聽杜若說得沈醉，也不由有些同感，點了點頭道：「所以，大哥哥你才不在乎她的出身對不對？」

杜若難得遇到知音，點頭道：「英雄尚且不問出處，她一個姑娘家，便是身世差一點，可她的心思是正的、人品是好的，她從不跟其他的鄉下丫頭耍性子、擺臉子。我看中的是她的人品，我們杜家說起來也有幾百年的根基了，幾輩子也花不光的積蓄，我就想娶一個我自己中意的媳婦，安安樂樂的過日子，這就夠了。」

杜茵聽杜若這麼說，只覺得胸口也熱呼呼的，若是將來也有這麼一個人這樣真心對待自己，自己又如何能不動心呢？

恭王府裡這時也是一團喜氣，王妃剛收到王爺的家信，說韃子的皇帝生了重病，怕是快不行了，這仗也是時候打完了。這樣掐指算算，沒準王爺還真能趕在年前就回來了。

老王妃看完信，長嘆了一聲道：「這打仗還是要靠運氣的，我家這臭小子的運氣倒是一向好，十幾年前跟著他老子一起打回京城來，當時也數他是頭一波，我那時候就擔心得成日裡睡不著覺，如今想想，他還是有這命數的。」

王妃心裡也滿是安慰，見上面寫兒子也都平安，更是放下了心中一塊大石頭。二太太這幾日總算是做完了心理建設，又可以平心靜氣的面對老王妃和劉七巧了，今兒便也來了壽康居應應景。這裡頭人正笑著呢，外面又有人進來通報道：「回老太太，宮裡打發了人來傳話，說是太后娘娘想請您進宮聊聊，順帶帶上七巧姑娘。」

老王妃笑著道：「我這才高興一點，她又要拉著我進去，沒準是見了戰報，又想著賞賜我些什麼了，也好，上回的人參燕窩都送了人，我再去騙些回來。」

這邊正說著，那邊門簾子又是一閃，有人矮身進來道：「老王妃想要什麼，太后娘娘還不開了庫門讓您挑去？」

劉七巧一看，這來人可不就是太后娘娘身邊的容嬤嬤嗎？這回連老王妃也驚訝了，太后娘娘什麼時候讓容嬤嬤做這等跑腿的差事來了？

「我道是誰呢，原來是妳這個老貨！既然妳都親自來請了，我倒不好意思不去了，妳便在這裡等一等，我進去換一身衣裳就跟妳走。」老王妃說著，便由丫鬟們扶著起身換衣裳，又招呼劉七巧進來道：「來來來，跟我一起進去，前幾日姑娘們做衣裳，我也替妳做了兩套，正預備讓丫鬟給妳送去，今兒正好就派上用場了。」

劉七巧笑著上前扶老王妃一起進了裡間。外面王妃招呼容嬤嬤坐下，又命丫鬟上茶，才開口道：「嬤嬤怎麼親自出來了？這傳話的事喊個下人來便行了，何苦自己跑這一趟？」

容嬤嬤接了茶盞抿了一口茶，擺擺手道：「我剛從水月庵來，大長公主這幾日身子不適，太后娘娘命我帶了太醫去瞧瞧，讓我順道過來，請了老王妃進宮去聊聊。」

原來大長公主早些日子已經覺察出了自己身上有些不適，只是一直隱瞞不說。直到中秋之後，大長公主暈了過去，這才驚動了太醫。這幾日輪流有太醫過去，可大長公主對自己的病情卻是諱莫如深，太醫們也看不出什麼究竟來，問她有什麼病症，也不說，只說是身子有些乏力而已。

劉七巧聽容嬤嬤這麼說，覺得大長公主只怕是有什麼難言之隱。在現在這個年代，很多婦科病都是難以啟齒的，對於長樂巷上面的那些特殊工作者，因為工作需要她們不得不尋醫問藥，只為把自己的身子治好了，可以再有一個好生意，早點合攏雙腿，開啟新的人生。

而對於一般人家的婦人，這些病都是所謂的髒病，如何能跟別人說起？就算是太醫那也是決計不能透露的。富安侯家的少奶奶那是為了生娃，沒辦法，也只能裡子面子都丟一旁了。而大多數人則是跟趙寡婦一樣，暗自忍受病痛，還要面對外面人的風言風語，最後還落得投河身亡的慘況。

劉七巧想起那日在水月庵見到的大長公主，雖然飽經風霜，但看上去一派德高望重的樣子，她曾經有過那樣艱辛的歲月，最後還能做到清心寡欲、皈依我佛。佛祖對於這樣的人，是不是也應該有多一些眷顧？劉七巧想了想，開口道：「老祖宗什麼時候有空，我們也去水月庵看看大長公主如何？」

「怎麼？妳又技癢了嗎？」老王妃瞧了一眼劉七巧，只搖頭道：「人家是大長公主，是如今太后娘娘之外全大雍最尊貴的女人，妳若是沒把握，我可不准妳去的。」

劉七巧低頭想了想。「我不是大夫，緣何能治病？只不過我想著，說不定大長公主能告訴我病因，那樣我至少也可以告訴太醫如何醫治。」

容嬤嬤聞言，點頭道：「這辦法倒可以試試，七巧姑娘這張巧嘴我也算領教了，連太后娘娘那老頑固都說服了，大長公主也是個疼愛晚輩的，說不定還真能聽了她的勸告呢！」

劉七巧皺著眉頭道：「我也只是試試。對了，上次我說了要給太后娘娘做義肢的，如今兩、三個月過去了，太后娘娘腿上的傷口可是痊癒了？」

容嬤嬤笑道：「已經好得差不多了，前兩日太后娘娘還在念叨，十一月裡就是她的六十大壽，她要坐著觀禮了。」

「十一月分，那倒是還有幾個月。」劉七巧掰著手指數了數，王妃的預產期在十月底，到時候只怕沒有空給太后娘娘做義肢，看看能不能在下個月就一併趕好了。這多少事情一排，劉七巧發覺自己還真是有點忙了。

「我今兒進宮先給太后娘娘量一量尺寸，等回了王府再畫了圖紙找工匠打造，若是好了就先送進宮讓太后娘娘試試，不好用就再拿出來改，倒是這木匠我平常不認識，到時候還要請王府的管家為我找一位了。」

「這有何難？王府東北角上有個小院子，裡面住著五、六個木匠呢，專門給二丫頭和三丫頭打嫁妝的，到時我讓二太太領了妳過去，妳自己跟他們說去。」老王妃笑著道。

劉七巧一聽可樂了。「那敢情好，我還正打算給太太做張產床呢，原本是要把寶善堂裡那一張給移過來，如今王府既有木匠，就自己打一張算了，省得搬來搬去也不方便。」

「那又是個什麼東西？」老王妃和容嬤嬤都忍不住問了起來，劉七巧笑著道：「反正是個好東西，到時候老祖宗您看見了就知道了。」

三人說著，馬車已經進了正陽門。王府的下人們照例在宮門外等著，幾乘小轎把三人送進了太后娘娘的永壽宮。

容嬤嬤才進門，就看見兩個宮女跪在宮門口上，瑟縮著身子，臉上掛著淚珠。那太監手裡拿著長鞭，每抽一次，宮女就咬著唇抖一下，偏又不敢喊出聲，怕驚擾了裡面的人。

容嬤嬤上前問道：「我這才出去半日，到底是怎麼了？」那小太監道：「回嬤嬤的話，這兩個宮女笨手笨腳，方才給太后娘娘端水，打濕了太后娘娘的衣服不說，還差點兒讓太后娘娘給摔一跤。夏公公說，先每人打十鞭子，再攆到殿外伺候。」

容嬤嬤聽他說完，又看了那兩個宮女一眼，問道：「到底怎麼回事？」

兩個宮女哭哭啼啼道：「太后娘娘在那邊躺著，奴婢在一旁服侍著，太后娘娘要茶時奴婢正巧沒看見，太后娘娘見茶几就在手邊上，自己倒了茶，沒想到放茶壺時把茶壺摔了，奴婢這時回過神來，去接茶壺，太后娘娘腿腳不方便，就從貴妃榻上給滑了下來。」

伺候殘障人士是件勞心勞力的事，容嬤嬤長期在太后娘娘身邊，自然知道，只瞪了她們兩人一眼。「打十鞭還少的呢，要是太后摔著哪裡了，妳們也不用在永壽宮伺候了。」

這邊容嬤嬤帶著老王妃和劉七巧進去，那邊太后娘娘已經換了一身衣服躺在貴妃榻上了，聽見容嬤嬤這麼說，便道：「教訓教訓就是了，小夏子也太過緊張了，她們平時服侍得也不錯，也不過就是偶爾疏忽了一下。」

第七十二章

太后娘娘經歷了生死關頭之後，對人似乎也寬厚了許多，容嬤嬤卻道：「那怎麼行？今兒只是一杯溫水，改明兒要是一杯燒開水，豈不是把太后您給燙到了。依我看，她們兩個還得重重的教訓才是。」

太后娘娘見到老王妃來了，忙道：「客人在呢，妳還喊打喊殺的，還不快賜坐？」這時候兩名宮女忙端了一張靠背椅上來，老王妃就著坐了下來，劉七巧上前向太后娘娘行禮。

太后娘娘道：「我也就是閒著，想問問妳們最近有沒有什麼新鮮故事，前幾日我那大妹子進宮，說是中秋節燈會的時候，有人就在大街上給一個產婦接生了，我估摸著這人應該是你們恭王府的人，所以巴巴的就請來了。」

劉七巧忙低下頭去，越發地感嘆這京城的圈子也太小了，如何這樣一件小事還能傳進太后娘娘的耳中呢？

「可不是，也就我家這丫頭有能耐了，不瞞妳說，我呀已決定讓恭王認了她做義女了。」

太后娘娘聽老王妃這麼說，也點點頭道：「聽說了，前幾日梁夫人進宮瞧梁妃，也在哀家這邊坐了坐，倒是說起了這事，我雖然天天在宮裡待著，外頭的事情也知道不少的。」

「那還用說，妳這耳聰目明的，什麼事情能瞞得了妳啊？」

「得了，妳這麼說，我可不愛聽了，明眼人都知道妳這是恭維我呢，我如今眼睛也花了，耳朵也不好使，如何當得耳聰明目這四個字？妳瞧瞧，我還沒說妳呢，這喜事一樁的，怎麼不先進宮來跟我說，還要我從別人那邊打聽到，都生疏了。」太后娘娘說著，把劉七巧拉到跟前又上下看了看道：「好閨女，比上次進宮看著高䠷了點，越長越好看了這是。」

劉七巧被太后娘娘拉著覺得怪不好意思的，所以只低下頭露出含蓄的笑容來。太后娘娘笑著搖了搖頭。「看著這麼秀氣動人的姑娘家，妳到底是哪裡來的膽量，給人當街接生的呀？」

劉七巧淡然一笑。「回太后娘娘話，這無關乎膽量，只在乎人心，若是當時我不站出來，興許也有別的熱心百姓站出來，可我既然會，又如何見死不救呢？」

太后娘娘只點點頭，對劉七巧是欣賞中帶著一絲感嘆。「哀家果然是老了，如今年輕人的心思也是越發不明白了。」太后娘娘說著，又抬頭對老王妃道：「我喊妳進宮還有別的事，大長公主也不知得了什麼惡疾，連太醫都不給治了，我這幾日派了幾個太醫院的太醫過去，她一律是只給診脈，但不管問什麼都不肯說，這太醫也沒法子，只能按照脈象開一些補氣養血的藥方，終究是不能根治的。」

老王妃笑著道：「方才容嬤嬤在路上已經跟我說過了，這丫頭將才還毛遂自薦，說是要去瞧瞧大長公主，順便開導開導她。」

「那敢情好啊，大長公主現在是皇帝唯一一位活著的姑姑了，無論如何皇家是絕對不能愧對她的。」太后娘娘說著，便又感嘆道：「想當初我們這些小姐妹，如今算下來也就是她最命運多舛，如今到了頤養天年的歲數了，偏又生出個病來，倒是跟我一樣沒福。」

老王妃笑著道：「妳這還叫沒福，那天底下沒福的人多了去了，小心菩薩都看不過眼了。」

太后娘娘搖了搖頭，壓低了聲音，眉眼中透著一絲俏皮地湊過來道：「菩薩要真的靈驗，那大長公主這一輩子吃齋唸佛的，都唸狗肚子裡了？」

容嬤嬤聽了，連連打嘴道：「呸呸，佛祖莫怪、佛祖莫怪。」

兩老人只握著帕子，偷偷笑了起來。

劉七巧和老王妃在宮裡又待了好半天，陪著太后娘娘用過午膳之後，又仔細檢查了一下太后娘娘截肢的小腿。劉七巧拿著毛筆在紙箋上寫寫畫畫，用皮尺測量了太后娘娘兩條腿的長度，估算出義肢的長度出來。

從今天中午的午膳來看，太后娘娘已經一改當初重油、重糖、重味的飲食習慣，幾道小菜都做得清淡可口。還有幾樣小菜，分明是當時她給杜二老爺的那些手稿上面的。看來杜二老爺最近對太后娘娘的治療方案還算成功，從太后娘娘的體型和臉色上來看，也比先前看上去纖細一點了。

劉七巧畫完了草圖，看著天色也不早了，老王妃便起身告辭了。容嬤嬤一路送了老王妃出來，相約明日早上巳時到恭王府接老王妃和劉七巧去往水月庵，進行大長公主的治療安撫工作。

劉七巧等人正從正陽門出來，正巧遇上了也從宮裡給娘娘請了平安脈出來的杜太醫。劉七巧想了想，對老王妃道：「老祖宗，七巧想和杜太醫商量一下太后娘娘的義肢以及大長公主的病情，不知老祖宗能不能行個方便，讓七巧跟杜太醫走一趟。」

老王妃對杜若最近舊病復發的事情略有耳聞，只是不知道病因而已，見劉七巧這麼說，也體諒人家年輕人的心思，便笑著道：「那妳就跟著杜太醫去吧，只掌燈之前得回王府，姑娘家在外頭不安全。」

杜二老爺笑著道：「老王妃對微臣還有什麼好不放心的呢？」杜二老爺見身邊還有旁人，也不便把話說明瞭，只笑著道：「那七巧就隨我去個把時辰，您放心，掌燈之前一定幫您把人送回去。」

老王妃這才答應了下來，劉七巧福了福身子，先送老王妃上了馬車，目送王府的人離去了，才上了杜二老爺的馬車。

「二叔，大郎的病好些了嗎？」劉七巧發現自己居然也被他們傳染了，喊杜若都喊起了大郎來。

杜二老爺笑著道：「他的病沒什麼，只是來勢洶洶，看起來嚇人而已，不過又要靜養一陣子了。」對於杜若犯病的原因，杜二老爺覺得還是不便透露給劉七巧，畢竟就算說了出來，也只是徒增兩位年輕人的煩惱而已。

劉七巧聽杜二老爺這麼說，總算放下了心來，抬頭問道：「聽太后娘娘說，大長公主得了不好的病症，二叔有沒有去看過？」

「我是前天去的，大長公主的面色不好，從脈象看來，是血虛之症，只是不知起因從何處，問她哪裡不舒服她也不說，妳知道中醫講究望聞問切，這問也是很重要的一步。」

劉七巧點了點頭，大膽的推測道：「我倒覺得大長公主肯定是得了什麼讓人難以啟齒的病症了。」作為一個六十多歲長期沒有性生活的老女人，什麼樣的病症足以讓她難以啟齒、諱疾忌醫呢？劉七巧覺得只有兩樣：要麼就是上面兩座山出了問題，要麼就是下面一汪泉水出了問題，反正八九不離十。

「我們有醫女，偷偷問了照顧大長公主的那兩個尼姑，偏生尼姑的嘴很緊，什麼都不肯說，真是讓人一籌莫展。」杜二老爺忍不住捋著山羊鬍子搖頭。

劉七巧想了想道：「大長公主這個年紀，按道理肯定早已經沒有癸水了，若是她下面又來了癸水，會不會讓她難以啟齒呢？二叔有沒有看見她有什麼疼痛的症狀，比如疼痛部位等？」

杜二老爺為難的搖了搖頭，萬般無奈道：「就是我進去給她診脈，那都是用的紅線懸脈，太醫院裡會這個技藝的老太醫也不多，都去過了，都是一個待遇，連臉色都沒讓人瞧上一眼。」

好吧……劉七巧這下也是無語了，所謂公主之尊原來是這樣嚴格的。紅線懸脈，這都是電視劇裡面才有的劇情。劉七巧一度以為這都是電視劇編劇自己給添油加醋出來的高超技藝，沒想到還真的有？劉七巧忽然覺得對平常平易近人的杜二老爺又加深了一些敬佩，真是真人不露相啊！

劉七巧道：「二叔，明天容嬤嬤會帶了太醫再去水月庵給大長公主診脈，到時候你去不去？」

杜二老爺想了一下明日的日程，抬頭對劉七巧道：「明日請的是陳太醫，不過我可以跟著一起去。」

「那好，明日你跟著去，我會進去和大長公主聊聊天，興許能問出些什麼來，不過她是公主，就算是問出了什麼來，這病症只怕也要二叔你們保密了。」

「那是自然，諱疾忌醫，等病入膏肓的時候，總也有病症被揭穿的一天，妳大可以好好勸勸大長公主的。」

兩人閒聊之下，杜二老爺的馬車就停了下來，前頭齊旺道：「二老爺，到了寶善堂的總店了。」

齊旺回來之前杜二老爺便跟他交代過，什麼都不用說，只把杜若帶過去便好了。其實齊旺上回在十里亭見到杜若和劉七巧同乘一輛馬車，就對兩人的關係很懷疑了。但是作為下人，還是少說話、多做事得好。

平常若是醫館很忙，杜若也是會往各分號去幫忙的，這會兒眼看著已是申時了，難道今天醫館特別忙？杜若也沒多想，起身回房，換上了出門的衣服，跟著齊旺便要出去。

那邊茯苓急忙跟著出來道：「少爺您這是要往哪裡去？一會兒老太太那邊派丫鬟來看您，我可怎麼說呀？」

「妳就說我在房裡睡了，要是她們不信，妳就實話實說吧，反正我在家也悶壞了。」杜若說著，便領著齊旺一路走，他幾日沒走得這麼急，還覺得腳底心有些飄忽。

那邊茯苓急忙喊道：「您倒是走慢點，誰也沒攔著您去。」

只說著，又轉身回房拿了一件披風，追出來給杜若披上了。「這幾天風大，小心別著涼了。」

杜若伸手接過。「行了，妳回去歇著吧，最近也沒少累妳們，正好補補覺吧。」

茯苓伸手遮住嘴打了一個哈欠。「算您說了句人話，早去早回。」

劉七巧站在窗邊看風景，她今日因為要進宮，是特意盛裝打扮過的。這幾個月她開始抽條子，身材也比以前看上去高了一截，站在窗前還真有那麼點迎風獨立的感覺。大街上人來人往，劉七巧想起自己和杜若這門親事，也有一種身在雲裡霧裡的感覺。看來不管在什麼年代，灰姑娘想要嫁進豪門，都是要費姥姥勁兒的。

劉七巧正感嘆著人生的無奈，那邊齊旺已經引著杜若上了二樓的樓梯，只退後兩步道：

「大少爺自己上去吧，二老爺就在他的診室裡頭等著您呢。」

杜若揮了揮手示意他下去，自己提起袍子上樓，那樓梯上了二層有個拐彎口，劉七巧回過頭來，就看見杜若正低著頭慢慢的走上來。首先映入眼簾的是他蒼白的臉色，其次是瘦削的面頰，然後是略帶乾澀的唇瓣，以及看上去風一吹就能倒的身子骨。

劉七巧索性轉過身子，亭亭玉立的站在那邊，看著杜若一步一步的往上走。就在那人快要走到樓梯盡頭的時候，他忽然抬起了頭，視線正好落在站在走廊盡頭的劉七巧身上。

就在那一瞬間，劉七巧忽然產生了一種想要飛奔過去抱住他的衝動，她甚至微微的挪了挪足下腳步，最後卻還是將想法按捺在心頭。劉七巧提起衣裙，閃身入了杜二老爺的診室，心裡頭還依舊怦怦的跳動著。她背對著門口站著，不多時就聽見走廊上傳來一陣急促的腳步聲，緊接著身後就迎來了一股氣流，在一聲沈重的關門聲之後，劉七巧的整個身子已經落入了一個火熱的胸懷之中。

帶著如蘭似麝的熟悉氣息鋪天蓋地地撲面而來，劉七巧攀上了杜若的肩膀，兩人擁吻到了一起。門板被撞得震動了一下，少女的身體貼在杜若身上，胸口微微起伏。一吻既罷，劉七巧推開杜若，紅著臉頰低下頭，略帶羞澀的說：「餓死鬼一樣的。」

杜若低下頭，又啃了幾下劉七巧的唇瓣，這才鬆開了手。「這幾日不能吃什麼東西，每天米湯麵湯的養，自然是餓死鬼一樣的了。」杜若說著，拉著她的手一起坐到一旁的椅子上，看著她道：「我病了，瘦是自然的，怎麼妳沒病也瘦了呢？」

劉七巧拉著他手問道：「杜若若，是不是出什麼事了？你前幾個月一直養得很好，那日在我家你還陪我爺爺喝了幾杯酒，你不像是那麼不懂養生的人。」

杜若見劉七巧句句問到要害，只垂下了頭，默默不語，良久才反握住劉七巧的手道：「能有什麼事呢，就是中秋的時候和人喝了幾杯，自己沒在意罷了。」

劉七巧見杜若不肯說實話，便沒打算繼續問下去，只撇撇嘴道：「你不說我也有辦法知道，瞧你這一肚子心事的樣子，還能瞞得過誰呢？讓人家別有心事，你也不看看你的眉心都皺成一個川字了。」劉七巧說著，伸手撫上了杜若的眉心，輕輕的揉了兩下，那邊杜若只紅著臉，握著劉七巧的手親了幾口。

兩人膩歪了片刻，劉七巧覺得這孤男寡女共處一室不大方便，便上前把門打開，請杜若把杜二老爺給喊了回來，三人開始研究太后娘娘的義肢問題。

一般來說截肢手術拆線後，只要創面癒合良好，無炎症、無紅腫，便可以開始安裝義肢了。古代不缺少能工巧匠，但缺少發明創造者。《三國演義》裡面還曾出現過木牛流馬，雖然真假還需要考證，然而只是做一個義肢，應該不會難倒現在的能工巧匠。

劉七巧拿出方才自己畫好的圖紙，攤在兩人中間道：「我方才還說在王府找木匠不方便，可巧就遇上二叔了。」劉七巧指著圖紙上的畫稿道：「材料我想好了，要用輕木，木質堅硬卻輕便，這樣才能造出輕巧的義肢來。」

杜若拿著劉七巧的圖紙看了半天，蹙眉道：「但這東西做好了該如何給太后娘娘安上呢？」

這個問題劉七巧也曾經思考過，為此還想了不少的辦法，最後把她給說服了的理由是——「太后娘娘平素有兩條腿的時候還不願意走路呢，如今少了一條，鐵定更不願意走了，是以這義肢的裝飾性作用其實更大於實用性，只要能簡單的裝上去，讓她可以在人前站得筆直，應該不會有什麼大問題。」

杜二老爺笑著道：「倒是七巧更瞭解太后娘娘的習性了，也是，她如今出門都是用御輦，也難得就用得上雙腿，只讓她站著，在壽宴上不至於沒了威嚴，大概也就能滿足太后娘娘的要求了。」

劉七巧難得有偷懶的機會，便把這圖紙推到杜若面前。「這幾天你待在家，閒著也是閒著，這東西你就拿去研究吧。這些原理也很簡單，基本上都是一個正常的榫卯螺釘，你要是有什麼不懂的，就喊了春生託大妞來問我。」

杜若巴著圖紙看了半天，對劉七巧鬼畫符一樣的繪畫技藝再次表示鬱悶，這回他不是胃疼，是頭疼了。

第七十三章

卻說劉七巧在回到王府之後，先是去壽康居回了老王妃。老王妃見劉七巧神色淡然的就回來了，心裡還讚賞了一番劉七巧，雖然年紀輕輕，性子卻沈穩得很，這一番會情郎倒是沒有半點春閨少女的情態，依然還是我行我素的樣子。

老王妃也沒留下七巧問什麼話，便讓她回青蓮院去了。劉七巧看看天色，也是時候去廚房給王妃備晚膳了。她進房間換上了平常丫鬟的衣服，將這一身華服摺疊整齊放在床上，後去了廚房找許婆子定晚膳的菜譜。

劉七巧因為心裡裝著事情，晚飯也沒吃多少。王妃聽說她後來跟著杜二老爺去了，料想她已見了杜若，便趁著晚膳後散步的時間問道：「妳今兒可是見到杜大夫了？」

劉七巧點點頭。「見著了。」她這會兒已平靜了不少。這一路上，劉七巧從她和杜若那一開始就不容樂觀的愛情開始，一直想到他們現在，已經是到了彼此都捨不得對方的地步。這其中多少次一起共同面對難關，看病診治、互相扶持，兩人之間已是心有靈犀。

「他的身子好些了嗎？」王妃見劉七巧臉上的表情時而嚴肅，時而哀怨，也不知道她正動著什麼小心思，忍不住問她。

劉七巧愣了愣，見自己走神了，才不好意思的低下頭道：「他的身子好了，多謝太太關心。」

「那我看妳怎麼好像還有心事呢？」王妃平素就是細心的人，多問了一句。

劉七巧想了想，嘆了一口氣道：「什麼都瞞不過太太，七巧這回只怕要嫁不出去了。」

「這是什麼道理？」王妃這下也狐疑了，自從上次在中秋宴會上拋出了義女這個噱頭，外頭已經有幾家人託人來問媒了。因劉七巧已經定下了杜家，王妃也只能都推掉了。其實若不從家財方面看來，有幾家家世還是不錯的。當然王妃心裡清楚，那些人多半是為了結恭王府這門親家才來的。

劉七巧撇了撇嘴道：「杜老太太是個老頑固，說不屑攀龍附鳳，我這義女也蓋不住我那牛家莊野丫頭的身世。」

王妃聽劉七巧這麼說，也沒料想到會是這樣的結果。看來在杜老太太的心裡，杜家長媳的身分還是大於一切。可如今既然說了要認劉七巧為義女，這說出去的話自然是不能改的，這義女照樣認下去，只不過杜老太太那邊，倒是要另外想一個辦法了。

第二日一早，劉七巧安頓完了王妃的早膳，宮裡頭已經派了馬車前來接老王妃和劉七巧去水月庵。王妃因為肚子越發大了，活動範圍有限，這麼遠的地方老王妃便不讓她去了。

容嬤嬤也在車上坐著，見劉七巧頂著兩圈烏黑的眼圈，便打趣道：「七巧姑娘這是怎麼了？倒像是一宿沒睡的樣子，我昨兒也就是這麼一說，並沒讓妳非想出法子治好大長公主，畢竟那麼多太醫去了也都無功而返，我們今日去，也就是想個法子再勸慰勸慰，畢竟老人家的心思都執拗得很。」

劉七巧哪裡是為了這事情一宿沒睡的，不過聽容嬤嬤這麼說，也只能點頭笑笑。她明明今兒早上起來搽了很多粉來著，可怎麼就沒蓋下去呢？

老王妃也扭頭看了劉七巧一眼，見她眼瞼下確實帶著兩片烏青，只以為劉七巧擔心杜若的身體，便按著她的手背安撫道：「不用擔心，不會有事的。」

於是兩位老人各自都以為彼此猜對了劉七巧的心思，對視點頭一笑。劉七巧見了兩位老人的表情，倒是一時心情好了不少。

水月庵平常沒什麼香客，正門是不開的，所以馬車只停在了側門口。杜太醫和陳太醫的馬車也已經在門口等著了。因為水月庵不讓男客進入，即便是兩位太醫，沒有大長公主的旨意，也只能乖乖的在門口吃閉門羹。

小尼姑見容嬤嬤又帶著人來了，便上前道：「我們師太說了，生死有命富貴在天，既然太醫們也診治不出什麼病症，就請回吧，免得玷污了佛門清淨之地。」

杜太醫坐在馬車裡頭，忍不住吹鬍子瞪眼起來，一旁的陳太醫倒是淡定的捋著鬍子，耐心道：「杜院判，醫術這東西，治得了病醫不了命，大長公主既然沒有延醫問藥的心思，我們也不用著急什麼，只管耐心等著吧。」

那邊容嬤嬤聽了小尼姑的話，開口道：「妳去回大長公主，就說恭王府的老王妃來看看她，今日不傳太醫了，只見見故人。」

小尼姑聞言，這才點了點頭，先把容嬤嬤和老王妃等人放了進去，讓兩位太醫依舊在門外吃閉門羹。

杜二老爺這回也沒了脾氣，只是鼻子裡出氣哼了一聲，也便罷了。

水月庵香煙繚繞，大殿裡的比丘尼們正在做早課，悠長清遠的經文從耳腔入內，讓人有一種發自內心的寧靜之感。眾人一路經過放生池，路過客堂，來到大長公主居住的禪院。曾經的公主如今只住著一排三間的禪房，看著清幽古樸，就是過於簡陋了些。

院中種著一棵菩提樹，看上去大約有四十年的樣子，應該是大長公主出家之時種下的。小尼姑進去通報了一聲，才挽了簾子出來道：「師太讓老王妃進去。」

容嬤嬤嘆了一口氣。「總算還是給妳幾分面子，這位長公主的性子，還是和以前一樣啊。」她這幾日帶著幾波太醫來來回回的，也都沒敢進長公主的房內。

老王妃笑道：「我這張老臉大約也有些用處，等我進去看看她再說。」老王妃說著，便領著劉七巧入內。進去先是一個客堂，中間掛著觀音大士的法相，供桌上的玉瓶裡還插著新鮮的柳枝。

小尼姑上前掀了簾子，引著老王妃入了內間，搬了一張凳子放在長公主的床前。裡頭沒點燈，外面的陽光從窗格子裡透進來，隔著簾子，也看不清裡面人的表情形容。

老王妃只揮手讓那小尼姑出去了，自己上前道：「妳害了我一輩子，如今倒是想先撒手走了嗎？」

劉七巧不知道老王妃說這話的緣故，扶著她落坐，只聽見裡頭一個幽幽的聲音道：「我又怎麼害了妳呢？妳這話說得有意思，便是我害了，如今我快去了，妳也不大人大量？就忘了吧。」

老王妃聽見帳子裡傳出幽幽的聲音來，帶著五分的疲憊與五分的無奈，只狠下了心腸道：「我為什麼要大人有大量呢？妳們一個個都先去了，倒留著我活受罪呢。」

「妳這話說的，若說恭王府的老王妃是活受罪，這世上還有什麼人是享福的人呢？」大長公主感嘆道：「讓妳進來是陪我說會兒話的，不是讓妳進來興師問罪的，妳若這樣，我也只能送客了。」

「瞧妳，年紀一大把了，還這麼大的氣性，我跟妳玩笑幾句不可以嗎？我今兒還給妳帶來了一個開心果。」老王妃說著，拉著劉七巧的手道：「七巧，快給大長公主請安。」

劉七巧站在大長公主的床前，隔著一方簾子，隱約能看見大長公主靠在引枕上，卻也瞧不見她的精氣神如何。劉七巧福了福身道：「七巧見過朝陽大長公主。」

大長公主似乎是在裡頭點了點頭，有些懨懶道：「我們老人家聊天，妳巴巴的帶個小姑娘來，豈不憋悶著她了？」

老王妃笑著道：「她可不是普通的姑娘家，是王府的開心果，這一張巧嘴可厲害著，我今兒專門讓她來陪妳聊天解悶。」

大長公主笑道：「妳少在這裡胡說，我如今是六根清淨的人，哪裡還能像年輕時候鬧騰。」

劉七巧聽大長公主的話語，似乎是沒有半點求生的意思，便是躺在床上也只熬日子罷了。劉七巧以前工作的婦產科都是迎接生命的地方，很少有這樣的病人，但是她曾經勸說過鑽牛角尖的太后娘娘，所以對勸說大長公主還是有一點信心的。

「大長公主，七巧不是來陪您聊天的，七巧是來陪大長公主聊佛法的。大長公主禮佛四十年，緣何不求一個壽終正寢，偏生要這樣不明不白的去呢？」劉七巧手指攏在袖中微微握成了拳頭，帶著幾分正色道。

老王妃聞言，先是一愣，繼而開口訓斥道：「七巧，妳怎麼說這種話？簡直出言不遜！」

坐在帳子裡頭的大長公主也是一愣，隔了良久卻笑了出來。「若是死了，便也無從考證了。」

劉七巧搖頭道：「大長公主這麼想就錯了。小病不治，便會成大病，現在不治，等今後大長公主口不能言，指使不動這些小尼姑的時候，如何還能攔得住太醫？到時候大長公主的尊嚴何在？」劉七巧說著，忽然就撲通一聲跪在大長公主的床前道：「七巧今日來勸說大長公主，也並非是別無所求的，若是七巧能勸動了大長公主，還請大長公主答應我一件事。」

大長公主這會兒也來了興致，她病還沒打算治，這小姑娘倒是先跟她談起了條件來。她素來是高傲的人，自然不會跟一個小姑娘一般見識，便笑著問道：「妳要我答應什麼事，倒是先說來聽聽。」

劉七巧輕輕咬唇，神色凜然，挺直了脊背道：「七巧想讓大長公主為七巧保媒。」

老王妃聞言，頓時驚得說不出話來，這時候再看劉七巧眼下的烏青，彷彿又瞭解了一些其中深意。

「我已是塵世之外的人，早已看破紅塵，六根清淨。妳讓我保媒，卻是為了什麼？放著老王妃和太后娘娘不求，怎麼倒是求到我這裡來了？」大長公主也略帶疑惑的問道。

「七巧昨夜一夜未睡，正是為了這事情，思前想後，唯有讓大長公主保媒才是上上之策。」劉七巧坦然的跪在那裡，平靜而言。「七巧七歲時候幫母親接生，鄰里見了都視為異類；十三歲已經是牛家莊最好的穩婆；十四歲幫人剖腹產子，為冤死的寡婦以證清白，做的每一件事情都是驚世駭俗的。可七巧從沒有覺得自己和別人有什麼不同，唯有這一件，七巧想求大長公主的恩德。」

劉七巧說著，眼眶漸漸泛紅，想起和杜若的種種，熱淚已不能自已。「七巧心繫寶善堂少東家杜若，想要和他結為連理，奈何世俗所迫，杜若為孝道所阻，不能如願。七巧只求大長公主憐惜，能為七巧保媒，助我嫁入杜家。」

大長公主被劉七巧這一段慷慨陳詞所打動，只微微蹙眉道：「那若我不替妳做主呢？」

劉七巧淡淡一笑，臉上一片靜謐，只緩緩道：「那七巧就在這水月庵出家為尼，陪伴大長公主終老。」

「我這都快要死了，還要妳陪伴什麼，小丫頭，妳不誠心啊！」大長公主笑嘆道。

劉七巧撇了撇嘴道：「大長公主這是小病，定然能醫好，還有著高壽呢。」劉七巧說著，只挑眉猜測道：「依我看，大長公主病在腹中，定然是如癸水一般，長公主覺得自己年事已高，如今返老還童之態，必定深覺羞愧，所以不想醫治。」

大長公主見劉七巧竟然一言就點明了她的病症，嘆服道：「妳妳妳！妳這丫頭，嘴太毒！」

其實劉七巧昨晚在床上翻來覆去的睡不著，也部分是為了大長公主的病症。大長公主終身沒有生育，在某些方面比一般的婦人更容易發病。所以劉七巧推算大長公主的病症，不是在上身，就是在下身，且是最開不了口的地方。

從今天大長公主在簾帳中坐著和老王妃談話開始，劉七巧便時刻關注著大長公主的一舉一動，見她上面的衣物穿著完好，上身動作流暢。倒是方才坐姿略略一動的時候，似乎是有一點點的僵硬。劉七巧由此判斷，大長公主的患處應該在下身而不在上身。

大長公主是出家之人，平常只用素齋，一年之內雖種類繁多，卻也脫離不了那最常見的幾種，而豆腐、豆漿、豆乾，更是寺廟僧人尼姑每日都要食用的東西。大長公主年近六十，自然已經早已沒有了癸水，劉七巧大膽的猜測，大長公主的體內之前應該是生有子宮肌瘤，而因為長期吃豆製品的原因，導致雌激素沒有下調，所以在絕經之後，肌瘤仍然在生長。

而這樣的結果，導致了大長公主在癸水去了幾年之後忽然又有了癸水。當然這次不是生長發育，而是生病。作為一個年長且德高望重的老人，這樣的病症顯然不足以與人道出，所以大長公主的病症一直拖延至今。

「大長公主，若是七巧說對了，那能不能讓七巧幫您治病呢？」上次富安侯夫人因為子宮肌瘤破裂，導致小產後惡露不絕，如今這才一個月時間過去，聽說已是好轉了很多，便說明杜若那個方子在這種方面確實是有療效的。

大長公主只淡淡一笑。「沒想到那麼多的太醫都沒能斷出我的病症，被妳一個小姑娘就給說了出來，這叫我的老臉往哪兒放呢。」

劉七巧笑道：「太醫們並非不能斷症，只不過是不敢斷症，大長公主若是覺得我說的沒錯，那能讓七巧替您醫治嗎？」

第七十四章

大長公主嘆了一口氣，伸手撩開了床前的帳子，劉七巧急忙從地上起身，上前把帳子掛到一旁的掛鈎上，低頭正好看見大長公主那張氣血不大好的臉。

「妳還沒告訴我，放著老王妃和太后娘娘不求，妳為何獨獨選我為妳保媒呢？」大長公主看著眼前的劉七巧，見她雖然身量年歲尚小，但一雙杏眼炯炯有神，帶著自信的神采，像極了當年的自己。

「因為大長公主是世外之人，所以七巧才有此一求。」劉七巧站在大長公主和老王妃的面前，抬起頭朝著老王妃看了一眼。「由老王妃和太后娘娘出面保媒固然是好，可是難免會讓人覺得恭王府以皇家的威勢壓人，偏要將我一個上不了檯面的丫頭塞到杜家，且老王妃和杜老太太還是閨中密友，難得都是福壽雙全的老人家，七巧不想讓她們為難。大長公主雖然身分尊貴，卻是世外之人，若是由大長公主保媒，杜家也不會覺得大長公主是在用權勢壓人，只當是大長公主您真心心疼小輩，畢竟您已經看淡浮華四十載了。」

老王妃一邊聽劉七巧這麼說，一邊撫著她的手背道：「難為妳這都想得到，妳這孩子，平常看妳大大咧咧的，心思卻是這般細膩，妳這烏七八黑的眼皮子，竟是為了想這些才一宿沒睡的？」

劉七巧不好意思的點了點頭，又抬起頭來，帶著幾分懇求、幾分懇切地看著大長公主。大長公主笑了笑道：「這個理由我先收了，但還不夠說服我，等妳想到了能說服我的，我再應妳。」

劉七巧攏在袖中的纖細手指握成了拳，抿唇道：「大長公主昔年以公主之尊嫁入寒門時候的心思，想必跟七巧是一樣的。易求無價寶，難得有情郎，便是出身寒門也不打緊，只要人好就行，如今我倒是和大長公主當年的遭遇換了個身分了。」

大長公主聞言，再也忍不住面上的笑容了，搖了搖頭對老王妃道：「罷了，幾十年才遇上一個跟我一個性子的人，若不是紅塵未了，我倒還真想化了她在身邊當個比丘尼了。」

劉七巧見大長公主終於鬆了口，暗暗的舒了一口氣，可面上卻還一片嚴肅道：「七巧方才可是有話在先的，是要先治好了大長公主的病，才會考慮個人問題的，若是大長公主的病沒有治好，七巧也不願要這恩典。」

這回老王妃也忍不住數落道：「妳這丫頭，一套一套的，竟威脅起大長公主來了，越發沒有規矩了。」

「規矩是死的，人是活的，反正今天主要任務是勸說大長公主不要諱疾忌醫，要好好把身子養好，至於我的個人問題，那不過就是順帶一說。」劉七巧說著，又暗下了神色道：「可是，我不會把脈，這可怎麼是好呢？雖然知道大長公主的症狀，可是對於公主的體質，還是要讓太醫來瞧一瞧，才能開出合理的藥方來。」

大長公主聞言，皺了皺眉頭，想了半刻問老王妃道：「她方才所說的那個寶善堂的少東家，是不是太醫院院判的姪兒？」

「正是正是，杜家的長子嫡孫、寶善堂的少東家，如今也在太醫院供職。長得是一表人才、謙和有禮，妳若是見了也會喜歡的。」老王妃說著，不由感嘆道：「我還記得那時候妳在宮裡的芙蓉宴上，大放厥詞的說這男人還是得自己看上的才好，還取笑我們盲婚啞嫁的，洞房之後連退貨都退不成。這不，這裡又來一個膽大不知羞的了。」

大長公主回想起以前的那些時光，也是感慨有餘，靠著引枕長長的嘆了一口氣。「我從不後悔我作過的每一個決定，即便他死了。」她的目光柔和，甚至有著脈脈的溫情。「行了，妳去把他給我招過來，讓他給我診脈，我吃他開的藥，若是我真能好了，就幫妳保這個媒。」

大長公主說著，又自嘲一笑。「我這輩子也算什麼事都做過了，唯獨一件事沒做過，那便是媒人了，若是這次真的成了，我也算是功德圓滿了。」

老王妃聽她這麼說，臉上頓時放出了神采，急忙將外面的小尼姑喊了進來吩咐道：「妳快去外頭，去讓杜院判把小杜太醫喊來為大長公主診脈，快點，不得有誤。」

那小尼姑聞言，立馬就點了頭出去，至門口見太醫院的馬車還在門外候著，便上前問道：「哪位是杜院判，裡頭老王妃吩咐，馬上請小杜太醫來水月庵為師太診脈醫治。」

杜二老爺和陳太醫正在馬車裡等得發睏，忽然聽外頭小尼姑沒頭沒腦的說了這麼一通話，急忙伸出腦袋問道：「小師太，妳說的這是真的嗎？老王妃讓我去喊小杜太醫過來？」

那小尼姑也不認識哪個是杜院判，她們平素貼身服侍大長公主，從來也都是高高在上被人仰視的，聽杜二老爺這麼說，便不屑道：「你囉嗦什麼？裡頭的人怎麼吩咐，你們就怎麼做好了，還不快去把小杜太醫給請了來，其他的，我們是一概不管的。」

杜二老爺再次被氣得吹鬍子瞪眼，那邊陳太醫只笑著道：「杜院判啊杜院判，早些想通了才好呢。你還記得二十年前老杜太醫還在的時候，大長公主就喜歡找你看病，如今你我年紀大了，也該服服老了。」

杜老二爺頓時有一種茅塞頓開之感，仔細想想，當年馮將軍聽說就是京城第一美男，雖是武將，卻是一個儒將，想必大長公主就是好這一口也說不準呢。

杜若因為身子不好，請了一個月的長假，如今已經好了大半，他倒也是個安靜的性子，索性給劉七巧寫的食譜做起了批注來。上回的那一本《孕婦飲食手札》，劉七巧看完換回來之後，杜若就把它送到了書商那裡，預備給專門到寶善堂抓安胎藥的人家人手一本，就當是回饋大眾了。

雖然杜二老爺被那小尼姑堵了一句，很是不服氣，但還是很快就命車夫駕著馬車往杜家接人。杜二老爺只命小廝進去喊杜若出來，又命他帶上藥箱和專門為人診脈的紅線。

杜若這廂正認真的翻看醫書，寫書寫得入神，那邊茯苓進來道：「少爺，二老爺正在門口等您，讓您帶了藥箱和紅線去外面找他，好像是急著出診去。」

杜若知道今兒劉七巧和杜二老爺去水月庵給大長公主診脈，又聽聞讓他帶上紅線，心裡便想起那日杜二老爺說起給大長公主懸線診脈的事情。其實宮裡的貴人杜若也看過幾個，雖然也有貴人要懸線診脈，但大多數人是願意摸脈的，畢竟摸脈診斷的結果會更準確些。

杜若聽茯苓這麼說，便擱下了毛筆，起身到房中換了一身衣服，茯苓取了他的藥箱跟在身後，又讓春生跟在後面一起去了。

杜二老爺見杜若從家中出來，豐神俊逸果然是不輸當年的自己，也只能感嘆自己年華老去，捋了捋山羊鬍子問一旁的陳太醫道：「老陳，你看我當年，和我家大郎比如何？」

陳太醫一雙三角眼抽了抽道：「老了就是老了，好漢還不提當年勇呢。」

杜二老爺深深的被打擊到了，暗中決定回太醫院扣這位老同僚的薪水。

杜若上車，見兩位老太醫都各懷心事的樣子，便恭恭敬敬的問道：「二叔，大長公主的病症如何了？」

杜二老爺無奈的搖了搖頭，一臉黯然。「我們連水月庵的門都沒進得去。」

杜若有些尷尬，便沒再問下去。那邊陳太醫道：「前兩日倒是進去過的，只不過這大長公主的脾氣也是奇怪了，年輕時候很隨和的一個人，老了倒越發嬌貴了。」

杜若點了點頭，不再發話。那邊杜二老爺畢竟是杜若的親二叔，見他沈默不語，便開口道：「昨日我和七巧討論過大長公主的病症，倒覺得可能也是婦科病症中的一種。大長公主大約也是有此難言之隱才會諱疾忌醫的。我今兒一早和陳太醫約定好了，進去先看看脈象，若她還是不肯說，就先按照軟堅散結的方子先開一劑試試看，若是見好，也算是對症了。她這個病症拖下去必定是不能好的，如今也只能死馬當成活馬醫了。」

杜若一一記在心裡，又有些不解地問道：「既然二叔和陳太醫都商量好了，那為什麼又找我來了？」

這回杜二老爺閉嘴了，他總不能說：我們懷疑大長公主嫌棄我長得不夠俊，她喜歡年輕的美男子。於是他只笑著道：「這個，我們也不清楚，等你去了，自然就清楚了。」

趁著路上的空檔，杜、陳兩人又分別把前兩次給大長公主把脈的情況告訴了杜若，杜若那邊雖然還沒見到人，倒也斷出大長公主是氣虛血弱之症了，便在心裡擬起了方子來。兩炷香之後，太醫院的太醫總算是又來到了水月庵的門口，杜若上前說明了情況，便有小尼姑領著杜若進了門。

這邊杜二老爺和陳太醫兩人也沒心思在馬車裡候著了，索性進了對面的茶樓，一人一杯鐵觀音喝了起來。

杜若跟著小尼姑來到後面大長公主住的禪房，小尼姑讓杜若候在門口，自己先進去稟報了。杜若站在小院正中，聽晨鐘鏗鏘，聞著淡淡的檀香氣息，清風送來馨香，整個人都神清氣明了起來。

忽然簾子一閃，裡頭的小尼姑出來道：「杜太醫，師太請你進去。」

劉七巧趁著去請杜若的當口，毫不掩飾的將自己和杜若從相識相知到相戀的過程講給了大長公主聽。這邊老王妃第一次聽劉七巧說這些，也是來了興致，又聽到劉七巧說起杜若被杜老太太的一席話氣得吐血的事情，便蹙眉道：「好一個實心思的少年郎，怎麼就這麼不禁嚇唬呢，他平素身子不好，只怕為了這事情沒少操心吧？」

劉七巧勾唇笑了笑，略帶羞澀道：「若不是他出了這樣一件事，我還一味的等著，只因他這樣，我才覺得自己不能只這樣等著，倒是辜負了他的一片癡情，我既有了要嫁他的心思，又何懼被別人說道呢，若是我連這些也怕，那我劉七巧也不過就只是一個普通鄉下丫頭，又如何配得上他的喜愛？」

這番話說得坦坦蕩蕩，卻又這樣真心實意，竟讓兩位老人都有些自愧弗如。杜若正巧從門外進來，偏偏就聽到了這幾句，一時間只覺得胸口被填得滿滿的，嗓子裡梗著千言萬語，卻不知從何說起，上前一步，更是顧不得兩位老人在場，竟直愣愣的看著劉七巧道：「七巧，杜若此生若是負妳，願下十八層地獄。」

劉七巧卻沒有像平常聽了誓言的姑娘家一樣，急急忙忙堵住了杜若的嘴巴，只淺淺一笑道：「你若負我，便是下一百八十八層地獄我也是不會心疼的，但我知道，你不會。」

那邊斜靠在床頭的大長公主，不知何時眼中竟已蓄滿了淚痕，似乎眼前這情投意合的兩人，勾起了她無限的思舊之情。

老王妃看著這兩人濃情密意的，又瞧見一旁的大長公主眸中已蓄滿了淚水，生怕觸及了她的傷心事，便清了清嗓子道：「這才剛過乞巧呢，你們倆就唱起了鵲橋相會？咱們兩個老貨倒是有眼福了。」

杜若聞言，原本急著想去握住劉七巧的手在半空中停了下來，只急急忙忙轉身恭敬作揖道：「晚輩杜若，見過大長公主、見過老王妃。」

那邊大長公主這時候才算看清了杜若的容貌，雖然瘦削了些，倒的確是芝蘭玉樹一樣的人物，那通身的氣派帶著文士的優雅，面上又有幾分醫者溫仁的表情，讓一向排斥延醫問藥的大長公主也放下了幾分戒心。

「你倒是長得像極了你祖父，那時候你祖父的醫術也是了得的，記得本宮小時候出痘，就是你祖父治好的。」大長公主寒暄了幾句，在床榻上欠了欠身子，那邊劉七巧忙上前為她重新整理了一下背後的引枕靠墊。

杜若謙遜道：「家祖醫術高明，晚輩只求能得其一二，便已受用不盡了。」

大長公主禮佛四十載，早已消磨了年少時的傲嬌習性，如今臉上的神色倒是慈愛有加。聽杜若這麼回話，笑了笑道：「那倒是難辦了。」老王妃見大長公主似乎有故意刁難杜若的心思，便也推波助瀾道：「這事確實有點難辦，都是我的不是，今兒我和大長公主打了一個賭，說是如今只有太醫院的小杜太醫能治好她的病症，若是小杜太醫治不好，我便把七巧送了給她，讓七巧繼承大長公主的衣缽，延續這水月庵的香火。」

杜若一聽，心口一陣狂跳，只覺得額際冷不防就湧了汗水出來，默默用袖口擦了擦。「既如此，晚輩定當全力一試，若是能根治大長公主的鳳體，那自是最好的。」

杜若說著，將藥箱放下，從藥箱中取了紅線出來，那邊大長公主見了便道：「你一個晚輩，我也沒什麼好避嫌的，你只過來吧。」

劉七巧從袖中抽出了一方絲帕，蓋住大長公主有些清瘦的手腕。為杜若搬了一張凳子到床前等他診脈。杜若上前兩步，低著頭將目光偷偷的落在劉七巧的臉上，就見她眼下那兩片連粉都蓋不住的烏青。

杜若心裡默默的心疼了一把，稍稍嘆了一口氣，坐下來伸手按住了大長公主的脈搏。脈象和方才杜二老爺與陳太醫跟他說的如出一轍。大長公主常年禮佛。生活清苦，身子遠不如平常上了年紀的貴婦們硬朗，再加上她身上的病症，如今已是氣虛血弱虧空了身子。杜若鬆開手，還想問幾句，抬頭卻看見劉七巧袖中悄悄露出來的那隻手輕輕的搖了一搖。杜若便心領神會，直起身道：「並非是什麼大病，開幾副藥先喝起來，若是有效果，十日之後晚輩再來複診。」

這回大長公主也有些奇怪了，笑道：「別的太醫來總是囉囉嗦嗦的問一大堆，怎麼你一句都不問便治起了病來。」

杜若這時候見大長公主很是慈祥，也便放大了膽子道：「那別的太醫問了，長公主可有一一作答？」

這時候倒是換大長公主一愣，旋即笑了笑，也不再發話。那邊杜若繼續道：「若是問了沒有結果，那也是白問了。」

老王妃替大長公主解圍道：「如今的年輕人都是滑頭，我們說不過他們。」回頭看了一眼劉七巧道：「你們出去吧，我跟大長公主好好敘敘舊，妳在這邊，什麼話都讓妳給說了去。」

第七十五章

劉七巧笑著福了福身子。「奴婢遵命，奴婢這就帶著杜太醫出去。」劉七巧說著，便轉身把杜若引入了外面的中廳，外頭小尼姑奉了茶水上來，兩人商討起大長公主的病情。

劉七巧想了想道：「我方才試探過大長公主，應該是和富安侯家的少奶奶相似的病症。」

杜若放下藥箱，擰著眉頭從裡面拿出了開藥方的紙箋，一邊寫一邊道：「可是這病症想來只有年輕人有，很少有斷了癸水的老年人得這種病症的。」

劉七巧自然是知道這其中的原因，西醫研究子宮肌瘤的原因是因為雌激素分泌過多才會引起的。老年婦女沒有月經之後，體內雌激素降低，子宮肌瘤一般也會自我吸收。而這種子宮肌瘤沒有吸收反而增加的例子，向來是少之又少的。經過劉七巧的分析，劉七巧認為是大長公主吃多了豆製品，導致體內雌激素居高不下，才會發生這樣的病變。不過，這個科學原理對於杜若來說是不是太難了一點？

「大抵就是因為太罕見了，所以大長公主才視自己為異類，也不想延醫問藥了。她如此愛惜自己的名譽，依我看，我們是不是也要成全了她？」劉七巧想起現代很多中藥都是可以直接煉製成蜜丸，不光食用方便，療效也不錯。若是杜若把給大長公主的藥煉成蜜丸，一般人自然不能分辨出裡面的藥方，更無從考證這藥丸究竟是為了治療哪一種疾病。如此一來，大長公主的病症才能真正的不被洩漏出去。

劉七巧站在一旁看著杜若寫下藥方，開口問道：「上回你給我製的那藥丸，我用著甚好，上一次來癸水就沒有疼得那般劇烈，別人問我那是吃什麼病的，我只說我太瘦了，吃了用來調養身子好胖一點，也沒有人不信的。」

杜若頓了頓筆尖，眸光閃了閃，抬起頭道：「只是大長公主的病已深，那藥丸畢竟小，做出來只怕藥效不夠。」

劉七巧抬起頭想了想，忍不住給杜若指導了一下道：「何不用蜂蜜拌勻，搓成帶餡兒的小湯圓那麼大，那一顆也可以頂上好幾顆，又保有了療效，又能瞞得住方子，豈不是更好？」

杜若擰眉想了想，點了點頭道：「妳說的倒是有些道理，回頭我跟二叔商量一下，煉製丸藥這一類二叔可是高手，去年他按照宮廷的古方研究出來一味養血養顏的蜜丸，倒是有幾家的太太們說用著甚好呢。」

劉七巧見杜若接受了她的意見，笑著道：「那這事就交給你辦了，明兒一早你就託人把藥丸送過來，大長公主的病可不能再拖了。」

杜若點了點頭，再抬眼看劉七巧的時候，一時間卻不知如何開口，只眉眼帶著笑意，愣了半晌才問道：「方才老王妃說的話可是真的？」

劉七巧見杜若這一本正經的表情，噗哧一笑道：「難道是假的你就不治這病了嗎？」

杜若連連搖頭道：「自然不是，只是，妳究竟是如何勸動了大長公主的呢？」

劉七巧轉身，略帶著些得意道：「你可知道老人家最喜歡做哪兩件事？」

杜若想了半天，搖了搖頭。劉七巧笑著道：「老人家最喜歡做的兩件事，一件呢是抱孫子，另一件肯定就是作媒。如今抱孫子大長公主怕是沒指望了，讓她給我們保個媒，她自然是願意的。」

劉七巧想了想，道：「王妃和老王妃雖然對我很好，太后娘娘也是極喜歡我的，但她們畢竟還是紅塵中人，不像大長公主這身分，游離世外，反倒最好管這閒事。若說尊貴，她如今雖然出家，可她的身分卻不曾改變，只希望以她的威望可以打動你家那難纏的老奶奶。」

劉七巧說著，不由翹了翹唇瓣，緊接著打了一個大大的哈欠。她自從穿越來之後，也算是過得無憂無慮，像昨晚那樣輾轉反側、絞盡腦汁，也是少有的，所以今天一早起來，難免精神不濟。

杜若看在眼裡、疼在心裡，伸手握住了她的手，劉七巧卻往後退了兩步，恭恭敬敬坐在杜若的對面。這時候老王妃也從內室出來了，見兩人坐得隔開了一丈遠，倒是點了點頭，只開口道：「七巧，杜太醫的方子開好了嗎？」

劉七巧起身，上前扶著老王妃道：「回老祖宗，方才杜太醫研究了半刻，說是寶善堂正好有一味良藥，可以醫治大長公主的病症，這病竟是連湯藥都不用服的，只等明日杜太醫把那丸藥送了來，大長公主便可以開始服用了。」

杜若起身，朝著老王妃作了一揖道：「晚輩這就回府去為大長公主配製藥丸。」老王妃點了點頭，對劉七巧道：「妳進去回一聲大長公主，就說我們也告辭了，這邊畢竟是她清修的地方，我們多有叨擾，也是不好的。」

劉七巧笑著服侍老王妃坐下，親自斟了茶水上前，這才打了簾子往內室去了。

杜若正轉身整理藥箱，那邊老王妃抿了一口茶，將茶盞擱在一旁的茶几上，抬起眸子來細細打量了一番眼前的年輕公子。說實話，老王妃心眼裡也是特別喜歡這種溫文爾雅的公子哥兒的，可惜她兩個兒子都是喜好舞刀弄槍的多，如今二房的琰哥兒雖是一個鐘靈毓秀般的容貌，卻可惜在品性上也是微有瑕疵的。

自己家沒有的，看別人家有，也越發羨慕起來。老王妃心裡估摸著，如今劉七巧是王府的義女，那就是自己的乾孫女兒，這杜若以後就是自己的乾孫女婿。她這麼一想，便生出幾分長輩的慈愛來，開口道：「杜太醫，這回七巧為了你可是豁出去了，她可是在大長公主面前立下豪言壯語，若是不能嫁給你，就要剪了頭髮在這水月庵修行。」

杜若聞言，急忙停下自己手中的事情，站在一旁躬身聆訊，臉上帶著溫和恭敬之色。見老王妃不再開口，才小聲道：「晚輩自然不會辜負了七巧的一片真情，說起來這事情，竟是我愧對了七巧，我原本以為或許沒這麼艱難，如今這樣也是萬萬沒有想到。」

老王妃點了點頭，微微一笑道：「你那個祖母，我最是瞭解她幾分的，她自己當初嫁入了杜家，嘴上不說，心裡還是有幾分憋屈的，她怎麼說也是清貴文臣家的女兒，即便家裡面不甚富庶，但名聲好聽，當年想要求娶她的官家子弟也多得去了。至於後來為什麼老太爺偏偏看上了你們杜家，這當然不得而知。你瞧瞧你父親、你二叔他們的親事，也該知道你祖母的心思，她是卯足了勁兒想把你們往清流那一派拉，估計當年她嫁給你祖父之後，沒少人挖苦她娘家貪慕杜家家財的。」

杜若年紀雖輕，很多事情不知就裡，但是聽老王妃這麼一指點，他也隱約想通了一些。他母親寧氏家中是翰林出身。杜二太太齊氏家裡也是文官出身，如今齊氏的父親是戶部侍郎。趙氏更不用說，父親是大理寺少卿，因為祖父和杜老太爺關係好，所以才許了這門親事。能發展到了這一步上，杜老太太也算是功不可沒，沒道理到了杜若這裡，這擇偶標準一下子就降到了最低標準。

「祖母的心思，晚輩也是瞭解幾分的。所以也不敢公然忤逆了祖母。」杜若說著，垂下了頭來。他從小身子不好，明明比杜蘅大了兩歲，可偏生杜蘅生得結實，他自己卻生得跟豆芽菜似的，所以杜老太太自然也就多疼他幾分。他又是一個安靜知禮的性子，從不忤逆長輩，便是劉七巧這事上面，他也不過就是在杜大太太面前使了性子跪了兩回，饒是這樣，他已經自責起自己的不孝來了。

老王妃最喜歡這樣的孩子，見他那為難樣子也是可憐，只笑著道：「你放心，這事黃不了，聽說你前陣子為了這件事還氣病了，年輕人要放開一點心胸，不然以後受苦的日子還多著呢。」

杜若聽老王妃提起自己的病來，頓時臉紅到了耳根，連連點頭道：「老王妃教訓得是，晚輩受教了。」

那邊老王妃說了幾句，也越發覺得自己話多了起來，還真跟教訓自己的孫女婿一般絮叨了，便笑道：「你去吧，好好治好長公主的病症，到時候長公主會為你們作主的。」

杜若最愛聽的就是這一句，一下子覺得自己又元氣滿滿，臉上洋溢著歡快的神色，抱著藥箱連連點頭，躬身拜別老王妃。

那邊簾內劉七巧垂眸站在大長公主的面前，臉上神色淡然，小嘴抿成一條線，雙垂髻上點綴的流蘇擦著粉色的面頰，端的是一副柔順乖巧的小模樣。

大長公主方才大約和老王妃聊得很開懷，這會兒臉上還有著一絲血色，見了她這樣子便道：「我一開始倒還真被妳這副人畜無害的乖巧模樣給騙了去，我這人向來目下無塵，按說妳這樣打我的主意，我是不會饒了妳的，可偏生我對妳還真恨不起來，妳既想著要幫我治病，又想著給自己尋個好處，偏生還在讓我動了對妳的疼愛之心後，拿這事情來拿捏我，我看妳不該叫七巧，妳該改名叫七竅，妳這七竅玲瓏的心思倒是讓人佩服不已。」

劉七巧知道大長公主是修佛之人，自然相信因果報應、魂夢相倚的事情，便笑著道：「我也不瞞長公主，我生來便有宿慧，只是從我母親難產那時候才發現。我雖然不知道我這些技能是從何而來，可是我知道怎麼去救她們，我便這麼做了。」

宿慧是指從前世而來的智慧。佛教認為，「宿慧」是在今生遇到機緣就會顯發出來。對於熟讀經書佛法的大長公主，如何能不知道宿慧這一說。所以，當她聽劉七巧說出這兩個字的時候，臉上流露出來更多的不是震驚，而是一種讓自己覺得自己是可信之人的安慰。

「好姑娘，妳做得沒錯。」大長公主伸手握住了劉七巧的手，輕撫著她的手背道：「我原來還覺得妳這樣的姑娘太過玲瓏剔透，只怕佛祖未必會庇佑，如今聽妳這麼說，倒是頓悟了，妳前世必定也是一個為善之人，所以才有今生的造化。妳既如此信得過我，我自然不會不管妳的事情。佛法有云：眾生平等。沒有人天生下賤，妳只管放下心來，下面的路，妳我一起走下去，便是我的病好不了了，也會助妳嫁入杜家的。」

劉七巧咬了咬唇瓣，從內心感激大長公主說的這一番話。其實說句實話，劉七巧這次也並非有百分百的把握，原只是想著放手一搏，反正已經有很多人知道她垂涎杜若這塊小鮮肉了，再多一個不管紅塵世事的大長公主，也無傷大雅了。再加上之前她曾聽過有關大長公主的故事，也知道她是一位真性情的人。這樣的人，即便是鎖住了心扉不讓人進入，看似雲淡風輕，但內心中原本曾有過的火苗，也不該會完完全全的熄滅。劉七巧斷定，她和大長公主之間是有共同點的。

劉七巧屈膝跪下，抬起頭看著大長公主，感激道：「七巧能遇到大長公主，也是七巧的福分，七巧真心希望大長公主能以身體為重，七巧有言在先，也是一個頂頂說話算話的人，就看著這分上，也希望大長公主可以早日痊癒。」

「妳這丫頭。」大長公主嗔怪著戳了戳劉七巧的額際。「所以我才說，到頭來倒是我被妳給算計上了。」大長公主嘆了一口氣，緩緩道：「盡人事，聽天命，既然妳這麼說，那就把藥送來，我先用了看看吧。」

劉七巧心裡也淡淡嘆了一口氣。「師太只管放心，那藥是斷沒有第三人知道藥方的，便是被有心人拿了去，也研究不出個所以然來。」

大長公主見劉七巧對她的稱呼從大長公主改成了師太，臉上更是讚許了幾分。她出家之後，原也是不喜歡人提起她之前的事情，偶爾見老姐妹的時候才有人會這麼稱呼幾聲。她自己則更希望眾人只把她看成是一個普通的貧尼，沒有權勢的枷鎖，更能看清大多數人的本心。

「行了，時候不早了，你們也回吧，有空就多來這邊陪著我聊聊天，權當是解解悶了。」

劉七巧見大長公主臉上也有了疲乏的神色，便點了點頭，躬身告退。

外面杜若已經離去，老王妃見劉七巧出來了，也起身道：「那我們也是時候走了，這一上午把這幾十年的事情都給聊了一遍，腦仁都疼了起來。」劉七巧連忙上前，扶著老王妃一起出了院門，那邊容嬤嬤剛剛跟著兩位比丘尼在庵堂裡轉了一圈，見老王妃和劉七巧出來，便笑著迎上去問道：「怎麼樣了？大長公主可是同意醫治了？」

老王妃拍了拍她的手背，淡淡的笑了笑，湊到容嬤嬤的耳邊道：「好事近了，妳回去告訴太后娘娘，讓她不必操心。」老王妃說著，又伸手輕輕捏了捏劉七巧的臉頰道：「這張巧嘴都幫妳們給搞定了，妳只管讓她多送一些燕窩、人參什麼的到我府上來就好，人我替她賞了。」

容嬤嬤聽老王妃這麼說，便知道這事情大抵也是差不多了，點頭笑道：「早如此，我一早就應該把妳們請了來，哪裡用得著帶著太醫一趟趟的跑呢？這剩下的車馬費也夠賞人的了。」

老王妃聽她這麼說，哈哈笑道：「妳這老貨，又不花妳的錢，妳替她省什麼呢？難道我跑來跑去就不累著了？瞧瞧這都什麼時辰了，回去還得歇個中覺。一天就又這麼沒了。」

兩個老人邊說邊笑，由小尼姑帶著領出了水月庵去。

卻說杜若從水月庵出來，那邊茶樓上，杜二老爺和陳太醫也剛巧喝完了一盞茶。兩人見了杜若，高高興興的迎了出來。杜二老爺見杜若臉上神色嚴肅，想必是發生了什麼事情，開口問道：「怎麼樣，大長公主答應就診了嗎？」

杜若點了點頭，神色依然凝重，開口道：「大長公主准我試試看。」坐在馬車另一旁的陳太醫聞言，笑著道：「杜院判，我說了吧，如今長江後浪推前浪，前浪不得不死在沙灘上。」

杜二老爺被陳太醫氣得肝疼，揉了揉腦仁道：「行行行，你鐵口直斷，什麼都逃不出你這睿智的三角眼。」杜二老爺想了想，見杜若神情嚴肅，必定是有什麼重要的事情沒說出口，便轉身對陳太醫道：「今兒放你一天假，我喊了轎子你先回去吧，這會兒回太醫院也晚了。」

陳太醫捋了捋山羊鬍子，求之不得。「那就多謝杜院判了。」

第七十六章

小廝喊了轎子將毒舌的陳太醫抬走之後，杜若才和杜二老爺兩人上了原先的馬車。杜若開口道：「二叔你斷的病症不錯，不過七巧更是問出了端倪，這次二叔可一定要幫我，我的終身幸福就全拜託在二叔的身上了。」杜若說著，將方才老王妃說劉七巧請大長公主保媒的這一段也說給杜二老爺聽。

杜二老爺嘆服道：「好一個劉七巧，真是一個有心思有心計的姑娘，你這呆呆傻傻的模樣，她是怎麼看上你的呢？」

杜若被杜二老爺說得不好意思，窘迫地低下頭。杜二老爺想起之前陳太醫說的話，又茅塞頓開，只哈哈笑道：「原來七巧這個小姑娘也是為色所迷啊。」杜若見杜二老爺居然大言不慚說出這種話來，只面紅耳赤脖頸粗，想反駁幾句，卻愣是不知道從何反駁起。

杜二老爺嘆了一口氣道：「大郎，說起來你雖然是我大哥的兒子，可是你也知道，你二弟是個坐不住的毛躁性子，於醫術方面一事無成，如今也就能認得那些藥材的模樣，管起家裡的生意也是夠了。你從小跟著我學醫，我待你更比親生。杜家之所以有今天，雖然離不開寶善堂積年累月的生意，但關鍵也在於我們有拿得出手的藥方，更有天家的器重。」

杜二老爺平常看似嘻嘻哈哈，說起這些來倒是頭腦清楚得很。杜若更是知道其中厲害，若是杜家不能在太醫院站穩腳跟，寶善堂的生意也不能如此的順遂。這些相互間交織成莫大的關係網，而杜若的個性也確實不適合經商，成為一代名醫、繼承杜二老爺的衣缽、在太醫院裡穩紮穩打，便是他之後需要做的事情。

「二叔說的道理我自然都清楚，這次太后娘娘和皇上都很重視大長公主的病症，我們寶善堂一定要治好大長公主，不負皇恩。」

兩人在馬車上商談了片刻，不多時便來到了朱雀大街上的總店找杜大老爺。正巧杜大老爺也剛剛從別的分號回來，見自己的兒子和二弟都在，便喊了他們一起，往隔壁的飄香樓找了一間幽靜的雅間，在那兒邊吃中飯邊談事情。

杜大老爺聽杜若說起了劉七巧的盤算，也忍不住讚嘆了幾句，又跟杜二老爺一樣，鄙視了杜若一下，只說他是撞了大運了，能找到劉七巧這樣的媳婦。杜若覺得如此下去，婚後自己的地位只怕是要越來越低了，不過一想起能抱得美人歸，地位什麼的就先靠邊站吧！

杜若開口道：「從七巧那邊探知，大長公主如今是同富安侯家少奶奶一樣的症狀。只因為她是一個老人家，又平素清修習慣了，便覺得此事難以啟齒，不想讓人知曉。七巧給孩兒出了一個主意，讓孩兒把藥煉成蜜丸，送到水月庵給大長公主服用。這樣一來，既打消了大長公主心中之慮，又能為大長公主醫治。最關鍵的是，這麼做這藥方便是秘密，無人知曉，到時候只說是補氣養血的藥物，也無人懷疑，瞞住了病因，也全了大長公主的體面。」

杜大老爺正端著一杯酒往自己唇邊送，聽杜若這麼說，便放下了酒杯，擊掌叫好道：

「果然還是七巧的心思細膩，你們這些大老爺們哪裡能想到這些！這些病本就是難以啟齒的病症，多少官宦人家就算是自家常用的大夫，也是鮮少讓看這種病症的。我們寶善堂是開門做生意的，自然不重視這些，誰來請了我們便上門去，如此倒也有不少人家的奶奶是因為耽誤時日久了，才救不活的。」

杜二老爺也道：「但凡和這些有關的事情，大戶人家的奶奶、太太們也都是諱莫如深的，生怕有人說她們不檢點，得了什麼髒病。」

杜大老爺聽杜二老爺說完，點點頭，又扭頭問杜若：「既然七巧這麼說，你的藥方擬了嗎？拿來好好瞧瞧，一會兒我同你回寶善堂，今兒就是一宿不睡也要煉出這丹藥。」

杜家寶善堂煉丹藥的地方就在朱雀大街的總店，除了正前方的一排兩層小樓，裡頭還有一個小院，小院後面是一排庫房。煉藥丸的地方則是單獨在庫房後面另外造的兩大間泥瓦房。只因為裡頭經常要有明火，便不是木製的結構。裡面砌有一排爐灶，都是煉丹藥的時候熬製藥湯用的。

席間杜大老爺和杜二老爺已經把杜若的藥方給研究了半天，兩人各抒己見，又添加了幾味溫補養生的藥物在裡面，務必做到固本培元、活血祛瘀。三人難得在一起，生出一種三人齊心、其利斷金的感覺來。偏偏這最後的目的是為了給兒子娶媳婦，這倒也讓多少年沒這樣上過心的杜大老爺忍不住搖了搖頭。

將配藥的事情吩咐下去，幾位東家便去了樓上議事，那邊杜大老爺見杜二老爺今日紅光滿面的樣子，作為長兄，也稍微提醒了一句道：「你那幾個妾室都是規矩人，我倒是沒什麼好不放心的。不過你似乎半個多月沒進過正房了，這總有些說不過去吧？」

杜二老爺見杜大老爺忽然提到這件事，想必是最近杜二太太在這方面頗有微詞，悄悄的在杜老太太耳朵跟前遞話了。不過杜二太太對杜二老爺也還是有些怕的，自然不敢直接把劉七巧和杜若的事情給說出去，也只能在杜老太太面前稍微發一發牢騷。

杜老太太之所以對於杜二老爺納四房姬妾沒有太多的管制，也是因為杜二老爺的那幾房姨太太都是家世清白的人家，因為種種原因被人害了，最後才落得做人姨娘的下場。杜老太太自己也是寒門書香出身的人，對這樣身世的女子頗有些同情，且那幾位姨太太進門以後，也是謙和有禮、從不爭寵生事，故杜老太太對杜二老爺並不怎麼說教，只同杜大老爺商量著，讓他別再往長樂巷去。天底下苦命的女子太多，任他再風流多情，又能帶幾個回家呢？況且哥兒姐兒們年紀也大了，總不能也跟著老子學這些。

「我知道了。」杜二老爺皺了皺眉頭，想起杜二太太，眉頭皺得越發深了，搖頭道：「她這性子，怎麼也不知道改改，弄得別人不痛快了，她能有什麼好處呢？」

杜大老爺雖然這次對杜二太太的做法也很是不齒，但斷然沒有說弟媳婦壞話的道理，便還是對杜二老爺道：「你也是孫兒成群的人了，也該尊重些，外頭人人讚你妻妾和美，那也有弟妹一份功勞，但凡她是個醋罈子，一打就碎了，你如何能抱得美人歸？別身在福中不知福，稍微說幾句軟話，不要火上澆油，萬一惹得她生氣起來，直接把大郎和七巧的事情端了出去，你我這不孝的罪名也算是坐實了。」

杜二老爺經杜大老爺這麼一提醒，頓時茅塞頓開，這事沒成之前，還真不能讓杜二太太給搶先攪和了。杜二老爺笑著道：「那大哥，既然這樣，事情也差不多了，我今兒就先回府了，順道去如意餅店買些糕點回去，她最喜歡吃這些，我哄哄她就是了。」

「去吧去吧，這裡的藥有我和大郎看著，你順便和老太太說一聲，就說我們今兒不回去用晚膳了，鋪子裡有事情，讓她早些休息，不用等我們。」

杜二老爺點了點頭，招呼小廝跟著自己，轉身又對杜大老爺道：「大郎身子不好，你也讓他早些回來，省得老太太又嘮叨。」

杜大老爺揮揮手。「行了行了，忙你的去，你只保證你後院不起火，大郎的事情也就八九不離十了。」

杜若聽自己的父親和二叔這樣關照自己，越發感激了起來，跟在杜大老爺身邊進了平常他們議事的地方。

卻說劉七巧和老王妃從水月庵出來，馬車在鴻運路上拐了彎，直走過個岔口正好會經過順寧路。劉七巧難得出了恭王府，便想著回自己家看看，央著老王妃道：「老祖宗，我想回家看看，這幾日王妃月分大了，我也不好擅自離開，已有小半個月沒回家了。」

老王妃知道她想家，便准了她半日的假，讓她回家去了。劉七巧跳下馬車，揮手跟老王妃告別，轉身回了順寧路上自己的家。沒承想今兒倒是熱鬧，這劉七巧家來了兩位客人，正是劉老三的兒媳婦小王氏和她娘熊大嬸。

原來一個月前，劉老三的媳婦王氏在莊子上幹活，一不小心被驚了的馬踢了一腳，誰知她身上有了身孕，這一腳下去便是一屍兩命，等大夫去的時候，人都已經涼了。因為劉老三不在家，所以李氏只託人送了弔唁的銀子回去。

自劉老三媳婦去後，大抵是那兩日太鬧騰，沒睡好，劉老三的大孫子又染了風寒。這小孩子染了風寒最是麻煩，藥也餵不進去，只每天哭哭啼啼的。前兩天晚上入睡之後便喘得厲害，這可把小王氏和劉大柱給嚇壞了。

熊大嬸起先以為是王氏死得冤，魂魄不肯走，纏著自己孫子，便請了道士到劉老三家作法，仍不見好，晚上還是哭。於是在全家人商議下，劉老三決定把大孫子送到京城醫治。

劉七巧進門，看見小王氏的懷中正抱著生病的劉子辰，他生下來時就是早產兒，這會兒看著也不算大，整個身子被包在了三角包中，喘息的時候胸口一起一伏的。

劉七巧雖不是兒科醫生，但這種情況也只推測出這劉子辰怕是因為著涼，引起感冒咳嗽後沒有好好調養，現在已經引發支氣管炎了，若真發展到小兒肺炎，那可是極嚴重的病症。且劉子辰的臉上並沒有斑狀疹子，由此可見這應該不是小兒常見的麻疹病。

不過劉七巧自然也不敢確定，畢竟她並非此專業，只按照平常所見來推算。

李氏見劉七巧回來，心裡一下子便有了主心骨，開口道：「我正想讓大妞去王府找妳，讓妳請個可靠的大夫來瞧一瞧這孩子的病。」

古代肺炎是死亡率極高的病症，據說在古代得一場感冒的死亡率是百分之十。劉七巧先安撫李氏坐下，然後才道：「娘您別著急，先去寶善堂把陳大夫請來，他也是醫術高明的大夫，明兒我再請杜大夫來看一看，今天他只怕沒空。」

李氏聽劉七巧這麼說，也只能答應了，便喊了錢大妞來。「大妞，妳先別忙，先去寶善堂請了陳大夫來看看娃兒。」

錢大妞這會兒正在廚房幫著啞婆婆做中飯，聞言便擦了擦手道：「那我去去就來，嫂子、大娘，妳們別擔心，聽說當時嫂子生哥兒就是受了苦的，常言道大難不死必有後福，哥兒肯定是個有福之人。」

這話也不知道是不是讓劉子辰給聽見了，只在小王氏的懷裡哇哇的哭了起來。

劉七巧知道這病症傳染性極強，如今家裡還有錢大妞和劉八順這兩娃，千萬不能讓這病給傳染了出去，否則就不好了，於是對小王氏和熊大嬸道：「大嫂、大娘，後排院子以前是我爺爺住的地方，妳們先去後頭住下來，平常別帶著孩子往前頭來。」

劉七巧這麼一說，嚇得小王氏立刻哭了起來。「七巧，妳可別嚇我，是不是子辰得了什麼了不得的病了？」

劉七巧連連擺手道：「大嫂妳快別這麼想，便是傷風著涼也是會傳染人的，八順和喜兒還小，難免兩個小傢伙不想逗著子辰玩，萬一給染上了，豈不是麻煩？而且後面清靜，也沒有閒雜人等吵鬧，更適合養病。」

熊大嬸聽劉七巧這麼說，便數落了小王氏一通。「妳看看妳，咋咋呼呼的，我都說了，這要不是妳婆婆的鬼魂作祟，那邊肯定是上回那大柱打的那兩個噴嚏沫子噴到了孩子臉上釀成的。」熊大嬸說著，對劉七巧道：「七巧，妳先帶著妳嫂子進去，我給你們張羅午飯去，別我們來了，妳們卻連頓飯都吃不上了。」

李氏連忙攔住了熊大嬸。「大嫂子妳坐著，廚房有人忙著呢，我讓七巧先帶著妳們到後頭安頓去。」

小王氏拍了拍懷裡的孩子，見孩子雖然還帶著些哭腔，畢竟還是睡著的，便抱著孩子跟在劉七巧的身後，那邊熊大嬸揹起了地上大包小包的包袱，也跟著往裡面去了。

熊大嬸看著劉七巧家這才城裡的兩進院落，只覺得這城裡人跟鄉下人就是不一樣，就那小院裡頭，還用青石板圍著種了幾棵花木，雖然地方是小巧了些，可看著就是緊湊，左右的廂房雖小，卻也有門有窗，打掃得乾乾淨淨。

劉七巧將熊大嬸領了進去，一溜的三間正房，中間是正廳，用半月門隔開，裡面各有裡間次間。劉七巧指著右邊的房間道：「大嫂子妳們就住這半邊吧，這半邊平常就沒人住。」

小王氏原本覺得自己家公公當了莊頭已是不得了了，如今跟劉七巧一家比了比，才覺得自己只是井底之蛙。

第七十七章

杜若和杜大老爺又在議事廳裡頭研究了一下大長公主藥方的配量，店裡的夥計上來道：「店裡的桃仁存貨不夠了，丹房的趙叔讓我問一下老爺，是不是用別的藥給替一下？」

平常大夫們開藥，若是哪一味藥沒了，用別的藥代替一下也是常有的事情，可今天這藥卻是他們三人深思熟慮而來的。中醫講究辨證用藥，若是替換了，藥效未必就有原先的好了。而且這藥方在富安侯少奶奶身上試過，療效是很好的。於是杜大老爺便道：「派個夥計去別的分號取一些過來吧。」

杜若和杜大老爺午膳用得早，這會兒正是夥計們用午膳的時候，杜若想了想便道：「也不用麻煩夥計，叫春生駕了馬車，我去跑一趟便是。」夥計們出去，那自然是靠腿的，這一來跑不快，二來萬一派了一個喜歡偷懶的，趁著辦事的時間在外頭逛一圈，豈不耽誤了事情？

杜若說著，便起身喊了春生一起往外面跑一趟。要說直線距離，離朱雀大街總店最近的分號，應該是在平沙路上的一家分號。可偏偏杜若對鴻運路的分號情有獨鍾，況且他有一陣子沒往鴻運路去，也不知道他關照著給李氏送的安胎藥送去了沒有。未來丈母娘的馬屁，可是要拍緊的。

春生這一段時間倒是沒少往劉七巧家跑，杜若和劉七巧之間的聯絡全靠他和錢大妞之間的直接聯繫從而產生間接聯繫。為此他和錢大妞之間的感情也得到了進一步的增長，以腳上的新鞋子和新襪子為證明，春生覺得他已經度過了需要自己花錢買鞋買襪的生涯。

杜若上了馬車，一開始也並沒有說往哪裡去，等到了第一個拐彎口，想要開口的時候，那邊春生已經熟門熟路的給拐了彎，往鴻運路那邊去。

馬車到了鴻運路上，只在門口停留了片刻，春生進去拿了藥材和給李氏的安胎藥之後，正出門打算跳上車去，卻見裡頭錢大妞正跟在陳大夫後面，揹著個藥箱往外頭來。

「大妞，妳怎麼來了？」錢大妞不常來這邊的藥鋪，陳掌櫃一時沒認出來，等他再仔細認認，這不就是那天晚上來請了杜大夫去劉七巧家的那小丫頭嗎？都怪晚上黑燈瞎火的，他怎麼就沒看清呢！

錢大妞也沒料到居然在寶善堂門口遇上了春生，便笑著問道：「你這往哪裡去呢？七巧嫂子家的娃病了，來城裡瞧病，我正請陳大夫過去瞧瞧呢。」

春生聞言笑道：「把藥箱還給陳大夫吧，少東家馬車裡坐著呢，讓他去瞧瞧也是一樣的。」錢大妞一聽杜若來了，她並不知道杜若和劉七巧今兒一早在水月庵已經見過了，便開口道：「這可真是巧了，七巧也在家呢，那我們快回去吧。」錢大妞說著，把藥箱往櫃檯上一放，朝著陳大夫福了福身子道：「陳大夫，那我就先回去了，麻煩你了。」

錢大妞匆匆來到門口，杜若挽了簾子道：「大妞妳上來坐。」

錢大妞畢竟還是姑娘家，又知道杜若以後是自己的家主，自然不敢坐上面，便小聲道：「我就在後面跟著，你們前頭先走就是了。」那邊春生見錢大妞忸怩，只當她是怕羞，便伸出手道：「大妞，妳上來。」

錢大妞抬起眸子看了一眼春生，只覺得他年紀雖小，可是憨厚老實人又殷勤，想了想便也克制住自己的薄臉皮，把手伸過去。春生一把將錢大妞拉上了馬車，錢大妞只側身坐在馬車的一側，扶著一根轡繩，並不進去。

春生見她這番含羞帶怯的模樣，心裡一樂，只笑著道：「那妳扶穩了，這可就走了。」

劉七巧安頓完了小王氏和熊大嬸，熊大嬸非要出去幫忙做午膳。換了平時這會兒劉家早就用過了午膳，因為她倆過來，李氏多聊了幾句，便就忘了這茬事情。

不一會兒錢大妞坐著馬車回來，門沒上門子，一推就開。錢大妞探著脖子對裡頭喊道：「大娘，我把杜大夫給請來了。」

這時候杜若已經扶著下了馬車，李氏在前面院子裡做針線，聽見聲音第一個便起身迎了過去。這不看不礙事，一看可不是讓丈母娘給心疼死了。好好的一個哥兒，這就小半個月沒見，整整就瘦下去一整圈，那臉頰上都能看出骨頭來。李氏也不敢太過上前親近，只嘆息道：「這是怎麼搞的，怎麼就病成了這樣，病成這樣家裡怎麼還讓你出門，你快回去吧，隨便派個大夫來也是一樣的。」

杜若頓時有些受寵若驚，李氏只開口往後院喊了一聲道：「七巧，大郎來了，妳還不快出來招呼著。」

小王氏在後面照顧孩子，只有劉七巧一人從後面出來，見了杜若只撇了撇嘴道：「要我招呼他做什麼？反正這裡也沒有他不熟的地方了。」劉七巧聽見李氏喊杜若大郎，頓時覺得……李氏這股熱情勁兒，都快趕超自己了。怪不得大夥兒都說丈母娘看女婿，是越看越順眼。

劉七巧雖然嘴上這麼說，但還是親自往廚房為杜若沏了一杯清淡的茶水來。「你怎麼跑到這兒來了，藥搞定了嗎？」

杜若接過劉七巧送上來的茶盞，與她的指尖微微觸碰，只勾著唇角道：「缺了一味藥，朱雀大街那邊的庫裡也沒了，便上這邊取了一些，順道來看看。」

劉七巧聽杜若這麼說，雖然眸中帶著笑，嘴裡卻還是不饒人。「順道看看，怎麼就順到我們家來了？」

杜若這會兒也覺得不好意思了。「聽春生說八順念著我，順便再給伯母帶一些安胎藥。」

劉七巧聽他這麼說，更是不依不饒。「怎麼都是他們的好處，我倒成了個多餘的人了？」方才在水月庵中，雖然兩人也互訴衷腸，但畢竟廳裡頭掛著觀音大士，房裡頭睡著大長公主，兩人說什麼也要克制幾分的。如今劉七巧這麼一說，便假作生氣的往旁邊自己的房裡一閃。杜若見廳中一時沒人，擱下了茶盞也跟了進去，抓住了劉七巧的手腕道：「若說妳是多餘的，那我豈不是更多餘，我們便是一對多餘，這就好了。」

劉七巧轉身，回眸看著杜若，伸手輕撫著他的眉宇道：「怎麼樣，我說了，我想嫁你，自然會想盡辦法來嫁給你的，你以後可別再氣壞了身子，我不想我進門，也是為了你沖喜去的。」

方才劉七巧和小王氏聊了一會兒，才知道方巧兒最終還是嫁給了趙老爺當小妾。雖然劉七巧對方巧兒的遭遇也是有幾分同情之心，也是她自己選擇要回去的。

杜若聽劉七巧這樣說，蹙眉道：「妳的嘴可真毒，一天不挖苦人便不舒服，也不知道積一點口德。」

劉七巧笑著轉身，靠在杜若的胸口，扭頭踮起腳來在他的側臉親了一口。「我便是要這樣的毒，才能讓你知道你這身子的重要性，俗話說：身體是革命的本錢，若是寶善堂連本錢都沒了，如何做生意呢？」

杜若從來都沒聽說過這樣的「俗話」。

「妳這俗話是從哪裡來的？我怎麼就沒聽過呢？」

劉七巧搗著嘴笑了起來，見杜若一臉正色，也不再開他的玩笑，便閉上眼睛抬起頭來，將自己的唇湊到了杜若的面前。

杜若見劉七巧急切的模樣，起先稍稍推拒了幾下，繼而又被挑起了情欲，只覺得渾身軟綿綿的，張開嘴熱切的回應了起來。

杜若是用過了午膳來的，所以先到了後排的廂房裡面為劉子辰診治。宮裡頭那幾位小主子也頗年幼，經常有個頭疼腦熱的，杜若平素就為人溫和，小孩子都願意讓他看病。劉子辰已經會認人了，平常見了生人總會哭幾聲，倒是見了杜若，一雙眼珠子滴溜溜的轉，竟沒有半點見到陌生人的樣子。

劉七巧等人匆匆用過了午飯，也一起往後院裡來，只叫錢大妞在前院裡看著劉八順和錢喜兒。

杜若號完了脈搏，開口問道：「晚上還發燒嗎？」

小王氏想了想道：「先前幾天是發燒的，這兩夜倒是好些了，只喘著厲害，睡得不安穩。」

杜若又伸手逗了逗孩子，看了一下舌苔，便退到一旁的椅子上坐下。「既然已經退燒了，那麼下面就應以疏風宣閉、祛痰平喘、清熱解毒、生津止渴作為主要治療方案。我先開一副藥，小孩子分量減半，一日只須餵他幾口，若是有效果了，就堅持多吃幾天。」

小王氏沒料到會是杜大夫親自來診脈，心裡自然是感激不盡，只連連點頭道：「如今他病了這幾日，連奶水也不大愛喝了，眼看著就瘦下去了，倒是讓我好心疼。」

杜若知道當母親的自然都心疼自己的孩子，只勸慰道：「嫂子不用擔心，小孩子有些病痛也是正常的，等好了自然又會胖回來，這幾日還是不建議餵奶水，只用新鮮的米湯熬得稠稠的，多給他喝幾口。」

劉七巧見杜若說別人的時候一本正經，輪到自己卻還犯這樣的低級錯誤，忍不住撇撇嘴，不以為然。她也看了一眼這幾日病瘦了的小侄兒，對小王氏道：「孩子還小，身子自然不如大人，嫂子妳好好的帶他，別再受了風寒便好了。」

杜若寫好了藥方，也沒遞給劉七巧，只開口道：「小吳正在外院等著，一會兒我讓他抓了藥直接過來，這一劑是寶善堂御用的藥方，給宮裡小主子用的也是這個方子，穩妥得很。」

小王氏一聽，只感動得熱淚盈眶，想想自己一個村婦，因為劉七巧這一層關係，兒子能享受到這樣的治療，簡直就是上輩子積德了。那邊熊大嬸也感激不盡道：「七巧，我們這大恩不言謝，娃兒若是好了，我就一輩子給你們家做牛做馬。」

熊大嬸的兒子讀書讀不進去，已經跟著劉大柱去了莊上跑馬車，如今正是個學徒工，所以熊大嬸便也跟著兒子一起到了劉大柱家。偏巧劉老三沒了媳婦，一家老小的事情沒人張羅，這熊大嬸又是當了多年的寡婦，從不怕別人說三道四的，且她幫的是自己閨女家，也沒人拿這個說事，所以如今劉老三一家竟全靠她支撐著了。

劉七巧笑著道：「大娘，妳快別說笑了，好好照顧孩子是真。」劉七巧帶著杜若來到外院，劉八順正愁眉不展的在那邊蹺著腿等杜若，見杜若從裡頭出來，乖乖的喊了一聲杜大夫。

劉七巧拉著杜若去廚房洗手，拿瓢舀了一勺水緩緩的倒在杜若手心裡。杜若看著劉七巧悠閒的動作，見自己手心的水汪汪的往地上流淌，淡淡地道：「弱水三千，只取一瓢飲。」

劉七巧也不是沒聽過情話的人，偏生這一句來得那麼突然又那麼應景，一時也不知如何應對，只偏過頭去，等著自己的臉紅到了脖子根，才輕巧的哼了一聲道：「油嘴滑舌，怪不得你考不上狀元，只能當個大夫。」

杜若接了劉七巧遞過來的帕子擦手，搖頭笑道：「妳若想當狀元夫人，改日我去考一個便是了。」

劉七巧一臉鄙夷。「說得那麼輕巧，倒像是隨隨便便就能中狀元一樣。」

杜若想了想道：「我三歲才會說話，七歲才會走路，在我會說話不會走路那些年，我父親便找了人為我開蒙，依稀就是九歲的時候，好像已經中了童生了。」

劉七巧點著手指數了數，九歲？劉八順明年都虛九歲了……劉七巧抬起眸子眨了兩下，頓時覺得這杜若的聰明指數還很高呢，以後他們的後代基因應該不錯的！

「喔，原來是這樣，怪不得我看見你就想起了書呆子來，原來你還真是一個書呆子？」劉七巧挖苦道。

杜若見劉七巧的臉上露出陽光般耀眼的笑容，讓他心裡也覺得開懷了幾分，便也娓娓而談道：「上一科的狀元爺還是我小時候的玩伴，我中童生的時候，他連大字還不會寫幾個。後來我祖父去了，臨死前交代過杜家的醫術不能丟，我二弟從小就跟猴子頭一樣的性子，斷然是按不下心思學的，所以我便學了起來，說也奇怪，我小時候身子就不好，每日必要吃一劑藥，竟讓我練就了一個好本事，但凡抿上一口藥，就能知道這藥方裡頭有些什麼東西。」

劉七巧越聽越起勁，杜若的這種才能，若在現代那就是個天才啊！

「你這不是騙人的？也不是你事先給背的？」劉七巧有些不相信道。

「起初我爹和我二叔也都是這麼想的，所以他們每日總把方子做一些微調，但我還是能吃出來，後來他們又以為我是看了祖父留下來的醫典、背的藥方，所以乾脆去別人家的藥鋪用別人家的藥方抓了藥讓我來試，結果我還是一吃便吃了出來。但凡不是千奇百怪的藥方，只要是我知道的，我都能說個八九不離十。」

劉七巧這時候對杜若的崇拜簡直如滔滔江水，一發不可收拾。「杜若若，你怎麼不早些告訴我你這麼厲害呢？」

杜若滿不在乎道：「這又不算什麼，不過就是隨口跟妳說說。」

劉七巧花癡一樣的看著杜若道：「這還不算什麼？你若是早些告訴我你這麼厲害，我鐵定更疼你幾分。」劉七巧說著，拽著杜若的袖子去廳裡找劉八順。

劉八順畢竟是小孩子，養起來也快，最近他因為不能走動，所以也聽話了很多，更潛下心思來唸書，連范老爺都誇他是一棵好苗子。杜若檢查了一下劉八順的傷勢，發現腿已經完全不腫了，用手指關節輕微敲擊，還是有一些痛感，不過已經無大礙了，便把劉八順的綁帶給拆了。

第七十八章

千里之外的軍營，軍醫也正埋頭在檢查劉老二的傷勢，搖了搖頭道：「這還沒好呢，劉二管家，你又不是年紀輕的孩子，摔斷了腿十天半個月的就好了，到了我們這年紀，少說也要綁上兩個月，俗話說：傷筋動骨一百天，你這才幾天呢，就急著讓我拆了這綁腿，萬一以後有什麼後遺症，王爺豈不是會怪罪在下？」

劉老二一臉鬱悶道：「前幾日王老四他們和韃子幹了一仗，聽說是殺了上萬個韃子，我這心裡激動啊，心想要是我也能上去砍上兩刀，那得多過癮啊！」

軍醫捋了捋山羊鬍子道：「二管家，你這腿就算是給你拆了，你也沒法撒丫子跑啊，這骨頭還脆著呢，你可別折騰。」不過軍醫聽劉老二提起了王老四，也忍不住誇讚道：「那王老四是條漢子，回來我給包紮的時候，身上上上下下可有二、三十處的傷口，幸虧他皮糙肉厚，竟然都只是一些皮外傷，如今這兩日又已經養得生龍活虎的了。」

劉老二感嘆道：「那小子倒是不怕死，可憐我在這帳子裡天天的給他唸佛，他是我們村的人，跟著我一起來的，萬一沒跟著我一起回去，我可沒臉見他爹娘了。」

「那這回你可有臉了，聽世子爺說要舉薦他當校尉呢，這校尉同將軍，可就差不了多少了。」軍醫時時在這大營裡走動，算是一個移動的通訊工具了，什麼都逃不過他的耳朵。

「這小子這回可算是給牛家莊長臉了，咱們牛家莊也出將軍了。」

劉老二這邊正跟軍醫嘮嗑著，外頭忽然有營衛匆匆忙忙的過來，進帳便問道：「元帥在嗎？韃子派使者送來議和書了。」

劉老二聞言，也不顧那邊軍醫還在給包紮呢，只一下子從凳子上站了起來道：「元帥在蕭將軍的營帳，你……你快去把這好消息告訴元帥！」

杜若給李氏請了一回平安脈，在劉七巧家總算是當完了家庭醫生，這才跟春生走了。劉七巧也沒逗留多長時間，王府裡的轎夫們就出來接人了。

劉七巧回去的時候，青梅剛剛服侍了王妃用過午膳，見劉七巧回來，便開口道：「七巧，老祖宗把今兒在水月庵的事情告訴我了，妳這孩子，讓我說妳什麼好呢？年紀小小，為人處世就如此通透，我以後倒是不敢更疼愛妳了。」

古時候的人特別相信英年早逝、紅顏薄命這一說，便是在水月庵中，大長公主見劉七巧這樣的為人處世，也為她的命數擔憂起來。幸好劉七巧夠坦然，只據實相告自己是有宿慧的人，大長公主才放下了心來，可這邊王妃卻不能這麼說了。

「太太這又在胡思亂想些什麼呢？您儘管想怎麼疼我便怎麼疼我，我小時候受的苦可多了，長大了就是要用來享福的。」劉七巧說著，便把自己七歲時候得了瘧疾，幾次三番救不活的事情告訴了王妃，然後總結經驗道：「大難不死必有後福，我這如今才開始享後福呢，太太倒擔心起了這些，這世上比我聰明比我命好的人多了去了，太太您也不想想，但凡我真的命好，那隨便投生在一家官宦人家，又何必為了一樁婚事上下的跳腳，急得我晚上都睡不著覺，眼下都熬出烏溜溜的一圈了。」

王妃被劉七巧逗得哈哈笑了起來，扭頭看了一眼劉七巧眼下的烏青，只笑道：「還真是烏溜溜的一圈了。青梅，去我房裡把我以前常用的珍珠粉給七巧用吧，如今我懷著孩子，這些東西早已經不用了。」

「太太，我有呢，我是懶得弄。」劉七巧正攔著，那邊青梅已經走進去取了出來道：「七巧，這可是好東西，這是舊年皇上賞的南海珍珠，有幾顆不夠圓潤的，太太便挑了出來磨成了珍珠粉，用著也比一般的珍珠粉強些。」

「南海珍珠？那一顆得多大啊？」劉七巧好奇的睜大了眼睛問道。

青梅擰眉想了想。「我沒仔細看，這一顆也總有妳大拇指一般大吧。」

劉七巧頓時覺得，果然土豪的世界她還是不懂的，現在想想，當時看見秦氏的繡花鞋上鑲著大珍珠，倒還算是比較節約的做法了，至少還能廢物再利用起來。

杜若取了藥材回到朱雀大街時，杜大老爺正把所有的藥材挑揀出，務必保證所有用料都是最上乘的。又命夥計去九蜂堂打了兩、三斤最上好的蜂蜜，正要準備開始熬蜜丸。

杜若親自用篩網把藥粉篩成了粉末，那邊爐灶上杜大老爺親自攪動著鍋裡的蜂蜜，掌握好黏稠度。杜若按著比例將藥材的粉末各自過篩之後混合在一起，最後和蜂蜜融合，揉成藥粉團子，再揉成拇指大小的蜜丸，待冷卻之後，放在瓷罈子裡面保存好。

杜大老爺又親自試了一口藥，放在唇下慢慢的品嚐了幾下，點了點頭道：「這蜂蜜的味道倒是蓋住了藥的苦味，不過這蜜丸不好存放，所以先做了五天的量，若是大長公主吃得好，再繼續做一些過去。」

兩人在丹房裡面忙了整整一個下午，太陽也早已日落西山。杜若抱著懷中的瓷罈，想了想道：「孩兒先去水月庵把這些藥送過去吧，畢竟大長公主的病也已經拖了有些時日了，還是要早日用藥較好。」

杜大老爺洗了一把手，接了夥計送上的帕子擦了擦。「你去吧，我也想早點知道這一味新藥的藥效。」

杜若抱著罈子，命春生趕著馬車去了一趟水月庵，庵堂的小尼姑見是杜若來送藥，也沒攔著，進去稟報了大長公主之後，將他帶了進去。

那邊大長公主聽說藥已經到了，也覺得這年輕人想娶媳婦的心思果然是很足的，做起事情來也如此的迅速，便傳了杜若進去問話。

杜若放下瓷罈，行禮作揖，開口道：「師太，藥丸已經配好了，師太只需每日三次，每次三丸，五天之後晚輩再來請脈。」

大長公主見杜若也喊她師太，心裡很是受用，便問道：「這藥丸叫什麼名字？」

杜若想了想道：「這是一味新藥，為大長公主的病症特別研製，還沒有名字。」

大長公主坐在床榻上，青燈搖曳，帶著幾分寂寥，如塵世外的高人一般，她靜靜的想了想，開口道：「既然沒有名字，那我為它取個名字，就叫七巧丹吧。」

杜若眉眼帶笑，在燭光下格外的溫和，嘴角帶著淺笑，謝過了大長公主賜名，緩緩退出內室。

宮裡頭，太后娘娘聽說大長公主終於肯用藥了，也是放了一顆心下來，陸陸續續的賞賜就到了恭王府裡頭。還聽說太后娘娘特意邀請了京城裡頭各家各府但凡她認識的老太君們，一起往後宮去參加九月九的重陽宴。

這是太后娘娘自從手術之後第一次舉辦開放型的大型活動，有內部認識打聽到的消息是，明年又到了三年一度選秀女的時節，太后娘娘是想先放個風聲，瞧瞧哪些人家是指望著進宮裡富貴，哪些人家是接下去忙著嫁女兒的。

杜若晚上回家，收到了梨香院那邊的請帖，讓他今兒過去小聚一番。原來杜若為姜家少爺推薦的那個去科狀元爺甚是靠譜，看了姜梓丞的文章，二話不說便寫了一封薦書去給玉山書院的山長。那山長也是愛才之士，看完姜梓丞的文章之後便命人送了名帖過來，請姜梓丞上書院考試去了。

一般這種親自來請的考試，自然是沒有不過的道理，姜家為此很是高興，便命姜梓丞一定要請了杜若過來坐坐。她們也知道杜若的身子吃不得酒，不過就是表表心意，順便大概也是對杜若最後的考核。

梨香院的偏廳裡頭，姜梓丞和杜若從千古文人談到當今名士，可謂是士逢知己。姜梓丞感嘆於杜若的文章學問，搖頭嘆息道：「若是表兄也去應考，斷沒有不高中的道理，哪裡還有我等這種蠢笨之輩的事了，可偏偏這世道就是這樣，像表兄這樣的人，為了家族的榮耀拋去功名利祿，真真是讓小弟佩服啊。」

杜若自己倒沒有這麼多感嘆，自古文人墨客，各有各的心思想法，他本就無心仕途，對考不考狀元倒是看得淡很多。

「你們姜家書香門第，讀書也是家傳的事情，這就跟我們杜家一樣，我們既然是杏林之家，自然也要守住自家的一方天地。」

「表兄這樣豁達的心性，小弟也自嘆不如，說起來小弟在江南也算有些盛名，為了母親和祖母才北遷於此，小弟只怕來年若不能高中，辜負了兩位老人的心血，更是愧對我那妹子，為了我連自己的終身大事都耽誤了。」

原來這男人跟女人看人還是有些不一樣的。姜梓丞跟著姜姨奶奶北遷，自然不會不知道兩人心中抱著什麼樣的想法。原先兩人覺得杜蘅就很好，可在知道杜蘅已經娶妻生子之後，也只能打消了這個念頭。當然對於姜梓丞來說，杜蘅顯然不是什麼良配，他是讀書人，自然是更喜歡讀書人多一些，所以儘管祖母和母親覺得杜若太過羸弱了，可姜梓丞對杜若的好感度還是直線上升的。

姜家人剛來，自然也知道杜大太太一直在為杜若張羅婚事，聽說雖然還沒定下人家，但彩禮卻已經準備得差不多了。姜家不是貪財的人家，可畢竟姜梓歆的年紀擺在這邊，再耽誤個一、兩年就要成為老姑娘了。且姜梓丞對自己的妹子很是關心，曾偷偷的問過她對杜若的看法，姜梓歆雖然怕羞，卻也不得不承認杜若確實生得一表人才。

杜若沒有喝酒，姜梓丞卻已酒過三巡，便趁著酒興問道：「表兄這一表人才的，緣何到了弱冠之年還沒有娶親呢？到是讓二表兄給搶了先了。」

杜若笑了笑，也不瞞著，老老實實道：「起先是因為我身子太弱，老爺太太們怕我娶了媳婦越發不懂得養生了，所以才沒著急安排，現在嘛……」杜若想了想道：「倒是年紀大了，也就著急了，等緣分到了自然就來了。」

姜梓丞聽了杜若這話，心裡暗暗高興，心道：你這麼多年都沒娶親，可不就是等著我們從南邊回來嗎？如此你和我妹妹，倒也算是千里姻緣一線牽了。姜梓歆在簾內靜靜聽了，只覺得面紅耳赤的，便學起了司馬相如，在裡頭撫起琴來。

杜若的耳朵自然是靈的，杜老二爺的四位姨娘，集齊了琴棋書畫四樣才華，這樣的琴聲比起長樂巷上賣過藝的花魁，那也只能算是不過爾爾了。不過這琴聲一響，杜若倒是猜出了他們的意思來，既然彼此都只在試探，親戚人家便更不好直截了當的回絕了。

杜若想了片刻，也不知道如何回絕，想起過幾日就是重陽節，忽然眸色一亮，笑著道：「說起來也是可笑，我這緣分倒是不好等，小時候我母親曾讓老和尚給我算過一卦，因我是二月二龍抬頭那日生的，所以必定要找一個七月七乞巧節生的姑娘來配，這樣才能保我一世平安。這乞巧節生的姑娘倒是不少，可偏生要跟我年紀配得上的卻不多，老太太又慣看重門第高低的，說不必是大官之家，家中卻定然要有根基，如此才推辭到了現在。」

那邊姜姨奶奶只在裡面聽著，一邊聽一邊嘆息道：「可惜了，二丫頭是七月初一生的，怎麼正巧就大了那麼幾天呢。」

那邊沈氏也道：「如今我們家落魄了，也不知道老太太會不會嫌棄我們家這樣的窮親戚，依我看倒是等明年，或許丞哥兒高中了，到時候也算有點體面。」

姜姨奶奶搖頭嘆息道：「我跟妳都是命苦的，不然何至於此，幸好丞哥兒爭氣，如今能去玉山書院唸書，將來就算不中狀元，這三甲進士自然是少不了的。」

畢竟都是讀書人，試探到這裡，姜梓丞也已經是心中有數了，雖然知道杜若這大抵是推辭，可見他說得有模有樣，倒也不好揭穿，心裡暗暗想：你這話說的得這番般鐵板釘釘的，到時候難道還真找個乞巧生的姑娘來圓這個謊不成？

「如此說來，表兄的婚事倒真是不容易了，這天底下的姑娘雖多，偏偏要那一日生的，倒是不好找了，即便遇上了，若是表兄不合意，倒也難辦了。」他就不信杜若還真能隨便變一個這樣的姑娘出來。

杜若心裡卻是甜蜜蜜的，心道：我若不是胸有成竹，何必說這種大話？你們且等著我把七巧娶進門吧！

第七十九章

姜家姨奶奶自那日聽了杜若的話，頓時心中也沒了什麼遺憾，攀不上杜家這門親戚，也是命中注定了。說實話若是她男人和兒子都在，家裡又有人在朝中任職，就算往高去找親事，那也是夠的。如今沒了男人倚靠，家裡就只祖上留下來一點單薄積蓄，又要擔憂以後孫兒的仕途，這孫女兒的親事也就越來越難辦了。

姜梓歆今年已經十六，明年就是十七。若是明年姜梓丞沒有高中，那這親事只怕還要往更下面的人家找去，誰能知道姜家如今竟落魄至此呢。那邊沈氏也不知從哪兒聽來的，說是重陽節太后娘娘請了京中四品官員家的老太君，帶著姑娘們一起進宮赴重陽宴。沈氏掐指算算，那杜院判的職位，可巧便是正四品的。想必杜老太太和杜家的三位姑娘皆在赴宴的名單之中。沈氏瞧了瞧自家姑娘，無奈道：「若是老太爺還在，我們家也是個四品官，老太太也正好可以帶著歆丫頭進宮開開眼界。」

姜姨奶奶想了老半天，嘆了一口氣。「為了歆丫頭的婚事，我也只能豁出這張老臉了，好歹讓老太太帶著歆丫頭一起進宮去，不是我高看我家丫頭，論品貌也是出色的，宮裡頭老太君多，沒準就給誰家看上了，這機會實在難得。」

沈氏見姜姨奶奶鬆了口，笑著道：「媳婦這裡已經備下了一些薄禮，老太太不如趁此機會送了過去？明兒就是重陽了，我這裡也好幫畝丫頭準備進宮要穿的衣裳。」

那邊杜老太太的福壽堂裡面也正熱鬧著。原來自收到了太后娘娘的請帖之後，杜老太太便命人給三位姑娘準備進宮時穿戴的頭面。杜家是商戶，從來不缺錢，杜老太太年輕的時候怕別人笑話他們杜家是商賈之家，從來不敢鋪張。後來杜老太太又發現，有錢確實是一件讓人舒心快意的事情，便也不藏著掖著了，反正這銀子也不是杜二老爺貪污收賄來的，她花著心裡踏實。

杜大太太沒有女兒，見那邊杜二太太把三個姑娘都打扮得妥妥帖帖的，心裡是又高興又鬱悶。高興的是自己的媳婦劉七巧從容貌到舉止，那都是不差的；鬱悶的是，杜老太太那邊還不知道是個什麼心思，她也不敢開口。好在前幾日杜大老爺告訴她，水月庵的大長公主答應了為杜若和劉七巧保媒，她的心裡總算才放寬了一些。

那邊姜姨奶奶帶著禮進來，見了打扮得花枝招展的三位姑娘，心裡也暗自嘀咕，這衣服若是穿在了畝丫頭的身上，只怕也不輸她們幾個。

杜老太太喊了三個丫頭，一溜都站在了自己的跟前，一一品鑒了一番，開口道：「我看著都不錯，苡丫頭頭上的珠花換一個素淨些的，才顯氣質。芊丫頭明日不要上這麼豔的胭脂，妳皮膚白，淡一些的好。」杜二太太也只能笑著點頭。「媳婦一會兒就挑一個素淨些的給她送去。」

杜二太太雖然臉上賠笑，心裡卻不大受用。因為她的長相問題，直接就連累得杜茵的容貌比不上杜苡和杜芊，可杜茵畢竟是她親生的，她委實不忍心讓自己的女兒給比下去了。不過杜二太太又是極要顏面的人，明裡使壞她是做不出來的，只能暗地裡動一些小腦筋。這不她自作主張的給杜苡上了紅石榴的珠花，又讓丫鬟給杜芊多打了兩遍的胭脂。反正就算別人瞧出不好看了，頂多說她審美觀點不合格，也不會往別處想去。偏生老太太就單單指出了這一、兩點來，她也只有乾笑的分了。

杜老太太見姜姨奶奶來了，忙喊了丫鬟上前扶了入座，等丫鬟們上了茶，才開口問道：「我正說要找人喊了妳過來聊聊天，可巧妳就來了，快來看看我這三個孫女如何？」

姜姨太太捧著茶盞看了一圈，連連點頭道：「都出落得跟鮮花一樣，只可惜我那孫女沒有這個福分，她爺爺死得太早了。」

杜大太太聽姜姨奶奶這麼說，心裡頓時就明白了幾分。杜大太太一開始是不知道姜姨奶奶安了什麼心思的，直到杜若上回赴宴回來，把前前後後的事情說了一通，杜大太太才明白過來。如今見姜姨奶奶終於想要為自己孫女另覓良媒了，她又怎麼有不幫忙的道理。

「老太太，依我看，不如把姨奶奶家的歆丫頭也帶上吧，我們家這幾個丫頭畢竟年紀小，歆丫頭看著知書達禮，有她這個大姊姊帶著，老太太也可以放心些，玩得盡興一些。」

姜姨奶奶見杜大太太為自己說話，只抬起眉看了一眼杜大太太，略略笑了笑。杜大太太也是眼底含笑的向她點了點頭。一個人彷彿在說：我放過了妳兒子，妳好歹知恩圖報了。另一個則回應道：感謝放過我兒子，妳孫女的婚事我也會盡力幫忙的。兩人眼神交會了一會兒，各自滿意的點了點頭。

杜老太太坐在上首，並沒有注意到兩人的神交。不過她想起這姜梓歆的年紀也確實不小了，如今著急也是情有可原，且都是自家親戚，舉手之勞的事情，也沒什麼好拒絕的，便開口對一旁的小丫鬟道：「妳去梨香院把歆姑娘給請過來。」

恰巧今兒趙氏也在，她前一陣子聽說姜姨奶奶家跟著杜蘅一路上的京城，心裡早就對這姜梓歆忌憚了幾分，就怕她是個不要臉想當姨娘的。後來聽杜蘅說姜家看上的是杜若，心裡也略略放寬了一點。可杜若這大伯子，趙氏實在弄不明白，他壓根兒對姑娘家就沒什麼想法，萬一杜若不要姜梓歆又退給杜蘅，這燙手的山芋可就不好接了。所以趙氏也覺著，有這樣一個絕色表妹養在家裡是極不妥當的，最好的辦法是趕緊把她嫁出去。

趙氏聽杜老太太發話，便笑著道：「可巧了，我前一陣子才做了一身新衣裳，還沒穿過呢，倒不如送給了歆妹妹進宮穿去。」趙氏說著，已命自己身邊的小丫鬟進西跨院去取了。

姜姨奶奶也是受寵若驚，笑道：「二少奶奶客氣了，衣服我們家丫頭倒也是有幾身的。」

杜老太太笑道：「她的衣服妳別推辭，我們家如今上上下下的衣服，竟不喊自家繡房上的人做了，她母親娘家原來是開繡坊的，裡面人做出來的針線活那可是沒得挑剔的。如今在府上教三位姑娘繡花的師傅，便是她們家繡坊上請來的人物。」

姜姨奶奶聽杜老太太這麼說，便笑著受了趙氏的好意。

時間過得飛快，一眨眼便到了九月初九，王府的車駕浩浩蕩蕩的往宮裡去了。王府的姑娘們每人都帶了一個丫鬟，劉七巧則和冬雪一起服侍著老王妃。

馬車到了宮門口，劉七巧扶著老王妃下了車，才看見那邊富安侯府的一群人也早已經在宮門口候著了。見了老王妃便迎了過來道：「我還道我今天總算是趕了個早，沒想到妳也不遲。」

老王妃笑著道：「湊熱鬧的事情，我向來都不遲的。」

兩位老人正聊著，那邊容嬤嬤就已經迎了出來。「太后娘娘讓我來迎妳們，宴會就擺在御花園呢，她老人家一早就起來了，只等著妳們進去呢。」

劉七巧跟著老王妃等人進去，老王妃和姑娘們都坐上了轎子，丫鬟們在兩旁跟著。來之前都教導過了，再沒有一個人敢東張西望。進了御花園，轎子在門口停了下來，又轉身去接另一撥來人。筵席擺在御花園的水榭裡頭，臨著湖泊，河岸上一溜擺設著盛開的菊花，顏色絢麗多彩，竟是一些稀奇古怪的品種，看著就讓人移不開眼。

老王妃進了水榭，見太后娘娘在最上首的長几前坐著，左右各擺了數十張的矮几，前後兩排依次排開。太后娘娘的左邊站著敏妃娘娘，是劉七巧見過的。右手邊站著一個年輕秀麗的女子，明豔不可方物，只微微一笑便是傾國傾城之姿。那人見劉七巧和老王妃進來，竟莫名對劉七巧溫和的笑了一笑，微微點頭示意。

老王妃上前，見過了太后娘娘，又見過了兩位娘娘，劉七巧這才知道方才那位美人正是小梁妃。

彼此一一見禮之後便循序落坐，老王妃品階高，坐在太后娘娘下首的第一個位置，她身後的那一排便是幾位姑娘的位置。如此不過小半個時辰，該來的人七七八八的都來齊了。劉七巧因為站在老王妃的身旁，所以視角特別好，見杜老太太進來，也不由蹙了蹙眉宇。她那身後跟著的端莊靚麗的美人兒是從哪裡來的呢？

杜老太太向太后娘娘和兩位娘娘見過禮之後，便開始介紹起自家的閨女，茵、苡、芊三人劉七巧早已見過，不足為奇，便只定了定神，聽她介紹起另外一個姑娘。

「這是姜家的閨女，太后娘娘您還記得那姜太傅嗎？」姜家老頭子年輕時候曾做過幾年的帝師，人稱姜太傅。

太后娘娘擰眉想了想，問道：「是不是死在了南邊的那個姜太傅？」

「正是正是，姜家人丁凋敝，前兩年姜太傅的兒子也去了，如今她們舉家北遷，就住在寒舍，這回我就是把她帶進來見見世面的。」杜老太太說著，只讓姜梓歆向太后娘娘和眾位在座的老太君們行禮。

姜梓歆家教極好，德言工容都是一等一的，每個禮數都挑不出任何一點錯處，動作也讓人看著舒心。劉七巧也不知道為什麼，覺得心裡有些不是滋味，撇了撇嘴，心道：*自古表妹愛表哥，也不知道這姜梓歆是否也是其中一員呢？*

太后娘娘見姜梓歆如此知書懂禮，臉上露出幾分欣賞來，點了點頭，賞她們都坐下了。

那邊杜老太太見姜梓歆出場反響不錯，也覺得自己的推銷工作做得很到位，不由就點頭讚許的看了一眼姜梓歆。那邊劉七巧見杜老太太用這樣的眼神看姜梓歆，更是鬱悶得一張小臉都要皺了起來。

酒席吃到一半，大家也都閒聊了起來，姑娘們用完了膳，兩位娘娘帶著她們往御花園逛去了，席上只留了一幫皺紋都夾得死蚊子的老人家。老王妃見劉七巧不在身邊，便玩笑道：「太后娘娘，今兒我進來，一來呢是為了湊熱鬧，二來呢，也是想湊巧打聽打聽，這哪位老太太家的哥兒尚未娶親，我們二丫頭、三丫頭都有了人家，七巧丫頭雖說是認的，可我們王府對她是同一眾姑娘一樣的，既然認了這閨女，自然要給她體面，不能隨便什麼尋常人家就嫁了。嫁妝同王府的其他姑娘一樣，娶了七巧以後便是王府的親家了。」

這一個繡球拋出去，多少老太君眼珠子都直了。從中秋節在梁府知道王府要認了劉七巧之後，便有不少人已經在奔走探聽這事情了。起先大家也認為只是口頭上說說，不過就是抬舉一個鄉下丫鬟，並沒有什麼實質性的行動。如今聽老王妃這麼一說，倒竟像是實打實的認了親閨女一樣，連嫁妝都是要跟王府閨女一樣配備的。這下這些老太君的腦子都活躍了起來，臉上帶著躍躍欲試的興奮。

老王妃淡淡的笑了笑，裝作若無其事的往杜老太太那邊瞟了一眼，彷彿在說：瞧吧，妳瞧不上眼的姑娘，多的是人家要呢！從來只有我們王府嫌棄別人家，再沒有別人家嫌棄王府的道理。

杜老太太哪裡知道老王妃這是在試探自己呢，臉上仍舊神色淡淡，只跟著旁邊坐著的另一位老太君聊著家中的事情來。可巧了，這位老太君正巧是陳尚書的母親，平素身子不大好，從不參加宴會，今日難得太后娘娘請她她才來的，家裡年長的姑娘嫁了，年幼的姑娘又太小，所以今兒一個人過來了。

杜老太太見她家沒有姑娘，便也沒多少心思攀談，倒是陳老太太聽了老王妃的話，只誇讚道：「太后娘娘您還不知道吧，前幾日我那苦命的孫媳婦生娃，竟是難產了，幸好七巧姑娘在才救了回來。我那日正巧身子不好，在後院裡休息，也沒瞧見這七巧姑娘長什麼模樣，今兒一看，卻是這樣頂尖的，我這裡還正捶胸頓足的，怎麼就沒多一個孫子，好把這樣的姑娘娶回家呢？」

杜老太太見眾人話語又轉到了劉七巧的身上，心思也有那麼一點點的波動。可她畢竟話已經說在了前頭，如今要是改口，沒得讓小輩們笑話。

這邊老太太們聊得起勁，那邊姑娘們也三五成群的玩得高興。敏妃娘娘年長些，跟姑娘們玩不到一塊兒去，倒是讓人預備了許多吃食點心，一應後勤工作做得極好。小梁妃年紀輕，家裡的幾個姐妹也正巧來了，正在一處聊天說話。

恭王府的幾個姑娘和梁府的姑娘在上次宴會上也相交甚好，一群人便都圍著梁妃坐了下來。劉七巧也是頭一次來這御花園，皇宮的花園比起王府和梁府，那自然是大得去了，她跟王府的幾個姑娘不算熟絡，可偏偏兩位庶出的小姐就喜歡跟著她，於是她也只好端著一副大家閨秀的樣子，把兩個姑娘給帶到了人群中間。

大家聊了一會兒，王府的幾位姑娘又被英國公府上的姑娘請了過去，劉七巧也正要起身告辭，誰知被梁萱拉住了道：「七巧七巧，我有高興事同妳說呢！」

梁妃淺淺一笑道：「什麼高興事，方才人多不肯說，這會兒又要說了。」

梁萱只縮著脖子偷偷的笑，那邊梁蕊也不藏著掖著。「還有什麼事啊？就是宣武侯家二小姐的事唄，我聽說，宣武侯夫人把當日在場的每一家公子哥兒家都跑遍了，也沒有人願意娶她，其中英國公家的二公子最厲害，當場就回了人道：名節都沒了，給我當妾室我還不要呢！」

劉七巧見幾位姑娘抱在一起笑哈哈的模樣，私下裡還真沒幾個姑娘跟面上那樣舉止高雅、驚為天人的。

劉七巧又跟梁家幾個姑娘聊了幾句，便起身去找王府的姑娘，在路上卻正遇上了幾位杜家姑娘。杜茵因為上次花燈會的事情，對劉七巧很是感激，便邀了她一起到一旁的花房裡面賞菊。

「我聽方才的宮女介紹，這花房裡面還有好幾種名花呢，我父親向來喜歡侍弄這些花草，我家也有一個小院子，平日我看著也是極好的，如今有機會進宮，倒想看看宮裡面的花草是不是確實比別處的更好一些。」杜茵說著，那邊的宮女便笑著道：「姑娘們進去看了就知道了，宮裡面的東西，哪樣不是這世上最好的呢？但凡有好東西，下面人早就獻了進來了。」

杜茵見那宮女這麼說，抿唇笑著回身道：「依妳這麼說，那宮女姊姊也定然是世上最好的嘍？」

那宮女見杜茵拿她開起了玩笑，擺手道：「姑娘嘴太厲害了，奴婢只是一個奴婢，在主子眼裡，只怕還不如那花花草草金貴，姑娘這是要折殺奴婢了。」

杜茵笑了笑，領了一眾人進去，道：「知道了，姊姊快前頭帶路吧！」

第八十章

那邊劉七巧也跟著她們一起往前走，走了幾步才發現自己邊上多了一個身影，略略抬眸，見那姜梓歆就在自己身側。劉七巧本想和她說幾句話，可又覺得這樣貿然搭訕似乎有些唐突，而且這些姑娘都是心思剔透的人，萬一自己說漏了嘴豈不是壞了大事？於是便也只好忍住了不說。

眾人進了花房，難得這裡面竟養了不少反季的鮮花盆景，這時候也正盛開，牡丹嬌豔、芍藥豐滿，一片姹紫嫣紅。劉七巧正在那邊欣賞一盆不知道什麼品種的菊花，那邊姜梓歆正好從邊上過來，便淡淡道：「這一株叫瑤台玉鳳，方才那一株紅色的名喚點絳唇。」

劉七巧若有所思的點了點頭，心道這麼多好聽的名字，還不都是菊花嘛……劉七巧又想一想自己，換了一個身分，還不就是原來的劉七巧嗎？頓時覺得這位姑娘似乎有些來者不善呢。不過，劉七巧也是一個有修養的現代人，雖然覺得這位姜姑娘跟自己隱隱有些犯沖，但又想興許是自己多心也未可知。

「姜姑娘真是博學多才，在七巧看來，它們都只有一個名字，就是菊花。」劉七巧比較直白的發表了一下自己的看法。

姜梓歆倒是沒有尷尬，低眉一笑，似乎蘊含了萬種風情。「七巧姑娘說得極對，這些好聽的名字也就是文人墨客附庸風雅而來的，不過叫著雅緻新奇一點，引著別人賞花的時候，也不用指著這個說：這是紅菊花、這是綠菊花、這是白菊花……」

劉七巧聽姜梓歆這麼說，也忍不住笑了起來，方才對她的想法也似乎略有改觀。「那姜姑娘妳倒是說說看，那又是什麼菊花呢？」劉七巧指著一朵紅白相間的菊花，朝姜梓歆問道。

姜梓歆擰了擰眉道：「依我看，這叫紅白相間的菊花，不過古人有學問，便給它取了個名字叫二喬。」

劉七巧鬆了一口氣，總算撞上一個自己也知道名字的菊花了。

兩人正在那邊閒聊，杜茵從身後走過來道：「兩位姊姊聊什麼，聊得這麼有興致呢？」

劉七巧眨了眨眼珠子，挑眉笑道：「方才我問姜姑娘，這紅白相間的菊花叫什麼名字，她說是叫二喬，那我就奇怪了，若是一支花上面開出三種顏色，應該叫什麼呢？叫三喬嗎？」

杜茵聽劉七巧這麼說，只摀著嘴笑了起來。「有妳這麼取名的嗎？那些文人雅士要是聽了妳這麼說，可不得從地底下氣得爬出來了？」

劉七巧也噗哧笑了。「好呀，我好心好意的逗妳們開心，妳們反倒笑話起我來了。其實菊花嘛，好看就行了，非要一個名字做什麼呢？還不都是那些文人墨客說了算，他們看見這些花，也不管貼切不貼切就給扣上一個名字了，有什麼好的？」

「那我問妳，妳既不是那文人墨客，妳的名字到底貼切不貼切呢？」姜梓歆見大家聊得高興，便也隨口問了一句。

劉七巧挑眉道：「怎麼不貼切？我是七月初七生的，自然就叫七巧了。」

姜梓歆想起杜若的話來，不禁微微一愣，再從頭到尾的打量了一番劉七巧，心中也覺得劉七巧這周身品貌舉止倒是和杜若相配得很，便笑著上前挽住劉七巧的手道：「七巧姑娘可有了人家？」

劉七巧並不知道姜梓歆為何有此一問，甚是疑惑，便在莫名其妙中點了點頭。誰知那姜梓歆居然嘆了一聲道：「那就可惜了。」

劉七巧自然也不知道她在可惜些什麼，恰巧這時候方才放她們進花房的宮女匆匆的趕了過來。「各位姑娘，快隨我出去，聖上親自來花房點幾樣盆景，要送去前頭和大臣們賞玩呢。」

這驚動聖駕可是了不得的事情，劉七巧雖然對皇帝有那麼點好奇心，但這好奇心也建立在光明正大能見到龍顏之時，一般這種時候，自己還是乖乖躲起來的好。幾個姑娘們聞言也都嚇了一跳，急忙跟著領路的宮女們往外頭去。

那盆景枝椏茂盛，姑娘們都是裙裾及地，個個只看著自己腳下的路，劉七巧平常在王府裡面穿的都是小襬的裙子，沒承想著新裙子裙襬太大，居然勾到了一旁的樹枝。只聽見刺啦的一聲，裙子被劃了一道口子倒還是小事，連帶劉七巧人也摔了一個跟頭。

劉七巧暗罵自己倒楣，那邊龍輦卻已經到了，姜梓歆原先跟在劉七巧的身後，見狀也只能上前把劉七巧扶了起來，拿帕子擦了擦她身上的灰塵，跟著一應的宮女太監接駕。

那邊宮女見聖駕已經到了，知已經驚動了，也只能如實稟道：「回皇上，這幾位是杜太醫家的姑娘，奴婢帶她們上花房賞花，沒承想驚動了聖駕。」

皇帝知道今日是太后娘娘開重陽宴，他原本是不想親自走一趟的，不過下頭的小太監說這是在為他來年三月份選秀做準備，皇帝的心思就動了。好歹先自己出來看上一眼，若有不喜歡的先放在一旁；若有喜歡的，也暗地裡給留個意思，省得家裡把人提前給婚配了。

按理說，杜家的三位姑娘都是不錯的，可偏偏她們出了花房，只在外面行了禮數。如今這正堵在花房門口的，正是摔了一跤的劉七巧和扶著她起身的姜梓歆。

劉七巧雖然長相不熟，卻畢竟處於生長發育初期階段，身上對男性能產生特有吸引力的荷爾蒙激素還不夠，也就夠杜若這同樣身子不好、發育不良的人瞧瞧了。可姜梓歆卻不同，十六歲的姑娘，出落得亭亭玉立，那扶著劉七巧起身的動作是那麼優雅動人。皇帝身在後宮，最怕看見的就是嬪妃們互相鬥法，他心裡知道，那些女人們平日裡在自己面前姊姊妹妹歡歡喜喜的，背地裡卻都手握著一根針，從沒繞過誰的。是以方才姜梓歆毫不猶豫的挽起裙襬、上前扶起劉七巧的那一幕，正好觸及到了皇帝內心最柔軟的地方。

眾人都低著頭，看不見也不敢看皇帝的表情。皇帝見兩人的衣服都沾上了花房的泥土，便淺淺笑了笑，帶著幾分冷冽的磁性嗓音響了起來。「妳帶她們兩個去梁妃娘娘那邊，讓她們換一身乾淨衣服。」
那宮女原本以為驚動了聖駕，總要被斥責一頓，沒想到皇帝居然沒有半點怪罪的意思，一時間也極是驚訝。那邊太監總管見那宮女還跪著不動，便開口道：「還不快帶著兩位姑娘去，還要在這邊擋著聖駕嗎？」
劉七巧這會兒依然不敢抬頭，見那宮女起身挪動了步子，便也福了福身子跟在後面。這時候姜梓歆也跟著站了起來，依舊低著頭，眉梢微微上揚，終究也沒敢去看那一張臉。
水榭中老太太們正聊得盡興，皇帝選了盆景之後，也過去走了一個過場，應了應景。那邊一眾的老太太見了皇帝來都有些拘謹，見他走了這才又談開了。
就在這短短的時間內，便有幾個老太太上前和老王妃攀談起了劉七巧的親事問題。不過大多數人還是為了家中的庶出子孫談的，老王妃見玩笑開得差不多了，便笑著道：「不著急不著急，回去慢慢聊，今兒是太后娘娘請我們老姐妹來玩玩的，又不是來給小輩們開相親大會的。」老王妃雖然這麼說，心裡卻還是得意得很。見杜老太太那邊並沒有幾個人，也說明杜若定然沒有劉七巧來得暢銷。
料想不管是古代還是現代，都是有剩男沒剩女的，同一等級的人家，姑娘家嫁人肯定比男娃娶媳婦要簡單一點。
這裡頭正熱鬧呢，外面小宮女只滿臉帶笑的跑進了水榭道：「太后娘娘、太后娘娘，大喜啊！大長公主入宮了！」

這一下全體的老太太們都沸騰了，這位尊貴的大長公主號稱看破紅塵，自入了水月庵便再也不去別處，就連當年皇帝遷回了北邊宣她進宮她也推辭了，只怕全天下能請得動她的人，也就只有太后娘娘了。

大長公主用藥已有小半個月，臉色已經好了很多，她一進水榭，除了中間坐著的太后娘娘之外，所有的老太君都起身向她行禮，太后娘娘忙讓人在她的左手側又添了一副案几，笑著道：「我原以為妳又是跟從前一樣，並不會來，誰知道妳竟來了。」

大長公主穿著僧服、戴著僧帽，手裡掛著一串一百零八顆的菩提念珠，一邊說話一邊輕輕的轉動著念珠。

「所以妳連我的位置也不預備了，妳這請客請得也太不誠心了。」大長公主略略玩笑了一句，那邊太后娘娘忙吩咐下去道：「快去讓御膳房準備最上好的素齋來。」

大長公主微微欠身，笑著道：「不必了，我本是世外之人，不過就是受佛祖所託，管一管人間閒事而已。」

老王妃聽到這裡，已略略明白了大長公主的來意，便笑著問道：「什麼閒事需要您老人家親自來管，我倒是要洗耳恭聽了。」

眾老太君臉上無不露出了好奇的神色，就連太后娘娘也笑著道：「世上還有這等閒事，非要妳一個出家人管不可？妳倒說出來聽聽。」

大長公主聽兩位老人這麼說，便笑著點了點頭。「我修佛四十年，原以為定然是能修得正果的，可誰知道近來卻病了，後來承蒙恭王府的劉七巧姑娘和杜家的小杜太醫醫治，如今倒是好了不少，沒承想昨夜佛祖託夢給我，說我不得正果，只因為從來沒做過一件事情，我前思後想，這積德行善的事情我已做過不少，唯獨沒做過媒人，莫非佛祖一番教導，便是要讓我為這兩位年輕人保一次媒的？」

老王妃聽到這裡，也不得不暗讚大長公主的故事編得實在好，借了佛祖的名義，杜老太太這回只怕是怎麼反駁也反駁不來了。

那邊眾老太太們已經回過了神來，紛紛恭喜起老王妃和杜老太太。杜老太太站在那邊呆愣了半天，卻如何也不敢問大長公主這佛祖託夢到底是不是真這麼說的？只得笑著同一眾人謝起了禮來。

那邊陳老太太只羨慕道：「老王妃、杜老夫人，這下可好了，妳們正好一個要嫁孫女、一個要娶孫媳婦，就配上一對兒了。還是大長公主來得巧啊，這重陽節老婆子這一趟也算沒白跑了，見著了大長公主，又趕上了佛祖的天賜良緣，老太婆回去給備一份厚禮，送到王府去。」

大長公主見美事已成，便笑了笑道：「若是他日貧尼修成了正果，定然也有這兩位年輕人的一份功勞，佛祖不會打誑語，更不會亂點鴛鴦譜。」

杜老太太還在被一眾人圍著恭喜，只皺著眉頭想了老半天，還是沒想出一個所以然來。心裡也嘀咕起來：既然佛祖都這麼說了，那也只好定了。

「既然如此，等老身回家就安排安排，挑一個良辰吉日，上王府提親去。」杜老太太一錘定音，總算是佳偶天成了。

那邊老王妃聽了，只略略搖頭，拿喬道：「我還當是什麼好事，妳一來就拐走了我一個孫女，這可怎麼是好呢？方才我還跟英國公夫人商量，他們家小子雖然年紀小，可我家七巧也不大，略略等兩年也是配得上的。」

大長公主知道老王妃的習性，只合眸唸了一聲阿彌陀佛。「佛祖的意思貧尼怎敢違抗？既是天賜良緣，老王妃也就受了吧，再說杜太醫一表人才，杜家又是百年杏林之家，世代為皇室太醫，這一門親事必定是錯不了的。」

老王妃側著身子，微微偷瞥了一眼杜老太太，大聲對大長公主道：「既然是佛祖的意思，那我也只能應了，否則若只是杜家來求，我肯定是不應的。」

杜老太太正在和其他人寒暄謝禮，聽了這一句只氣得半死，想了想又覺得多餘，便按捺住了怒氣，繼續陪著笑臉。

大長公主見大功告成，便向太后娘娘行了個佛禮，道：「這回貧尼算是真的了卻凡塵了，太后娘娘，貧尼這就告辭了。」

眾人皆起身相送，大家都只稱她的法號「了塵」，再沒有人喊她大長公主。眾人目送了塵師太離去，看著筵席上杯盞相傾，便生出了幾分寂寥來。太后娘娘笑著道：「時間也不早了，撤了席，我們再聊幾句，妳們也可以回家了。」

劉七巧和姜梓歆因為在花房弄髒了衣服，所以由宮女帶著往梁妃娘娘那邊換衣服。那梁妃本也就是十七、八歲豆蔻年華的姑娘，劉七巧身量較小，穿著不盡合適，姜梓歆卻體態豐滿，梁妃的衣服穿在她身上也是相得益彰的。

宮女把方才在花房的事情一一回稟了梁妃，梁妃靜默坐了片刻，命宮女帶著換好衣服的兩人去御花園找各自的老太君。那邊宮女正整理了兩人換下來的衣服要拖走，梁妃卻走了過來，伸手觸摸了一下劉七巧那條被劃壞的裙子。纖長的手指漫無目的地在淺綠色的裙襬上慢慢的撫摸過，忽然間半個橢圓形黑印子出現在裙襬的邊緣。

那宮女先是一愣，繼而開口道：「娘娘，這是鞋印。」

梁妃鬆了手，拿帕子略略擦了擦蔥白般的指尖，緩緩道：「我方才聽著就覺得奇怪，一根樹枝如何能把一個人都絆倒了，原來真相在這裡。」

宮女微微蹙眉，小聲道：「那姑娘是杜老太太帶進來的，聽說是已故姜太傅的孫女，如今家中並沒有人在朝，只是一介平民之女。」

梁妃微微點了點頭，回身幾步坐上軟榻，不緊不慢道：「果然人不可貌相，這樣的姑娘若是入宮了，這後宮可就不太平了。」

「可是，皇上非但沒怪罪她們驚擾聖駕之罪，還讓娘娘您給她們換上乾淨衣服，皇上分明就是已有了……」

那宮女沒說完，梁妃卻擺了擺手，緩緩道：「皇上本就是憐香惜玉之人，這也沒什麼，只是這位姑娘卻不能再出現在皇上的面前了。一會兒等宴會散去，妳替我拿著這繡裙去見太后娘娘。」

宮女點了點頭，將一應的衣裙摺疊好了，放在一旁。

第八十一章

劉七巧和姜梓歆換了乾淨的衣服，由宮女帶著回了御花園，這會兒御花園中的人不多。幾個宮女迎了上來道：「那邊正尋兩位姑娘呢，筵席結束了，太后娘娘正要散會了，姑娘快隨我回去。」

劉七巧這會兒也邁大了步子，又生怕像方才那邊絆得跌跤，只能稍微克制著走得快一點。那宮女方才在筵席上服侍，見了劉七巧便開口道：「奴婢還要恭喜七巧姑娘，方才朝陽大長公主進宮，為姑娘保了一段天賜良媒。」

劉七巧冷不丁聽到這麼勁爆的消息，差點兒又絆了一跤，一旁的姜梓歆好奇問道：「什麼天賜良媒？妳倒是說說看。」

「大長公主把七巧姑娘許配給了小杜太醫，可不是天賜良媒嗎？」

姜梓歆心下暗暗好奇，杜若說他非要娶一個七月初七的姑娘，這才知道劉七巧是七月初七生的，那邊卻正好來了一個保媒的，說是巧合也未免太巧了一點。

劉七巧雖然早已知道了事情的結果，但還是冷不防就呆愣了片刻，反而將心中的那股欣喜給壓了下去，一時間只愣在那邊，倒像是接受不了這事實一樣。

姜梓歆見劉七巧是這番反應，只笑著上前挽著她的手腕道：「怎麼，我那才貌雙全的表哥還配不上妳不成？聽說妳會給人接生，我表哥又醫術了得，你們若是結為夫婦，夫妻舉案齊眉、相輔相成，簡直就是一段人間佳話。」

劉七巧愣了半天，總算回過神來，壓抑住心中的激動和狂喜，略帶羞澀的淡淡一笑。「這……好端端的，怎麼會有這樣的事情，我才出來逛一會兒，卻連婚事都定了下來。」

那邊宮女也笑著道：「我看姑娘這會子還沒回過神來呢。這婚姻大事本來就是父母之命，媒妁之言，從來不是姑娘家自己定的。如今姑娘的婚事又蒙大長公主的恩惠，配給了小杜太醫，真是前世修來的福分呢。那小杜太醫每回進宮的時候都有一群小宮女遠遠的看著，是十裡挑一的俊秀人物呢。」

劉七巧聽那宮女這麼說，也被逗得笑了起來。「他那麼好，怎麼就輪上我了呢？況且他也一把年紀了，沒娶到老婆，定然是有什麼地方不好的。」

姜梓歆聽劉七巧這麼說，只捣著嘴笑道：「他好不好，等妳過門了便知道了，我們看著他都是好的，至於沒有娶親，那也是因為我這表哥從小就身子弱，興許是因為這個原因，才推辭了也不一定呢。」

劉七巧這會兒覺得玩笑也開得夠了，便也大大方方的笑了起來，臉上還帶著幾分羞澀的模樣。正這時候，宮女已經領著她們進了水榭，那邊太后娘娘見了劉七巧，忙伸手命她過去，只拉著她的手道：「妳方才不在，可錯過一件好事了，我就說妳這姑娘是有福的。方才大長公主來過，已經把妳許配給了小杜太醫了，妳如今快些去見過妳未來的祖母吧。」

劉七巧這邊才擺出一副女兒家的嬌態來，這太后娘娘便讓她去見杜老太太。若不是因為杜老太太，她和杜若何須好事多磨至此？不過場面上的態度是必定要有的，劉七巧撇了撇嘴，往老王妃那邊丟了一個眼神過去，那邊老王妃也暗暗的點了點頭。劉七巧上前幾步，按著王府最規矩的禮數向杜老太太福了福身。「七巧給老太太請安。」

杜老太太前幾次見劉七巧，見的都是她救人時候的模樣。表情嚴肅、神色冷淡、口氣果敢，並沒有像今日這樣，一副溫柔小意，全然是女兒家的嬌態。杜老太太頓時覺得，這劉七巧其實也沒有自己想的那麼差，如今她已經是王府的義女，太后娘娘、大長公主都這樣高看她，自己似乎也沒必要再固執己見了。

杜家的錢是幾輩子也花不光的，她無非就是想給杜家找一個門戶好、身分體面、能給杜家撐得住場面的大少奶奶，既然老天爺偏偏不能讓她如願，那她也只好聽天由命了。

「好孩子，快起來吧。」杜老太太說著，臉上露出了一些坦然的笑，總算看著不是太勉強。

那邊老王妃笑著道：「早知道七巧和小杜太醫有這樣的緣分，那時候在法華寺就可以定下了，誰知好事多磨，最後倒是成全了大長公主，又行了一件積德的事情。俗語說：寧拆十座廟，不毀一門親，如今這做了一門親，可不等於建了十座廟的功德嗎？」

太后娘娘聞言，只笑道：「說得好說得好，說得我也有做媒人的癮了，妳們家中有哪些待嫁或者待娶的姑娘、哥兒的，儘管告訴哀家，讓哀家也過一把癮，做做這樣的積德事。」

下面老太太們笑著道：「太后娘娘，這作媒是好事，亂點鴛鴦譜可就亂套了。」

太后娘娘哈哈笑道：「說得是說得是，所以妳們但凡私下有已經看對眼的，好歹跟我說一聲，哀家下一道懿旨，賜個婚什麼的，讓我撈一個好名聲也是好的，謝媒的錢呢就不要妳們的了，妳們說這樣可好？」

老太太們紛紛點頭道：「這個好這個好，這樣太后娘娘既沒有亂點鴛鴦譜，又給了我們體面，真真是一舉兩得啊。」

太后娘娘笑道：「瞧妳們這促狹樣兒，哀家能這麼不靠譜嗎？妳們一個個的兒孫大了，有得操心了，哀家不過就是羨慕妳們，可惜啊可惜，等著哀家孫子成婚，也不知道我的骨灰還在不在了。」太后娘娘一想起自己年幼的幾個孫子，又擔憂了起來。

老王妃勸慰道：「太后娘娘妳就別操這閒心了，皇上正值盛年，幾位小皇子也都健康可愛，妳如今只需把自己身子養好了，有得是後福呢。」

眾人聞言，紛紛附議，又把太后娘娘給哄得開開心心的。

宴會過後，劉七巧跟著老王妃一起上了回王府的馬車，幾位姑娘仍舊坐在後面的馬車裡頭。劉七巧端坐著，低著頭，一雙大大的杏眼滴溜溜的轉來轉去。老王妃見了，伸手捏了一把她的臉頰道：「妳想笑就開開心心的笑出來，沒人會說妳不夠尊重。」

劉七巧忍不住噗哧一聲笑了出來，揉揉自己被老王妃捏得瘦溜溜的臉頰道：「大長公主真是雷厲風行，我原本以為她至少得等身子好些了才會做這件事情。」

「這妳就不懂了，這種事情就是要先發制人、出其不意，且要在人多的地方才能行得通。私下裡若提起這種事情，便是不願意也可以大聲辯駁，如今這滿屋子的老太太們都在，杜老太太就算再不願意也只能應了。更何況這是佛祖的意思，她再厲害，也厲害不過佛祖啊！」老王妃說著，坦然笑了笑，又開口道：「只是我也未曾想到，大長公主會為了妳打這個誑語，出家人這麼做可是犯戒的，妳這丫頭，也不知道是哪裡修來的福氣，真真是前世燒過高香的。」

劉七巧這會兒又沒話說了，她前世是唯物主義者，幹的又是外科醫生這職業，如何會信這些？又如何會去燒高香呢？要是她每次解剖屍體的時候覺得身後有個魂魄跟著，沒嚇死也要嚇沒了半條命，只怕學校也畢業不了。

劉七巧笑了笑，一本正經道：「前世沒燒過高香，從這輩子開始燒不知道還管不管用？我也巴望著我的運氣能一直這樣好下去。最好能旺夫旺子什麼的，那就最最好了。」

老王妃被劉七巧的話逗得整個身子都笑得顫了起來，搖頭道：「這東西我也信了一輩子，說起來靈不靈還真說不清楚，不過就是心裡安慰安慰罷了。」老王妃說著，合上眼默默的唸了一遍阿彌陀佛。似乎是在為自己從前做過的罪責恕罪，臉上的神色倒是前所未有的虔誠。

王妃見劉七巧回來竟換了一身衣服，便開口問道：「是在宮裡出了什麼事嗎？怎麼衣服都換了一身？」

劉七巧連連喊自己倒楣，平常沒穿過這麼大襬子的裙子，走路給勾到了樹枝，還差點兒驚動了聖駕。王妃只唸了一聲阿彌陀佛。「幸好妳還只是一個半大的姑娘，當今聖上喜歡的不是妳這種類型。」

劉七巧想到這裡，擰眉道：「當時扶我起來的姜姑娘倒是出落得極好，她是杜太醫的表親，今年已經十六了，因為兄長春試的原因，從南邊搬遷了回京。」

王妃淡淡的點了點頭，臉上並沒有過多的神色，劉七巧抿著唇笑了笑，提起裙襬就朝著王妃跪下了，道：「太太，承蒙太太和老太太垂憐，能讓七巧有今日這樣的體面，今兒在宮中，大長公主已親自為我和杜若保了媒。杜老太太也同意了，還說改日就要上門來提親。」

王妃聞言，笑著從軟榻上起身，將劉七巧扶了起來。「這都是妳自己努力得來的結果，我和老太太也不過就是錦上添花，只有那大長公主才是雪中送炭之人，妳以後也一定要像侍奉我和老太太一樣侍奉她。」

劉七巧點著頭道：「這是自然的，七巧也不說什麼感恩戴德、銘感五內的話，只從今天開始對大長公主多加孝順，就像對自己的親祖母一樣。」

王妃點了點頭，感嘆道：「大長公主這一輩子不容易，算是無牽無掛的人了，你們做小輩的，能盡點心自然是好的。有空多去水月庵看看她，老人家經常和人聊聊天便不會寂寞了。」

劉七巧和王妃又閒聊了幾句，又說了幾句梁妃娘娘如今的境況，王妃心裡也放下了心，知道這位姪女在宮中也算是承蒙聖寵的，心裡多少安慰了些。

那邊杜老太太帶著杜家的姑娘們也坐著馬車回家，這會兒其他姑娘們都坐在一起，唯獨姜梓歆跟著杜老太太上了一輛馬車。杜老太太這會兒心裡還弄不明白是高興還是不高興。若說不高興嘛，也沒有；若說高興嘛……她委實也笑不起來，就好像是自己籌謀已久的一副大牌，猛然給對方截胡了，她坐在下家，分明也是能胡的，可胡別人家出充的牌，哪有胡自己家自摸的牌爽快呢？

姜梓歆見杜老太太臉上的神情怪怪的，便小聲試探道：「老太太，表哥的終身大事總算也有著落了，老太太不高興嗎？」

杜老太太清了清嗓子，嘆了一口氣道：「哪裡有什麼不高興？姑娘是極好的姑娘，配得上妳表哥。」

姜梓歆笑著道：「可不是呢，我也覺得是極好的，上回表哥在我們院裡作客，我哥哥說他有幾個同學家的姊妹，都是極好的姑娘，想介紹給表哥，誰知表哥說姨娘曾為他算過命，說他是二月初二龍抬頭生的，非得要一個七月初七乞巧節生的姑娘來配才行。我當時還想著，怪不得表哥都二十了這婚事還沒定下來，原來這其中還有這樣的緣由。如今這七巧姑娘可不正是乞巧節生的嗎？倒是真應了天賜良緣這一說了。」

杜老太太這會兒也有點糊塗了，杜若什麼時候讓人算過這樣的命，她怎麼就不知道呢？

若真有這樣的說法，她何至於這樣亂著急一通？什麼二月二要配七月七的？說得還真頭頭是道的……難道這裡面真的有什麼自己不知道的過節？

杜老太太當即也沒有多想，只等回家問過了杜大太太便知分曉了。

宮裡頭的筵席剛散，太后娘娘這也累了一整天，才回了永壽宮裡頭歪著。容嬤嬤沏了一杯熱茶上來，送到太后娘娘面前。老太后接了茶抿了一口，道：「那丫頭倒是厲害，不光說動了大長公主治病，還為自己討了這樣一段好姻緣，如今這樣有心計的丫頭倒是少了，若是進了宮，少不得也是寵冠後宮的。」

容嬤嬤笑著道：「娘娘不是最不喜歡太有心計的姑娘嗎？怎麼對七巧姑娘倒是格外的喜歡？」

太后娘娘又喝了口茶，擺擺手示意容嬤嬤將茶放到一旁，緩緩開口道：「我是不喜歡那種沒腦子卻又有心計的姑娘，偏偏只當自己聰明，別人都是蠢笨的。劉七巧不同，她是真的聰明，卻從不拿別人當傻子。」

容嬤嬤恭維道：「還是太后娘娘看人精準，我瞧著聰明的姑娘都是一樣的，哪裡分得清是真聰明還是假聰明。」

「妳少在這邊拍馬屁。」

裡頭正聊著，外面宮女踩著小碎步進來道：「回太后娘娘，梁妃娘娘來了。」

太后娘娘略略翻了翻身子，問道：「這會兒她來做什麼？喊她進來吧。」

梁妃娘娘垂眸斂目，低著頭進去，身後的宮女捧著方才劉七巧換下的翠綠掐金柳絮碎花長裙。梁妃娘娘上前，福了福身子道：「母后，臣妾偶然得知一事，還望母后給個主意。」

太后娘娘知道這位梁妃最是知書達禮的人，為人細心謹慎，對她也是恭孝禮讓的，便問道：「什麼事？妳倒是說說看。」

梁妃見太后娘娘問了起來，便把今日劉七巧和姜梓歆在御花園花房中衝撞了聖駕的事情給說了一遍。梁妃臉上帶著淺淺的笑意，端的是溫婉謙和，軟軟開口道：「臣妾原先以為這只是一場意外，可如今想來，卻並非如此。」梁妃說著，命身後的宮女把那衣裙呈了上去。「那花房的樹枝都是修剪過的，就算勾上了衣裙，也不至於摔上一跤，只怕這裙上面的腳印才是七巧姑娘摔倒的真正原因。」

太后娘娘淡淡的掃了一眼那裙襬上的鞋印，點了點頭道：「怨不得姑娘家有這樣的心思，皇上偏偏挑了今日往後花園裡頭走一遭，妳還不懂他的心意嗎？」

梁妃低下頭，臉上帶著幾分委屈，只小聲道：「臣妾懂。」

太后娘娘想了想，抬眸道：「聽說妳二叔家的兄弟和妳兄弟是同齡的，如今可婚配了沒有？妳兄弟是個好的，我一早就看上了，只想著等大公主長大了一些就辦了這事。」

梁妃一經太后娘娘提點，臉上頓時就有了幾分喜色，只福身謝恩道：「多謝母后提點。」

太后娘娘百無聊賴的揮了揮手道：「哀家這算什麼提點？不過就是亂點鴛鴦譜罷了。」

梁妃娘娘走後，那邊容嬤嬤上前道：「還真沒看出來，那位姜姑娘是這麼一個有心思的姑娘，我起先瞧著倒是安分得很，本來還覺得她家世清白，又沒有什麼人在朝中居高位，若是皇上身邊有這樣一個可人兒，未必不是件好事呢。」

「原來不只我一個人有這樣的想法，看來還是看錯了。我方才也說了，最討厭自己聰明非把別人當傻子的人，這不又來一個？罷了，如今姑娘家的心思，我可是越來越弄不懂了。」太后娘娘說著，又翻了翻身子道：「梁妃也是一個細心人，這事交給她處理得了。」

第八十二章

誰知當夜，皇帝竟是宿在了梁妃的宮裡，隨口問了一句今兒來換衣服的兩個姑娘。梁妃笑著道：「皇上今兒可算是碰上了好運道了，這兩位姑娘今兒都大喜了。」

皇帝心道：被朕入了眼的，自然是大喜的。便洗耳恭聽梁妃後面的話語。

「那七巧姑娘也不知哪裡來的造化，竟讓大長公主給保媒，許配給了太醫院的小杜太醫。老王妃心裡雖樂，嘴裡卻還口口聲聲的喊捨不得。至於那姜姑娘，我母親看著極好，便給我二叔家的哥兒給求了去，太后娘娘那邊已經恩准了。」

皇帝頓時心裡有如一萬頭草泥馬狂奔而過，只乾笑道：「這麼快就都有了人家了？這重陽宴倒是搞得跟相親宴一樣了。」

梁妃笑著道：「太后娘娘難得高興，自然是起了興致，再說姑娘家到了出閣的年紀，自然是要嫁的。」

梁妃低下頭，臉上浮起淡淡的紅暈，壓低了聲音小聲呢喃道：「臣妾若不是遇上了皇上，也是要嫁人的……」

皇帝聽得這喃喃細語，頓時覺得心裡如灌了蜜糖水一樣，他方過了而立之年，對著十七、八歲的梁妃，正是老牛吃嫩草的好時節，只一把抱住了梁妃的腰身，幾步將人抱至牙床之上，亂了錦被、翻了紅浪，一夜春宵。

杜老太太回到家中，府中上上下下的人也正在門口候著。杜大太太如何知道這一次進宮便把杜若和劉七巧的婚事都擺平了，只還同往常一般，恭恭敬敬的把自己婆婆迎進門，盡一個媳婦應盡的義務。

那邊杜二太太也算是老實，笑著道：「時候也不早了，老太太不如先回房休息一會兒，過不了多久也該傳晚膳了。」

杜老太太面上淡淡的，開口道：「今兒讓他們爺幾個都到福壽堂來用膳，我有事要宣布。」

杜大太太聽杜老太太說得這麼嚴肅，還以為她這次進宮已經給杜若找了合適的人家了，一雙手在袖子裡頭擰啊擰的，顫顫巍巍開口道——

「老太太還是先回去歇息一會兒吧。老爺他們還沒到回來的時辰，一會兒我喊人在門口候著，等他們回來了就去福壽堂給您請安。」

杜老太太點了點頭，領著丫鬟們進門去了。

那邊杜茵早已聽說了方才大長公主保媒的事情，便悄悄的走到杜大太太的身邊，偷偷地湊到她耳邊道：「大伯母，恭喜、恭喜，大長公主今兒進宮，作主把七巧姊姊許配給了大哥哥了。」

杜大太太一聽，只差點兒謝天謝地的喊出聲來，忙不迭地摀著嘴，將杜茵悄悄的拉到了一旁問道：「這是真的？千真萬確？妳可不要騙妳大伯母，妳大伯母等這杯媳婦茶可等得太久了。」

杜茵笑著道：「自然是真的，祖母當著那麼多的人都已經應了下來，此時斷然再沒有更改的餘地了，只是大伯母，妳可千萬要忍住了妳這一臉的喜色，若是讓祖母瞧出什麼端倪來，可就不好了。」

杜大太太笑著道：「妳這丫頭，也越發機靈了！不枉我疼妳一場。」

幾個姑娘回了各自的院中，將這一天的見聞說給幾個姨娘聽，幾位姨娘也只笑著道：「這位七巧姑娘好手段，看來老太太和二太太都不是她的對手，只等她進了門，我們幾個也都好好瞧瞧，到底是怎麼個厲害姑娘了。」

杜芊笑著道：「模樣確實也算是出挑的，只那雙眼珠子厲害，冷不防被她看一眼，就算沒做虧心事，也總覺得自己矮了一截。」

杜苡也想了想，評判道：「看著半點都不像是鄉下丫鬟，王府裡的幾個庶女，都沒有她氣派俐落的，這大概就是花姨娘所說的與生俱來的氣質吧。」

花姨娘低頭看著茶盞中漂浮的茶葉沫子，嘴角微微翹起。

杜大太太得知了這天大的好消息，如何還能坐得住？只在自己院子裡來來回回的走了幾圈，見外面小丫鬟還沒報杜大老爺回來的消息，索性親自迎到了門口。

那邊小廝見了，忙上前行禮，杜大太太揮手道：「行了，你們忙你們的去，我就在這邊看看。」
外面天色漸漸暗了下來，杜大太太甩著手中的帕子，在門口等得焦急。王嬤嬤上前道：「太太您這是做什麼呢，事情都成了，在院子裡歇歇便罷了。」
杜大太太忍不住臉頰上的笑意，只小聲道：「我得提醒他們爺倆都悠著點，別一副天上掉餡餅的模樣，反倒讓老太太看得疑心了。」
王嬤嬤笑道：「這回好了，大少爺也不用急得胃疼了，好事多磨，總算是成了。」
裡頭兩婦人正聊著，外面小廝扯著嗓子喊了一聲道：「老爺回來啦。」
杜大太太急忙抻了抻衣袍，上前迎到大門口。
「老爺回來了，大郎也回來了嗎？」
那邊杜二老爺第一個從馬車裡面出來，見了杜大太太便道：「嫂子妳這是做什麼呢？大哥又不是出了遠門回來，妳還巴巴在門口等著？我說大哥你可真是好福氣。」
杜大太太沒空和杜二老爺耍貧嘴，只笑道：「你的好福氣都在蘼蕪居裡頭呢，你快些去吧。我這裡有正事跟你大哥說。」
這時候杜大老爺和杜若也相繼下了車，那邊小廝拉著馬車往後面趕。杜大老爺進門，見杜大太太難得親自迎到了大門口，以為是家中出了什麼事情，正色道：「老太太進宮回來了嗎？」
「回了回了，正要跟你說，今兒老太太進宮遇上了大長公主，大長公主金口玉言，把七巧給許配給大郎了。」

杜大太太說著，抬眸看了一眼杜若，杜若的腳步頓了頓，抬起頭迎上杜大太太的眸光，笑著問道：「當真？」

「自然是真的，你大妹妹也一起進宮去的，是她親口告訴我的，老太太已經當著太后娘娘的面答應了這門親事，我這跑斷了腿籌備了那些個彩禮，總算也是時候用上了。」杜大太太說著，上前為杜若理了理衣袍和鬢髮，慈愛的開口道：「一會兒回去，你只當什麼都不知道，千萬別露出一副歡天喜地的模樣。這門親事你祖母是不樂意的，如今她雖然應了，心裡自然還是有些憋屈的，我們要顧及老人家的心情。」

杜若這會兒正高興，杜大太太說什麼他便應什麼，只笑著道：「萬萬沒想到大長公主竟然如此迅捷，我本來還想著這事只怕還得拖上一、兩個月，總要等大長公主的身子痊癒了才好開口。」

那邊杜二老爺聞言，也捋了捋山羊鬍子，彎腰向杜大老爺拱手道：「大哥，小弟恭喜你終於聘得了佳媳，從此和和美美。大郎，你可要加油養身，努力三年抱兩，不能砸了我們寶善堂這塊金字招牌。」

杜若紅著臉，臉上跟燒起來一樣，一邊笑一邊跟著往前走。

那邊杜大老爺也開口問杜大太太，道：「聘禮都準備得怎麼樣了？我看著也是時候要去提親了，北邊的韃子據說已經遞了議和書，朝裡正打算派了人去議和，我看著劉七巧的父親也快回來了。」

杜大太太嘆了一口氣道：「聘禮都準備得差不多了，只等著這事情定下來，我這心裡原本是七上八下的，如今總算是吃了定心丸了。原本我是按著七巧家的家資準備聘禮的，如今既然王府接手了要管，我還得再添上幾樣才是個道理。」

杜大老爺點頭道：「儘管添、儘管添，這是寶善堂娶當家大少奶奶，派頭一定要夠。還有一件事，大郎住的百草院，妳也儘快請了匠人重新粉刷修葺，裡面的東西該扔的扔、該換的換，舊東西都不要了。」

杜若聞言，連連上前道：「那可不行，那些東西都是我隨常要用的，還都是新的呢！」

杜大老爺瞪了他一眼道：「你懂什麼？這是規矩，從明天開始你先搬到老太太原來的院子裡住去，那邊院子等修好了再回去住吧。」

杜大太太跟在邊上，連連點頭道：「還是老爺想得周到，我明兒就去安排。」

那邊恭王府的壽康居裡頭，也是一家人正圍著吃飯，如今劉七巧的親事總算是定下了，老王妃也有一種功成身退的成就感。

「你們不知道，當時杜老太太的臉就綠了，全靠她滿臉的皺紋給繃著，我還一個勁兒在那邊拿喬，說你們家杜太醫有什麼好呢，哪裡配得上我們家七巧？那邊其他府上的老太君也幫著一起說，如今全京城都知道是杜家攀上了我們王府了。」老王妃眉眼帶笑的說著，拍著大腿道：「我總算也是出了一口氣了。」

王妃淺淺笑了笑，又問了一句題外話，道：「老太太這次去，有沒有見著哪個姑娘比較好的，可以跟珅哥兒配上的。」

老王妃聞言，抬起頭道：「姑娘倒是見著了不少，有好的，也有一般的。論長相我倒覺得姜家那姑娘是最出挑的。妳那幾個姪女也不錯，但畢竟年紀小了一點，且如今珅哥兒是找續弦，我也不好意思同親家太太開這個口。既是續弦，那我們就稍微放寬一些門第。聽說那姜家姑娘的哥哥是趕明年春試的，若是高中了，倒是可以考慮一下。一來他們家也可以依傍王府。二來，若是她哥哥以後出息了，也能在朝中幫襯著梁相和王爺。」

王妃點頭聽了，心裡也暗暗覺得這倒是一個不錯的主意，世子爺年紀不小，她也算不上小，再等上一年，多半也是著急著要出嫁的。到時候若是她哥哥高中了，王府去求娶，必定是應的。

這日王妃用過早膳，由青梅扶著在青蓮院裡走動了幾圈便喊著累了。劉七巧上前笑著道：「太太累了就歇一會兒，一會兒不累了繼續走。」

王妃愁眉苦臉道：「七巧，妳這每天讓我走上這麼幾大圈的，有什麼用處嗎？」

「自然是有用的。」

劉七巧身為現代人，自有一套現代人的催生辦法。首先在醫院裡最推崇的一種方式是爬樓梯，但凡快到預產期的準媽媽們，為了能順利的順產出寶貝來，醫生最常推薦的就是爬樓梯法，不過要量力而行。其次就是散步法，散步是孕婦最適合的一種運動，在懷孕早、中、晚期都是相當好的。孕婦多運動對身體極有好處，可以增加生產時的體力，尤其像王妃這樣的高齡產婦，兩胎距離的時間太長，因為年紀的問題，體力自然沒有年輕姑娘家好，所以更需要鍛鍊。

劉七巧正扶著王妃繼續散步，外頭小丫鬟進來回話道：「七巧姊姊，之前妳讓西院木匠們做的東西做好了，那邊的婆子問是不是要送進青蓮院裡頭來。」

劉七巧聞言便道：「讓他們送進來，就放在右裡間吧。」

小丫鬟應了，福了福身子便去了。不多時，便有三、四個小廝抬著一張外人看來形狀怪異的木床往青蓮院裡頭來了。

劉七巧領著小廝們把床放好了，又讓小丫鬟們進來打掃過房間，這才讓青梅扶著王妃進了右裡間。

「太太妳瞧瞧，這是我為妳生產專門打造的。」

王妃哪裡見過這種稀奇玩意兒，笑著道：「這是要做什麼用的？莫非是要我躺上去的？」

「正是呢，太太妳瞧，這兩個地方叫踏腳，妳腿蹬在這邊，好使力氣。這兩個扶手妳收握著，也好使力氣。」

劉七巧介紹著她的新玩意兒，還好不怕羞的往上面一躺，伸伸腿，扭扭身子，測試一下這床做得結實不結實。

那邊青梅只笑得前俯後仰的，搗著嘴道：「七巧，妳快下來，哪有姑娘家做這姿態的，要是被外面人瞧見了，多不好意思啊。」

劉七巧從產床上跳了下來，扭著頭道。

「有什麼不好意思的呢？我不過就是上去檢查下這床結實不結實，太太躺在上面安不安全，我的臉面可比不上太太的身子重要。」

青梅瞥了她一眼，扶著王妃往外頭去，這時候小丫鬟正領著杜若往青蓮院裡頭來。那小丫鬟怕是也聽見了閒話，傳話也不好好傳，只站在門口往裡頭喊。「七巧姊姊，我把杜太醫給妳帶來了。」

劉七巧臉上一紅，假作生氣罵道：「哪裡來的沒規矩的小丫鬟，我什麼時候請妳幫我帶他來了？」

杜若這時候正站在垂花門外，見劉七巧這麼說，反倒束手束腳不敢進去了，只臉上洋溢著淡淡的笑，隔著門靜悄悄的看著劉七巧。劉七巧低下頭，垂下眸子偷偷的瞟了一眼杜若，扭頭道：「來了還不快進來？難道要我去門口請你不成？」

杜若勾唇一笑，自己揹著個藥箱進來了。劉七巧走上前，把他身上的藥箱取了下來，自己揹上了。

「是哪個小丫鬟把你領進來的，怎麼連藥箱也不幫你揹著？」

杜若道：「我不認識，以前沒見過，看著不過十一、二歲的樣子，我這藥箱怪沈的，就沒讓她揹著。」

「你倒是憐香惜玉，怎麼以前沒見你不讓我揹呢？」劉七巧半真不假的撒起了嬌來。杜若笑著道：「我從來都是不讓妳揹的，都是妳說不能讓外人看出了什麼，非要自己拿去揹。」

劉七巧裝作失憶狀。

「有嗎？有嗎？我怎麼記不得了呢？」

杜若見劉七巧這個模樣，也不反駁，只彎著眸子淡淡的笑著。於是兩人一個一臉正經、一個臉上笑嘻嘻的步入了正廳。

杜若進門，向王妃行過了禮，拿著藥枕開始為她診脈。

小丫鬟出門去沏了茶送過來，劉七巧上前接過了，先擺在一旁茶几上，侍立在一旁靜靜的等待。

過了半晌，杜若鬆開了脈搏，吸了一口氣道：「脈象很穩，略略有些快，不過這也是正常的，只怕是日子近了。太太近期可以多走動走動，生產的時候也好多些力氣。」

這邊杜若還沒說完，那邊青梅便忍不住笑道：「杜太醫快別說了，方才早上七巧讓太太多走了兩圈，太太還嫌累呢。」

杜若微微一笑。

「太太這會兒嫌走路累，等生的時候豈不是更累？七巧曾經說給鄉下的農婦接生特別順快，一下子就出來了，那便是因為她們體力好。」

青梅好奇道：「聽你這麼說，倒似母雞下蛋一般輕巧了。」

劉七巧站在一旁，大言不慚道：「本來就是，母雞下蛋也不過就是脹個紅臉而已，妳沒聽見鄉下婆子罵生不出孩子的兒媳婦怎麼罵的嗎？妳這個連蛋都不會生的母雞，養著妳還有什麼用?!」劉七巧說著，自己也忍不住笑了起來。

外頭有小丫鬟走了進來，見了裡頭的人，小聲道：「太太，林姨娘那邊聽說杜太醫來了，想請他過去瞧瞧病，讓我來回太太一聲。」

王妃點了點頭，道：「妳去回林姨娘，一會兒我讓七巧帶杜太醫過去。」

那小丫鬟點了點頭，福身離去。青梅蹙眉想了想，對劉七巧道：「妳方才才說連蛋都不會生的母雞，那邊院子裡還真有一隻。」青梅自然是不知道林姨娘的那些隱秘，只當林姨娘確實是身子有問題才生不出個孩子來。

劉七巧輕輕的清了清嗓子，抬起頭來看了一眼杜若，眼波流轉之中，如一汪清泉一般流淌在杜若的身上。

杜若只覺得被劉七巧看得整個人都不好意思起來，面皮上已染上了微紅，才起身道：「太太的身子沒有大礙，也不用再吃什麼中藥，只按照七巧的辦法，多多鍛鍊，就等著瓜熟蒂落，為王爺誕下麟兒了。」

劉七巧見杜若臉上尷尬，知道上次林姨娘曾對他有些不軌，便開口道：「既然太太的身子沒什麼，那勞煩杜太醫去為林姨娘也診治診治，看看林姨娘是心病呢還是身病？」

杜若本是百般不願意的，但所謂醫者父母心，他向來不會歧視病患，只好勉為其難的去了，劉七巧上前替他揹著藥箱，在後面催促道：「還不快走？早點看完了病，你也好早點回去。」

杜若出了青蓮院，才走了不多幾步，前思後想還是覺得不妥，邊轉身蹙眉道：「不然還是妳替我去回了太太，就說林姨娘的病我治不了，請她另請高明吧。」

劉七巧只推了一下杜若的後背，挑眉道：「你傻啊？你又沒做虧心事，哪裡有你怕她的道理？我倒是很想知道這林姨娘葫蘆裡賣的是什麼藥，若說她是真看上你了，我也是信的，誰叫你這皮囊也確實有點招蜂引蝶的。」

杜若聞言，無奈搖頭，鬱悶道：「一會兒妳跟我一起進去。」兩人正說著，已經到了林姨娘所住的院子，那邊方才來請人的小丫鬟見杜若和劉七巧過來，從院子裡迎了出來。「杜太醫來了呀，林姨娘還在裡面等著呢。」

杜若只得硬著頭皮進去，那邊劉七巧也要進去，卻被小丫鬟攔住了。

「林姨娘說，只需杜太醫一個人進去就好了，七巧姑娘不用進去了。」

杜若聞言，越發蹙起了眉宇，那邊劉七巧偷偷的使了一個眼色給他，上前把揹在身上的藥箱遞給了杜若，在他耳邊輕輕道：「見機行事，有事就喊，我就在外面。」

杜若無奈搖了搖頭，揹著藥箱進去了。林姨娘並不像上次那般衣衫不整，身上穿著一身湖藍色的掐絲折枝大團花的長袍，站在花架前修剪著一盆吊蘭，見了杜若進來，放下手中的剪刀，笑著道——

「今日喊杜太醫過來，不過就是想恭喜杜太醫一聲，我原就覺得杜太醫是與眾不同的人，果然是真的，只可惜我沒那個福分。」

林姨娘說著，緩緩靠到一旁的軟榻上，忽然間腰間的腰帶一扯，外袍一抖，裡面竟然是一具不著寸縷的成熟女人的身子。

杜若被嚇得退出兩步開外，雖然臉色強作平靜，背後卻已是被嚇出了一身冷汗，硬著頭皮開口道：「林姨娘，有話好好說，妳這是做什麼呢？」

林姨娘從榻上起身，緩緩的往前走了一步，開口道：「杜太醫，你若是喊，你也知道會是個什麼結果，外面候著的可是你未過門的媳婦，你說她要是看見我們兩個這樣站著，會怎麼想？」

杜若強忍著怒意，儘量平靜道：「她不是那般小心眼的人，自然知道我的為人，林姨娘，妳好歹也是一個潔身自愛的人，何必在我面前擺出這等風騷的姿態來？我杜若雖然不是柳下惠，可是對妳並沒有多少興趣。」杜若想了想，蹙眉道：「妳若是有求於我，還是把衣服穿起來，我們可以好好說。」

林姨娘見杜若臉上雖然帶著微紅，可神態冷然，站在離自己一丈遠的地方，對自己並沒有任何非分之想，這又往前走了兩步，淚眼汪汪的問道：「難道我不美嗎？為什麼你們一個個都不要我呢？你要我的身子，我可以給你，為什麼你不要呢?!」

杜若見林姨娘口中喃喃自語，心智似有些迷惑，倒像是染了失心之症，只怕再這樣孤男寡女的相處下去，越發就說不清楚了。邊急忙退後了兩步，抱著藥箱奪門而出。

那邊劉七巧還在門外等著，見杜若抱著個藥箱衝出來，急急忙忙就上前拉著他問話。外面的小丫鬟聽到動靜，一股腦兒的衝進去，見林姨娘光著身子坐在裡面哭泣，只開口喊道：「不得了了，杜太醫輕薄林姨娘了。」

劉七巧聞言，丟下一旁尷尬不已的杜若往房裡去，上前就給方才說話的那個丫鬟一個耳刮子。拉起林姨娘帶著守宮砂的手臂道：「妳看清楚了，誰願意輕薄這二十幾歲沒人要又不知廉恥的老處女？少在這裡血口噴人！」

那小丫鬟被劉七巧的氣勢給嚇了一跳，轉眼又看見林姨娘手臂上的守宮砂，一時間也嚇得說不出話來，整個人都愣在那邊。這會兒林姨娘卻是受了刺激，人也糊塗了，只拉著劉七巧的手道——

「王爺，求你要了我吧。王爺，我的身子是你的、是你的……」

小丫鬟們見林姨娘瘋得不成樣子了，只嚇得站在一旁哭，劉七巧嘆了一口氣，趕緊從軟榻上把衣服撿了起來，給跌坐在地上的林姨娘披上了。

「妳們還愣著做什麼？還不快幫姨娘把衣服穿起來先。」

小丫鬟們這才定下了心思，押著林姨娘給穿衣服。徐側妃就住在對面的房裡，聽見聲音早已經出來看熱鬧了。王妃原本在青蓮院裡面休息，也不知是哪個快嘴的丫鬟跑去通風報信，這會兒也被驚動了過來。

林姨娘在地上掙了半晌，哭也哭累了，才被小丫鬟們扶上了床榻。劉七巧出門，見杜若還在外面等著，一張臉脹得通紅，便小聲問道：「這是怎麼了？」

杜若又如何好意思把方才林姨娘那番不堪的樣子說出口，只搖了搖頭道——

「從她的行為表現來看，竟是像得了失心瘋，可前幾次的脈搏也不過就是肝氣鬱結，還沒有到這麼嚴重的地步，只怕她這病已經有一段日子了。」

劉七巧這會兒也犯難了，這生孩子的得了產後憂鬱症，沒生孩子的老處女難道也會因為性生活不和諧而憋出精神病嗎？可方才看林姨娘那模樣，若說她不是真瘋，也實在說不過去啊？古代的女人，有幾個是不重名節的呢？

這時候青梅已扶著王妃到了林姨娘的院中，見一眾小丫鬟都低著頭，便上前問道：「究竟發生了什麼事情？一大早在這邊哭哭啼啼的。」

裡面林姨娘嘴裡還在喊著王爺，王妃原想進去，被劉七巧上前攔住了。

「太太還是不要進去的好，她這會兒人失了心性，力氣大得很，萬一傷著了太太可就不好了。」

王妃嘆息道：「好好的，怎麼就瘋了呢？我還是進去瞧瞧得好。」劉七巧見攔不住，便和青梅一人一邊扶著王妃，往林姨娘的房中去。

這會兒林姨娘已經安靜了下來，見了王妃便從床上坐起，跪著給王妃磕頭，哭著道：「太太，我是真心對王爺的，我從來沒想著要害人。太太，妳要相信我，我從沒想過要害人。」

王妃見她髮髻散亂，哭得梨花帶雨，煞是楚楚可憐，便上前安慰道：「傻孩子，我也沒說妳要害人，但凡妳要真想害人，還用得了等這十年嗎？」

林姨娘痛哭流涕，挽起自己的衣袖，露出那手臂上的守宮砂道：「太太，王爺不肯要我，他說我是林邦直的女兒，進王府沒安好心，可是太太，我是皇上賞的呀，是妳接入王府的，我從沒有想過要報仇。」

王妃看著林姨娘手上的守宮砂，也是吃驚了不小，坐在她的床沿上安撫道：「這些我都知道，等王爺回來我就跟他說，讓他好好待妳，妳如今好好養病，等著王爺回來，知道嗎？」

「太太，我沒病，我只是沒以前好看了，王爺不喜歡我了。」林姨娘說著，趴在王妃的懷裡哭了起來。

那邊徐側妃也進了房裡，見林姨娘這半瘋半傻的模樣，開口道：「太太，妳看林姨娘這樣子，多半是傻了，不然太太還是先出去一會兒，讓太醫進來瞧瞧先。」

林姨娘聞言，只睜大了眼珠子，抱緊了王妃道：「我沒有傻、我沒有傻！太太，傻的是她們，她們都要害我！太太……」

王妃見她又驚又乍的樣子，也只能任由她這樣抱著自己臃腫的腰身，連連撫摸著她的頭頂安撫道：「我知道妳沒病，妳好好歇著，乖。」王妃說著，扭頭對劉七巧道：「七巧，去打一盆水來，給姨娘洗一把臉。」

劉七巧原本和青梅兩人左右扶著王妃，深怕林姨娘發瘋做出一些傷人的舉動。見這會兒她似乎也安定了下來，便也鬆了一口氣，站起來吩咐外面的小丫頭們去打水。

誰知劉七巧剛轉身，那邊林姨娘卻悄悄的鬆開了抱緊王妃的手，探到身後的枕頭底下，摸出一把明晃晃的匕首來。

王妃懷著身子，龐大的身軀擋住了眾人的視線，疼痛來襲的時候她已經忘記了叫喊，只是身子重重的顫了顫，隨即身子往後面傾斜，摀住了自己的肚子大喊。「孩子，我的孩子！」

在眾人的尖叫聲中，王妃已略顯笨重的身子壓在青梅的身上，兩人一起摔倒在冰冷的地面，鮮血從王妃豐盈的指縫中溢出，鐵鏽的氣息撲面而來。一時間整個房間都混亂了，林姨娘手裡握著匕首，指著跌到床下的王妃冷笑出聲。

「一命抵兩命，我也不算虧。」林姨娘說完，揚起白皙的脖頸，空中灑過一道血線，丫鬟們驚呼著飛奔出去。

劉七巧赫然轉身，只感覺到眼前灑過了一片紅雨，林姨娘脖頸中噴灑出來的血濺了她滿臉。透過血霧，有一雙手緊緊的抓住了她的衣袖，嘶聲竭力道：「七巧，救、救我的孩子……」

杜若原本還在外面等著，忽然見幾個小丫鬟一臉恐懼的從裡面跑出來，嘴裡還驚叫道：「不好了，殺人了，林姨娘把太太給殺了。」

杜若聞言，急忙就衝了進去，見劉七巧正跪在地上，用手按住王妃身上拚命湧出血液的傷口，口中語無倫次道：「太太，您可千萬不能有事啊！」

杜若上前，顧不得床榻上已經死去的林姨娘，只按住王妃的脈搏細細測了測。「脈搏很弱。」

就在這個時候，從王妃的下體瞬間湧出一大片清水一樣的液體，王妃抬起蒼白的臉，動了動身子，臉上露出痛苦的神情。青梅見王妃神志已不大清楚，只抱著她的身子喊道：「太太、太太，您可要堅持住啊，王爺就要從邊關回來了。」

劉七巧方才一時被嚇到了，差點兒亂了陣腳，這會兒她已經冷靜了下來，半跪著回頭對身後的杜若道——

「你帶了手術刀沒有？現在沒有別的辦法了，我只能照著方才林姨娘捅的刀口為太太剖腹生子，羊水已經破了，以太太現在這個情況，順產是不可能的了。」

那邊青梅聽七巧這麼說，嚇得渾身顫抖了起來，哭哭啼啼道：「七巧，太太會死嗎？」

劉七巧此時臉上一片肅然，搖了搖頭道：「不知道，但是我一定不會讓太太死的。」

劉七巧說著，轉頭掃了一眼，丫鬟們都嚇得在門口不敢進來。只徐側妃還在那邊站著，劉七巧忙道：「徐側妃麻煩妳命小丫鬟們找兩張八仙桌併在一起，就放在外面的院子裡。」

徐側妃方才也是嚇呆了，這會兒聽劉七巧吩咐，才算是回過了神來，連忙點了點頭，出去命小丫鬟們準備去了。

桌子擺好，眾人合力把王妃抬到了外面的院中。這時候王妃還有意識，只一心想著劉七巧一定要救她的孩子，用盡最後的力氣，狠狠抓住了劉七巧的衣袖始終不肯鬆手。劉七巧握住王妃沾血的手，哭著道：「太太您放心，不管孩子是死是活，我都會幫您把他生出來，給您看一眼的。」

王妃這時候已經沒什麼力氣，陣痛來襲，傷口還在不斷的滲血，她緊緊拉住了劉七巧的手道：「七巧，我信妳……」

劉七巧早已是淚流滿面，轉身對杜若道：「你給太太施針讓她暈過去吧，不然這生吞活剝的，就算不失血過多而亡，她也會疼死的。」

杜若定定的看了一眼劉七巧，從藥箱裡拿出針囊，他們兩個人都很明白，王妃這次昏睡過去之後，很可能再也醒不過來了。

劉七巧點了點頭，洗過手戴上了杜若的羊皮手套。用手術刀劃開王妃身上被鮮血染濕的衣物，用手指確定方才林姨娘下刀的傷口位置是不是適合她進行手術。

第八十三章

匕首是豎著進去的，傷口很整齊，看樣子應該是在子宮的上半部分，如果巧合的話，應該不會傷到胎兒的身體和頭部。劉七巧咬牙，對著那個傷口劃了下去。腹腔裡面已經有子宮創傷後溢出的羊水，劉七巧一邊清理，一邊劃開第二道傷口。映入眼簾的是觸目驚心的鮮血的顏色。劉七巧的心一下子就提到了嗓子眼。

按照劉七巧的估算，王妃這一胎已經滿三十六週了，只要能順利的生下來，存活的機率是非常大的。劉七巧讓杜若上前掰開子宮，急忙伸手進去，把安然躺在母親腹中不知世事的小嬰兒給抱了出來。王妃腹部的傷口還在密集的湧出血液來，幸好杜若如今的藥箱中還配備了止血鉗，劉七巧用起來也比以前順手很多。

劉七巧顧不得其他，將孩子丟到杜若的懷中道：「來不及了，你檢查孩子，我給太太縫傷口。」

杜若這還是第一次抱這麼小的小孩子，他不是穩婆，自然不知道應該怎麼處理孩子，且這孩子渾身是血，也不知道是身上有傷口還是原來在母體裡就沾到的血跡。

這時候接到消息的老王妃也匆匆的趕了過來，見一群人全圍在院中，急忙上前要看。那邊方姨娘忙上前扶著道：「老太太別去，那邊血氣太重了，仔細衝撞著。」

「我自己的媳婦、自己的孫子，我怕什麼衝撞著了？」老王妃說著，便讓丫頭扶著往人群那邊去了。

杜若看著懷中的小生命，像是猛然間就知道了什麼一樣，學著以前劉七巧接生時候的樣子，將小嬰兒倒提起來，拍了拍孩子的腳底心。小嬰兒皺巴巴的小腳底心蹬了蹬，孱弱的身子在冷風中微微顫抖，在眾人的期盼中放聲大哭了起來。

徐側妃見狀，合上了眸子連連唸了幾句阿彌陀佛。想起自己還曾對這樣的小生命起過殺心，徐側妃只覺得又愧又惱，笑著向老王妃來的方向迎了過去道：「回老太太，老太太大喜，太太給王爺又生了一個哥兒，王府的嫡次子啊！」

老王妃聞言，只覺得腿腳都不索利了，顫顫巍巍的就跪了下來，對著天地拜了幾下道：「老天爺保佑！老天爺保佑！老天爺保佑！」

杜若又將孩子仔細檢查了一遍，確認孩子的身上沒有一處傷口，才把孩子交給了一旁候著的有經驗的老嬤嬤，上前看劉七巧的進程。

劉七巧這會兒正埋頭為王妃縫針，杜若上前按住了脈搏，只覺得額角突突的跳了起來。「七巧，太太脈搏很細微！」

劉七巧手指一抖，針尖戳入自己的指尖，只擰眉道：「快，用淡鹽水，把天王保命丹拿一顆出來給她服下。」

一旁的小丫鬟聞言，急急忙忙的就去廚房拿淡鹽水來。那邊老嬤嬤已經將孩子給處理好了，青梅抱著孩子跪在王妃的身側，一邊磕頭一邊道：「太太，妳睜睜眼啊，看看哥兒啊！太太，妳好歹睜眼看一眼哥兒吧！」

邊上的小丫鬟們、婆子們見了這陣勢也都跟著跪了下來，口中唸唸有詞的。徐側妃平日裡就愛禮佛唸經的，這會兒已經唸起了祈願的經書來。外面二太太在議事廳那邊聽說了消息也匆匆趕了過來，見滿院子的人都跪在那邊哭，以為王妃已經去了，只一把鼻涕一把眼淚的衝上來哭道：「唉喲，我的好嫂子、我的好太太，妳怎麼就這麼去了呢，唉呀我的好嫂子呀！」

老王妃給天地磕完了頭，正由丫鬟扶著起身，聽二太太這麼哭著進來，上前戳著她的腦門道：「哭喪呢妳，人還沒死呢！」

那邊二太太原本正感情充沛的表演著，一下子就當機了，擦了擦眼淚，又覺得實在沒臉，便指著一地跪著的奴才道：「哭什麼呢你們，人還沒死呢！」

這時候方才去取鹽水的丫鬟也已經來了，因為怕碗裡的水灑了，拿茶壺兌了滿滿一壺的淡鹽水拿了過來。杜若急忙將那鹽水慢慢的給王妃灌下去，又並著那天王保命丹一起服下，手按住了王妃的脈搏，神情也越發嚴肅了起來。

劉七巧縫完最後一針，倒退了兩步，後面的丫鬟忙將她扶著。那邊杜若臉上漸漸露出笑意，抬起頭看著劉七巧道：「脈搏好了、脈搏好了，七巧，太太有救了！」

劉七巧這時候已經有些神志不清了，她自己都不知道方才她用了多長時間就完成了一台外科手術。若是擺在現代，她大抵還可以去申請個金氏世界紀錄，可如今她只關心到底有沒有把王妃給救過來。

「杜太醫，麻煩幫太太上一些金瘡藥，包紮好傷……」劉七巧勉力開口，只覺得眼前似乎有繁星點點，就如同她最愛看的夜晚的星星一樣，只是平常它們離得那麼遠，今天卻似乎只要一伸手就能夠得到。

劉七巧的話還沒說完，整個身子已經癱軟無力的倒了下去。

兩個丫鬟連忙扶住了劉七巧，偏生人暈倒的時候沒有什麼意識，只身子一勁兒的往下賴。杜若連忙上前將劉七巧抱了起來，轉頭吩咐道：「青梅姑娘，麻煩妳喊幾個婆子把太太送到青蓮院中，我也好兩人一同醫治。」

青梅急忙點了點頭，上前摸了一下王妃的手心，已不像方才那樣冰冷，臉上雖然還沒有多少血色，但呼吸已是平穩了，並不像方才那樣看上去有進氣沒出氣的模樣。

王府裡大半下人已經知道了杜若和劉七巧的關係，見杜若這樣抱著劉七巧離去也沒多少驚訝，只都讓出了一條道。

那邊青梅已經指揮了幾個得用的老嬤嬤抬了一張春凳過來，將王妃的身子挪了上去，急忙送往青蓮院中。

院中的小丫鬟見人一下子都走光了，急忙跪下來問道：「老祖宗，房裡頭林姨娘的屍首可怎麼辦呀？」

老王妃方才來的路上已經聽說了林姨娘行刺的事情，只氣急敗壞道：「什麼怎麼辦？拉出去餵狗去！」

那邊二太太先是嚇了一跳，卻也不敢說什麼，反倒是徐側妃開口勸慰道：「老太太怕是氣糊塗了，這家醜不可外揚，林姨娘死了也就算了，雖然她原本不是給我們王爺的，但畢竟也是皇上賞的人，若是傳出去了，只怕對王府的名譽也是有損的。」

老王妃聽徐側妃這一番話，這才從震怒中清醒了過來，急忙轉身對二太太道：「妳馬上吩咐下去，今天的事情再不能洩漏半句，若是有洩漏出去的，問出來是誰，一律發賣，讓他們自己掂量著。」老王妃說著，深吸了一口氣，抬頭看著方才勸誡的徐側妃道：「至於林姨娘的後事，妳跟她也算做了十年的鄰居，就幫忙安頓一下，對外只說林姨娘暴病死了。」

徐側妃因為私自懷了庶長子的事情，十幾年都不得老王妃的待見，如今聽她交代起自己做事了，這一顆冰冷的心似乎也漸漸的熱了起來，只福身道：「奴婢知道了。」

杜若將劉七巧抱入了青蓮院中，青梅指了平常劉七巧睡的炕上讓他把人放上去，那邊杜若摸了摸劉七巧的脈搏，見脈搏雖然細弱卻甚是平穩，心也漸漸的放鬆了下來，先去王妃的房中處理王妃身上的傷口。

杜家的金瘡藥向來聲名遠播，軍中御用的金瘡藥也是由杜家所供應，杜若為王妃包紮完傷口之後，又囑咐了青梅時刻注意王妃的情況，並且讓下人們去太醫院將杜二老爺也請過來再細細的診斷診斷，畢竟很多傷重的病人之所以死亡都不是因為失血過多，而是因為傷口發炎。

杜若處理完了王妃身上的傷口，再次來到了次間陪著炕上的劉七巧。

劉七巧此時臉色蒼白，但臉上還沾著林姨娘方才濺出來的鮮血，杜若拿了自己的帕子出來輕輕的擦了擦，才發現血跡早已經凝固了，竟是擦不掉了。這時候邊上正有小丫鬟打了一盆水過來，上前擺在了炕邊的矮几上。「杜太醫，青梅姊姊正給太太擦臉呢，囑咐奴婢也打一盆水過來給七巧姊姊擦一擦。」

杜若還沒從方才的驚懼完全回過神，聽那小丫鬟這麼說，也顧不得避嫌，只轉身道：「下去吧，我來幫她擦就好了。」

小丫鬟低著頭，略略福了福身子便出去了，杜若擰乾了帕子，一遍遍的為劉七巧擦乾淨臉上的血跡、汗水。又轉身，動作輕緩的把帕子洗乾淨，然後擰乾，開始擦劉七巧那一雙救人生死的手。

指尖上有幾個密集的針眼，定然是她緊張時候一遍遍戳的，但即使這樣她也並沒有停頓半分，還是在爭分奪秒的情況下，做一個醫生所該做的一切事情。帕子擦到指尖的時候，細嫩的指尖微微抽動了兩下，劉七巧虛弱的睜開眼，摀著自己的小腹，竟是哭笑不得道：「我今兒一早還在慶幸這個月的癸水終於不疼了。」劉七巧說著，眼淚嘩嘩的就落了下來。

杜若一時間只覺得心疼難耐，握著劉七巧的手，一邊親一邊落下了淚來。

「傻子，你哭什麼？太太怎麼樣了？」劉七巧支了支身子，想要起來，卻被杜若按住了。「太太這會兒沒事，我讓王府派了人去太醫院把我二叔也請過來，再為太太好好開一副藥。」杜若說著，臉上神色卻是前所未有的嚴肅，只開口道：「七巧，這次無論如何也要求太太放妳出去了，妳方才嚇死我了。」

劉七巧無精打采的，伸手蓋住自己的額頭鬱悶道：「我實在也是沒料到會出這樣的事情。」劉七巧伸手握住了杜若的指尖，放在臉頰邊蹭了蹭道：「幸好有你在。」

杜若捏了捏劉七巧的鼻子，又伸手按住她的脈搏，湊到她耳邊道：「妳再好好睡一會兒，我就在妳身邊，擬個方子。」

劉七巧點了點頭，身子也是疲倦至極，翻身看著杜若，見他側身坐在一旁寫方子的樣子實在養眼，邊看邊笑著便入了夢鄉。

這時候老王妃也已帶著眾人來了青蓮院，杜若不得不迎了出去，細細的說了一下王妃的情況，又道：「眼下晚輩用了寶善堂的天王保命丹，從脈搏上來看似乎已經平穩了下來，只是是否能度過這個難關，還要看明日一早王妃是否能甦醒過來。晚輩已經命人去太醫院請了杜院判，杜院判的醫術在晚輩之上。」

老王妃蹙眉問道：「聽你這麼說，太太能不能活還不一定呢？」

杜若想了想，最後老實回答道：「這個，晚輩尚不能保證。」

老王妃也知道這其中的風險有多大，只合眸撚動手中的蜜蠟佛珠，默默唸了幾遍阿彌陀佛，又抬頭對杜若道：「杜太醫，有勞你了，不知道七巧怎麼樣了？」

杜若見老王妃臉上也全是關切之心，便開口道：「七巧只是一時間精神緊張後猛然放鬆下來才會暈過去，這會兒已經沒事了。」

老王妃點了點頭，也總算放下心來，這會兒葉嬤嬤抱著已經妥善安置的小嬰孩進來，身後還跟著一個年輕媳婦，開口道：「回老太太，這位是哥兒的奶娘，太太之前就挑好了的，說是只等哥生下來就接進府上，是鄭二的媳婦，也是家生子。」

老王妃見那媳婦皮膚白皙、模樣圓潤，想來平常也是極懂得保養的，便點了點頭道：「哥兒沒足月，妳餵奶的時候小心些，當心嗆著奶了，知道不？」

那媳婦軟綿綿的答應了一聲，笑著道：「老太太放心，我家孩子生出來也是未足月的，我只慢慢的餵哥兒，等哥兒喝足了奶，以後有力氣了，自然就好帶了。」

老王妃又進了王妃的房間，看了一下王妃的近況。她雖然擔憂，卻也知道自己實在是幫不上什麼忙。二太太在身側扶了老王妃，也偷偷的瞧了一眼躺在床上昏睡不醒的王妃，心裡雖是矛盾至極的想法，卻也不敢往最壞的方向想去。

老王妃在王妃房裡坐了片刻，見二太太還在那邊站著，便開口道：「妳快些派人去梁府走一趟，就說太太生了，是一位哥兒，別的也不用再說什麼，只等親家太太來了再說。」

二太太連忙應了出去，老王妃便坐到了王妃的床前，瞧著她憔悴不堪的容顏，搖頭道：「我這樣疼妳，無非也就是因為妳寬厚賢慧，偏生自己又羨慕妳這寬厚賢慧，如今瞧著，還是不寬厚得好。妳可快醒過來，宗禮就要回來了，一家人終於要團聚了，妳說是不是？」

老太太說著，只覺得眼珠子濕漉漉的，竟是已經落下淚來。那邊青梅見了，跪下來對老太太道：「老太太，如今林姨娘已經自盡了，奴婢也沒處為太太喊冤了，只求老太太也要保重身子啊！」

老王妃連忙擦了擦臉上的淚珠，臉色一冷，抬眸問道：「這究竟是怎麼回事啊？方才我在來的路上也沒聽真切，太太平常是從不去那邊的，怎麼今兒偏生就去了呢？」

青梅擦了擦眼淚，道：「回老太太，今兒杜太醫來給太太請平安脈，林姨娘那邊派人過來，說是身子不適，想請杜太醫過去看看，太太這邊就讓七巧帶著杜太醫過去了。我原本正扶著太太是要往裡頭休息的，可卻聽見外面小丫鬟來說林姨娘那邊發了失心瘋了。老太太您是知道太太的，最是心善寬厚，非要過去看看，我勸不住她，便跟著一起去了。那林姨娘見了太太，瘋病竟是好了幾分，太太就在那邊勸她，誰知道她竟趁著我們不注意，拿刀捅了我們太太……」青梅把過程說得很詳盡，可還是沒把林姨娘的真實身分告訴老王妃。一來，這林姨娘怎麼說也是王妃弄進來的人，老太太這邊不過就是點了點頭。二來，這事是主子們之間的恩怨，她一個下人實在是不敢在這邊亂說，只怕說錯了什麼，引得老王妃誤會。

第八十四章

青梅不知道老王妃心裡是一門清的，來路不明的女子，就算王爺不在乎，她也決計不會讓她待在王府的，說起來一開始這林姨娘的身分，還是她先派了人去查的。那時候王爺對林姨娘是有些上心的，曾許了她側妃之位，所以直到如今，這王府的另外一個側妃之位還是虛懸著的。只是這些，躺著的王妃卻是不知道的。當時她不過也就是一時的心軟，誰知道就造成了今日的悲劇。

老王妃嘆了一口氣，起身對外面候著的丫鬟們道：「回壽康居，讓二老爺過來一下。」

老王妃回了壽康居，命人去請二老爺過來無非就是想修書一封，把家裡的事情跟前線的王爺給說一聲。如今前面既然已經停戰，她倒也不怕這時候給他擾亂一下軍心，這事情歸根結柢都是他們兩人沒處理得當，如今想找個商量的人卻也沒有，只能把二老爺給找過來。

丫鬟們從西院回來，便稟道：「二老爺今兒還沒下值，這會兒不在府裡。」老王妃這時候倒是唉聲嘆氣了起來。揉了揉額頭，忽然想起了還在青蓮院待著的杜若。杜若現在手中掌握了恭王府的幾手秘辛資料，便是上回秦氏死那件事，也是杜若從中幫助才解決的。如今這事情杜若又是親眼所見，反正他已經是劉七巧將來的相公，也是自己的孫女婿了，老王妃想了想，還是拔去了心中的疑慮，只對丫鬟吩咐道：「妳去把杜太醫給我請來。」

不多時，丫鬟便請了杜若過去。那邊杜若只當是老王妃想問他今日發生的事情，正鬱悶於那一段林姨娘脫光了衣服在自己眼前走動的事情到底要不要如實交代，只把自己都憋得臉紅了起來。

老王妃見杜若進來，急忙喊坐，又讓丫鬟出去備茶。等丫鬟備了茶進來，那邊老王妃才揮了揮手，命丫鬟們都退了下去。

老王妃嘆了一口氣道：「原本這事情不該找你，無奈王爺在外征戰，二老爺這會兒不在府中，家裡面都是姑娘家，老身連一個商量事情的人都沒有，只能喊了你過來。」

杜若一聽，見老王妃並非是來詢問他早上那件事情，鬆了一口氣。「老祖宗有什麼吩咐儘管直說，晚輩遵命就是。」

老王妃想了想，便也不客氣地道：「那還請杜太醫替老身修書一封，把這府裡的事情跟王爺說一說，也不用多說別的，就按著事情的實情說吧。」老王妃原本料定了杜若有可能會問這林姨娘刺殺王妃的原因。卻不想杜若聽完老王妃說的話之後，一句都沒有多問，便走到已備下了筆墨紙硯的圓桌前，撩袍坐下，只抬頭等著老王妃開口。

老王妃擺擺手道：「不用問我，你只按著我的口氣，把這事情說一說便好了。」

杜若擰眉想了想，蘸飽了筆尖落筆下去，只將今早的事情寫了一遍，其餘一概未提。老王妃上前看了一眼，見他寫得妥帖，才鬆了一口氣合眸唸了一遍阿彌陀佛。杜若等信箋上的墨跡乾了，裝入信封，那邊老王妃已是喊了丫鬟進來，把這信送到專管府中與王爺通信的葉嬤嬤的兒子手中。

杜若正要起身告辭，那邊老王妃嘆了一口氣，道：「你如今是七巧未來的相公，我是把七巧當自己親孫女疼的，自然也信得過你，你只坐下陪我聊兩句吧。」老王妃見王妃今日的遭遇，終究覺得心中有愧，只這些隱秘的話語卻又無論如何也不能同外人說，便拉著杜若說了起來。「我知道你是個口風緊的孩子，這事情你既然親眼見了，難免不心生狐疑的，你可知道這林姨娘為何要刺殺太太？」

對於這個問題，杜若其實已經知道了，但當著老王妃的面，他也只能搖了搖頭。不過從老王妃的口氣中，似乎也是一早就知道了林姨娘的身分，只是瞞著王妃而已。杜若頓時就有了聽下去的好奇心。

「也怨我不好，在這件事情上沒有狠下心腸來。你大概不知道這林姨娘原本是皇上賞給了王妃的父親梁大人的。王妃一直都是個心善的人，瞧著她年紀輕輕的，就接了過來給了王爺，我自是不能讓來路不明的女人在王爺身邊的，所以派人查了查這林姨娘的家世，卻讓我查出一個好歹來，她是十幾年前江南貪污案案首林邦直的女兒，當年她爹就是被梁相給參倒的。」老王妃說著，面上也浮起了羞愧之色，搖頭道：「當時我極力想要把這人送走，可是考慮到她是皇帝所賜，這其中是不是有什麼曲折不能讓我們婦道人家知道也未可知，總之一句話，若是輕舉妄動，只怕不妥，我看著她人也算是老實，便把這件事情給壓了下來，誰人也沒有告知，誰想過了十年，居然弄出這種事情來，倒是讓人料想不及。」老王妃最終還是為了王爺的顏面，並沒有在杜若面前說出王爺對這林姨娘的幾分情愫，只借著皇帝賞賜這理由，算是把這事情給說了一遍。

不過杜若心裡也已經清楚了，老王妃既已知道這件事情，那就說明王爺自然也是知道的。杜若暗暗的嘆了一口氣，心裡也說不上什麼滋味，只垂眸道：「事到如今，說這些只怕也已經遲了，為今之計便是盡力將太太救治過來，讓王爺在邊關放心罷了。」

老王妃這時候也是自責難當，她這一輩子想來也算是肅殺果斷，即便那些年趙姨太太因著老王爺疼她，做了幾件讓老王妃不如意的事情，後來老王爺一去，她也是有仇報仇、有怨報怨的，再沒有給趙姨太太半分面子。就連以前徐側妃私自懷子的事情也是她出面解決的，唯獨這一件，她還是憐惜兒子更甚於憐惜媳婦。

正這時候，外面小丫鬟進來傳話，說是杜院判已經過來了。杜若聞言，便也起身道：「老太太，若是沒有其他事情，晚輩先去青蓮院那邊看看，杜院判來了，少不得要問晚輩一些王妃的病情。」

老王妃方才是一吐為快，這會兒心裡也覺得好過了很多，折騰了大半個早上，早就覺得有些乏了，便揮了揮手道：「你去吧。」杜若起身離去，老王妃想了想，讓夏荷跟著一起過去了。「妳今兒就在青蓮院候著，我這邊不用妳伺候，不管有什麼消息，只打發了小丫鬟往我這邊來，太太沒醒，我不安心啊！」

冬雪難得見老王妃這樣著急上火的，自然也是知道這次老太太是真擔心了，便上前勸慰道：「老祖宗，這會兒也快到了午膳的時候，不如我先傳了午膳過來，您先用一點，等吃完了睡一會兒，醒了我們就上佛堂為太太祈福，保佑太太早些醒過來，瞧瞧小少爺。」

老王妃點了點頭，任由冬雪扶著在榻上靠了靠。「妳去傳膳吧，順便也給青蓮院傳一份，那邊今兒只怕是沒空張羅這些事情。」冬雪點了點頭，見老王妃躺下了，便出門讓小丫鬟去廚房傳膳。

這邊杜二老爺才進門，梁夫人的車駕也急匆匆的出了梁府。前日重陽節，因為人多，梁夫人並不曾有機會單獨和梁妃聊上幾句，正預備著過幾日再尋個由頭進宮去請安，聽外頭人說王妃生了，這豈不正好是個好由頭。因著老王妃囑咐過，所以王府去通報的人只說太太生了一個男孩，其餘的一概都沒說，所以梁夫人這心裡並沒幾分著急。可想著這時日終究是不對的，便多問了一句道：「怎麼你家太太提早了那麼些時日，這生得還順利不？」

傳話的人不過是平常三門外的小廝，自然不如裡頭丫鬟們的嘴緊，便開口道：「奴才也不知道，只聽說是七巧姑娘剖腹產的，這會兒人還沒醒，其他的就不清楚了。」梁夫人一聽，這還了得？只嚇得連衣服都來不及換，直接派了馬車就過來了。

杜若回到青蓮院，小丫鬟們早已經引了杜二老爺進來，在王妃的房中為王妃把脈。劉七巧剛剛緩了一會兒，見杜若走了，便起身往房裡來看看王妃，這會兒她的面色已好了很多，正在那邊回答杜二老爺的問題。

杜二老爺檢查過王妃的傷口，也覺得略有怪異，只覺得這傷口的位置比之前劉七巧常用的位置似乎是移上了兩寸。

「七巧，妳來說說今日的情況。我仔細聽一下，再看看我的判斷有沒有什麼地方不對。」

劉七巧這會兒精氣神稍微好了一些，正要上前答話，杜若進來道：「二叔有什麼話問我就好了，讓七巧歇著吧。」

杜二老爺覺得杜若這是徹底遺傳到尾了，杜大老爺雖說對杜大太太鍾情專一，畢竟還是妻奴，但從杜若對待劉七巧的態度來看，只怕這靈秀瘦小的姑娘進門後，杜若真的會成為一個不折不扣的妻奴了，看看這護著的樣子，連杜二老爺都快看不下去了。

空氣中帶著淡淡的雲片香氣息，這是王妃平素最愛的香，今兒一早還是青梅親自為她給燃上的。青梅知道杜太醫不是外人，索性把小丫鬟都遣了出去，自己一個人留在裡面照看，也好讓他們三人能好好商量一番。

杜若上前，知道這事情瞞不過杜二老爺，便把今日在王府中發生的事情都一一說給了杜二老爺聽。杜二捋了捋山羊鬍子，開口道：「怪不得我覺得這位置並非七巧平常所慣用的位置，這個位置按照道理是危險性比較大的，既為醫者，自然避重就輕，七巧沒道理選這個地方為王妃剖腹生子。」

劉七巧知道杜若智商爆表，也知道杜二老爺的醫術定然是一等一的高明，卻不知他竟是一個這麼細心的人，連這樣細微的事情也能洞察得到。

「二叔，事出突然，我再也沒有別的法子了，才冒險為太太剖腹取子。」劉七巧說到這裡，竟是有一種如釋重負的感覺，又覺得身子虛得厲害。那邊杜若連忙上前把她扶在一旁坐下了。「七巧總共只花了大概一炷香的時間就把孩子給生了下來。」

杜二老爺光是聽著心中便說不出的緊張，彷彿自己也置身在那個命懸一刻的場景，竟忍不住握緊了拳頭，只覺得額際上微微有了冷汗。再抬眼看劉七巧，果然見她精神不濟，顯然是方才用盡了全力，這會兒陡然鬆懈下來元氣跟不上的緣故，便開口道：「七巧，妳快去歇著吧，不然大郎又要埋怨我這個二叔不會疼姪媳婦了。」

劉七巧這會兒還沒聽見杜二老爺的判斷，自然是不肯走的，只笑著道：「他要敢埋怨你，二叔只管告訴我，我替二叔出氣。」這話卻是說得不避嫌，就跟自己已然是杜家媳婦一樣，讓青梅也忍不住笑道：「七巧快別貧嘴了，倒是讓杜二老爺快說說，太太的病情究竟如何？那邊老祖宗也派了夏荷過來，一直在外面等著呢。」

杜二老爺這會兒總算是恢復了嚴肅的表情，蹙眉道：「情況自然是不容樂觀的，但只要王妃身上的這傷口不發炎，倒是問題不大，只不過這藥方裡面用上了幾味稀有的藥材，我們寶善堂也沒有，唯有之前外邦進貢的貢品裡面有幾味這樣的藥材，皇上命我收在了御藥房，若是要用，還是得稟明了聖上才好。」

這稟明聖上，自然就有關恭王府這事情到底瞞不瞞得住這一說。杜若擰眉想了想，覺得這件事畢竟是王府的家務事，杜家倒是不好插手，且其中那些隱秘關係，雖然老王妃告訴了他，他卻是不能隨便告訴別人的，便開口道：「不如二叔先只管擬方子，一會兒我拿著方子去找老王妃，老王妃和太后娘娘關係甚篤，不如讓老王妃陪著二叔進宮求藥，也好事半功倍。」

劉七巧聽杜若這麼說，也略略放下了心。「這主意不錯，老王妃那邊自然也不會不答應的。」

眾人商量妥當，便有外面的小丫鬟來報，說廚房那邊送了午膳過來，讓兩位太醫好歹先用一些。青梅這時候忙著看護王妃，自是沒空陪著兩位太醫出去，劉七巧便領了杜若和杜二老爺到了平常用膳的偏廳裡頭，見了這菜色，便知道這定然是壽康居那邊的廚房送來的，開口對那小丫鬟道：「今兒太忙，我和青梅姊姊都沒空顧這些，自然是想不起要傳膳的，從今天起這青蓮院裡頭傳膳的事情便交給妳了，一會兒妳去廚房跟許婆子提個醒，不能光等著我們這邊吩咐，若是過了時辰，還要請她們那邊派個人來問一問，總不能我們這邊不問，她們那邊就不張羅了，不然的話王府養著她們有什麼用呢？」

那小丫鬟是世子爺奶娘洪嬤嬤的孫女兒，不過才十一、二歲的光景，平日裡只負責茶房的事情，很少進裡頭服侍，如今聽劉七巧這麼說，又想起這位七巧姊姊現在已是許了人家的，而王妃另一個大丫鬟青梅也是許了人家的，心裡便覺得興許是自己的機會到了，便高高興興的點頭應了。

第八十五章

杜二老爺平素就是個大老爺們，從不管後院的閒事，但即便如此，見劉七巧這樣吩咐，也忍不住點了點頭，覺得她年紀雖小，待人接物這一方面卻是難得的厲害。劉七巧匆匆吃了幾口飯便進了房裡，青梅搬了一張杌子坐在王妃的床邊，依舊憂心忡忡。

劉七巧上前道：「青梅姊姊，妳好歹也去偏廳吃點東西，再有，我還有事情找妳商量。」

青梅的心這時候還是七上八下的，只擺擺手道：「我這會兒倒是不餓，心裡擔心太太，又吃不下去，說起來我倒也有事情和妳商量。」青梅起身，倒了一杯茶遞給劉七巧道：「七巧，太太是何等和善的人，今兒居然遭此毒手，不管外頭人怎麼說，我們青蓮院裡頭自然應當守口如瓶，我雖然在太太面前服侍了五、六年，賺了個一等丫鬟的頭銜，可從沒在院子裡紅過臉，況且以後還要繼續在裡頭服侍，有些話雖然想說，卻是不方便的。」

劉七巧見青梅說得隱晦，略略猜了她的意思出來，便開口道：「姊姊原來擔心這個，我方才就和小丫鬟們說了，不能因為太太生病了，我們沒工夫管她們，就越發偷懶了起來。」

青梅嘆了一口氣。「偏巧前幾日珠兒向我請假，我准了她回去，這幾日她家嫂子正坐月子，她老娘脫不開手來，便讓她回去搭幾天手好料理料理家事，妳也知道平常我們院子向來是最清閒的，這會兒倒是忙了起來。」

劉七巧見青梅眉宇緊鎖，便笑著道：「姊姊放心吧，一會兒我喊了那些小丫鬟進來，好好的教訓幾句，平日裡是姊姊太好說話了，又只顧著太太，壓根兒沒空訓她們。葉嬤嬤要顧著太太其他的雜事，自然也是沒空管她們的，還有洪嬤嬤，如今也是忙裡忙外的，在府中的日子不多，只靠姊姊一個人自然忙不過來。」劉七巧說到這裡，倒是有些不好意思了起來，只低著頭道：「說起來還是太太和姊姊疼我，不然我哪裡能這麼清閒，便是一堆雜事也夠我忙的。」

青梅急忙接了她的話道：「這妳倒不用說，這是太太的意思，妳本來就不是王府家養的，以後定然是要嫁出去的，有些東西這會兒就算是讓妳管了，少不得以後還要交出來，也是麻煩。二來，太太也是知道妳這躲懶的習慣了，叫我千萬別跟對其他丫鬟一樣對妳，如今我算是知道了，妳就是一個千金小姐的命，現在妳又要去做千金少奶奶，好歹走之前幫我把這青蓮院給收拾妥當了。」

劉七巧笑著道：「收拾倒是談不上，只不過今兒的事情，總有幾個人脫不了干係的，索性叫上了紫薇院裡頭的人，一起問個明白。」這會兒劉七巧吃過了東西，精神已經好了很多，便來到院外，囑咐看院子的小丫鬟去把紫薇院那邊所有的丫鬟都給叫過來。

一時間院子裡已經跪了一地的奴才，劉七巧正打算問話，那邊徐側妃身邊的大丫鬟翠兒跑了進來道：「七巧姑娘，那個跟著林姨娘一起來的薛嬤嬤，聽說林姨娘死了，也一頭撞死了。」

劉七巧擰眉想了想，問道：「她今兒一早是出去了嗎？怎麼這會子回來？」

翠兒道：「聽她自己說，是林姨娘讓她今兒去城裡的九幽齋買熏香去，她便出去了。」這薛嬤嬤劉七巧倒是知道一二，聽說是當年林姨娘進府時身邊唯一帶著的人。如今她要報仇，便支開了身邊最信任的人，想必她這事情也是蓄謀已久了。

劉七巧開口問道：「如今林姨娘的喪事是誰料理的？」

翠兒忙回道：「老太太指明了讓徐側妃料理，如今已經裝殮好了，正打算去壽康居問老太太話。」

劉七巧擺擺手道：「妳回去讓徐側妃一併裝殮了，一起去請老太太的意思吧。依我看府上如今自然是不會開喪了，多半也是送去家廟，唸了經就埋了。」

翠兒不敢怠慢，先過去回話了。下面黑壓壓跪著一地的小丫鬟，個個臉上都帶著幾分驚懼的神色。劉七巧平時雖然得王妃的喜愛，卻從來不在人面前耀武揚威，府裡上下大小丫鬟也都是喜歡她的，可如今她站在她們面前，只那冷冷的眼神，便讓那些人打心眼裡害怕了起來。

方才去傳話的幾個小丫鬟，早已經很有眼色的幫劉七巧搬了靠背椅子在門口，劉七巧坐著道：「今兒這事情，去紫薇院看熱鬧的人不少，但真正知道發生了什麼的，不過也就妳們這些人，王府的規矩，八個字：言聽計從、謹言慎行，妳們自然是知道的，也不用我再多說，我只讓妳們跪在這邊對天發誓，絕對不把今日的事情洩漏出去半句便行了。」
下頭的小丫鬟聽劉七巧這麼說，互相竊竊私語了幾句。其實方才老王妃也讓二太太訓了她們幾句的，可二太太她雖然是王府的人，心卻只向著二房，還沒意識到這事情若是傳出去的後果，只當耳旁風一樣隨便訓了幾句也就走了，大家夥兒自然也沒往心裡去。這會兒聽劉七巧這樣說，丫鬟們心裡倒是害怕了起來。
只聽劉七巧繼續說道：「雖然這王侯貴府的，總有個是非，但若讓外頭人知道王府的姨娘居然行刺主母，這對王府的聲譽只怕影響不小。王爺剛在前頭打了勝仗，眼下這恭王府正是烈火烹油、鮮花著錦的繁榮，這時候斷然出不得半點差錯，若是這事情傳了出去，被有心人利用了去，只怕對整個王府來說都是一件禍事。」
劉七巧這話才說完，因丫鬟們都在裡頭跪著，連梁夫人帶著人來了都不知道。梁夫人方才進來便命小丫鬟去找人打聽王府的事情，正巧看見了劉七巧訓人這一幕，只聽見那句「王府的姨娘居然行刺主母」，便早已經嚇得變了臉色。小丫鬟正要進去稟報，卻被梁夫人給攔住了，只聽劉七巧把話說完了，才揮了揮手，逕自上前，把那虛掩的院門一推，道：「七巧姑娘說得有道理，沒有什麼事情比保住王府的聲譽更重要。」梁家和恭王府是姻親關係，早已是一榮俱榮，一損俱損了。
劉七巧見梁夫人進來，只覺得忽然有了靠山一樣，竟鬆了一口氣，急忙從椅子上起身。
「親家太太什麼時候來了？快請坐。」

梁夫人沒有坐下，上前拍了拍劉七巧的肩膀，扶著她坐下道：「好孩子，妳家太太這輩子最大的遺憾就是沒能生一個閨女，如今有了妳，她也算是有福了，妳方才說的那些道理，我聽著也是極妥帖的，妳只在這邊忙，我進去瞧瞧便是了。」

劉七巧急忙道：「親家太太放心，太太正在房裡，兩位太醫輪流看護著，目前尚無大礙。」劉七巧說著，便喊了一個小丫鬟道：「妳去壽康居傳話，就說親家太太來了。」

那小丫鬟連忙出了門去回話，劉七巧又淡然坐下，掃了一眼跪在下面的那幾個小丫鬟，指了幾個人出來，向一旁站著的老嬤嬤開口道：「她、她，還有她，拖出去各打二十大板。」

那幾個小丫鬟一聽，急忙求饒道：「七巧姑娘饒命啊，奴婢不知道犯了什麼錯。」

劉七巧這會兒卻是不容人糊弄的，只端著小丫鬟送上來的茶盞，抿了一口，道：「妳，是第一個開口說杜太醫要輕薄林姨娘的，我當時就給了妳一巴掌，妳如今臉還紅著。妳，大喊著說殺人了的，若不是妳大喊，何至於那麼多人來紫薇院看熱鬧？還有妳，據說是妳來通報了讓王妃快點過去，說林姨娘發了失心瘋的。當時我和杜太醫都在那邊，便是要來青蓮院通報也輪不著妳，是誰告訴妳太太的院子是妳一個小丫鬟可以隨便亂闖的呢？」

那幾個丫鬟一聽，都不敢開口辯駁，一個個低著頭哭喊著饒命。劉七巧抬眸看了眾人一眼，起身道：「二十板子不過是小懲大誡，若是覺得我罰重了，等太太醒了，妳們再回了太太，我自然也領罰。」

底下的小丫鬟們一時也不敢吭聲了，卻聽見另外一個小丫鬟道：「這青蓮院向來都是青梅姊姊說了算的，什麼時候輪到妳作主了？妳在這裡才服侍多久？便是仗著太太和老祖宗都疼妳，也不能這樣隨便就打人吧？」這小丫鬟才說完話，就被方才那個報信的丫鬟給拉住了，只急急的搖頭讓她別再說下去。

劉七巧其實也佩服有膽識的人，只可惜殺雞儆猴，方才那三個小丫鬟若是不打，如何起得了這樣的作用。二十大板不過也就是讓她們半個月下不來床而已，這樣也少了她們出去說閒話的風險，畢竟床上躺著還安穩些。

「妳說得很好，這院子是青梅姊姊作主，可妳們有幾個人是敬她的或是怕她的？平日裡她不光要照顧太太，還要管教妳們這些小丫鬟，已經是忙得不可開交了。今兒太太出事，妳們有誰想到她還在裡頭餓著肚子的？一個個吃飽了不做事也就算了，還有理在這裡說閒話？」劉七巧這話一說，果然幾個小丫鬟都紅著臉低下頭去，只小聲道：「是奴婢們忘了，平常青梅姊姊都不是和我們一起吃的，便沒想到這個事情，姊姊教訓的是。」

劉七巧看了一圈，如今綠玉不在，原先還有一個在王妃跟前服侍的丫鬟，也在劉七巧來了之後被父母求了出去配人，一時間王妃身邊得用的丫鬟還真的不多。劉七巧也不徇私，便把平常她覺得最老實、最勤快的玉蘭和紫雲喊了出來，讓她們負責在房裡給青梅打下手，另外又喊了幾個平常做事最謹慎可靠的，讓去葉嬤嬤那邊報到，負責跟著葉嬤嬤服侍哥兒。這一番安頓之後，眾人也沒有什麼不服之處，便就按著劉七巧的意思到各處當差去了。幾個老嬤嬤則把方才那三個丫鬟給拖到了一旁，架在春凳上痛打了一頓。

劉七巧這一招確實厲害，原先其他院子裡的丫鬟聽了今兒一早上的八卦，或是心癢難耐的、或是平常就愛多嘴的、禁不住人打聽就喜歡嚼舌根的，聽說這青蓮院哭天喊地的，只嚇得再不敢多嘴半句。就連平常關係和劉七巧特別鐵的綠柳也聽了回去對知書道：「原來七巧是這般厲害的人，我以前倒沒瞧出來，以前太太再生氣也從不打人板子的，最多攆出去賣了，七巧這一招倒是讓人肉疼得很。」

知書聽綠柳這麼說，只笑笑道：「妳便記著，七巧是個得罪不起的人，這就對了。」

梁夫人進房去瞧王妃，青梅知道這事情斷然瞞不過這位親家太太，便也老老實實的把今兒早上發生的事情給說了一遍，跪著哭道：「親家太太，都是奴婢的不好，當初若是合著力氣，一起勸了太太把那林姨娘早些送走，也就不會出了這件事情，如今奴婢真是無言面對太太。」青梅的娘原先是王妃的陪房，幾年前病死了，他們一家本就是從梁府過來的，自然念舊得很。

梁夫人乍聽聞此事，也只嚇得沒有半點主意，所幸方才問過了杜太醫，那邊杜太醫正說要進宮為王妃求藥的事情，梁夫人便開口道：「也不用驚動老王妃了，我同你進去也是一樣的，只怕老王妃也是驚著了，讓她在家裡歇歇吧。」

說話間，青梅已經命人傳話，讓奶娘把小哥兒抱了過來給梁夫人瞧一眼。梁夫人瞧著那孩子的眉眼，雖然還沒長開，竟是和王妃有些神似，只笑著道：「乖孩子，你好好聽話，保佑你母親早日醒過來才好，你是福大命大的孩子，那一刀沒刺到你，便是要留著你活下來享後福的。」

那孩子原本在奶娘的懷裡睡得安穩，聽梁夫人這麼說，忽然間就哇的一聲大哭了起來，竟像是聽懂了梁夫人的話一樣。那邊奶娘笑著道：「親家太太萬福，哥兒聽懂了，這是在應您呢，太太福大命大，定然能熬過這一關的。」

梁夫人聽她這麼說也是滿心歡喜，伸手摸了摸哇哇大哭的孩子，拿帕子替他擦了擦眼角的淚珠子道：「多懂事的哥兒啊，將來可要孝順你娘。」

青梅見梁夫人看著也差不多了，便讓奶娘把孩子給抱了出去，開口道：「親家太太放心，哥兒那邊如今是葉嬤嬤和鄭二家的這位奶娘照顧著，另還有幾個小丫鬟使喚，定然是妥帖的。」

梁夫人點了點頭道：「我方才見了七巧在院子裡訓人，你們太太沒白認了這個乾閨女，氣派架勢哪裡就輸了你們府裡頭任何一個姑娘？」梁夫人知道如今劉七巧和杜若的婚事是鐵板釘釘的事實了，便轉身對杜二老爺道：「倒是忘了恭喜你們了。」

杜若頓時覺得臉皮又紅了起來，心裡鬱悶道：老太太，咱好歹嚴肅點，我這還著急妳閨女的傷勢呢！

梁夫人見這邊已經寒暄夠了，起身道：「杜太醫，那就勞煩你同老身進宮一趟，先把藥給配了出來再說。」杜二老爺也起身，只作了一個請的手勢，跟著梁夫人往外頭去。這時候劉七巧在外頭也訓完了人進來，在廳裡正捧著一盞熱茶喝，見梁夫人和杜二老爺出來，便放下了茶盞上前問道：「親家太太和杜太醫這都是要走了嗎？老太太那邊還沒過來，不如再等一等？」

梁夫人擺擺手道：「不了，老太太這邊只怕家裡脫不開身，我已經同杜太醫說好了，我隨他進宮向太后娘娘求藥，七巧妳在這裡多照顧著點，太太就交給妳了。若是一會兒老太太問起來，就說我等不及先進宮求藥去了，便沒去她那邊招呼，還請她擔待著點兒。」

劉七巧知道王妃這會兒還沒醒過來，心裡也很著急，便蹙眉道：「那是自然的，這會兒我也沒法子了，除了多唸幾句阿彌陀佛也幫不上別的忙了。」

梁夫人知道她素來說話討巧，怕是故意逗自己開心，便只稍作嘆息的點了點頭道：「有杜太醫在也是一樣的，那我們就先走了。」

第八十六章

外頭幾個丫鬟的板子還沒打完，梁夫人出去的時候還聽見有人在院子裡一邊抹淚一邊求饒，心裡也略略嘆息。她這個女兒就是教得太過和善了，從小與世無爭，偏生又是家中的長姐，從小就敬老愛幼的，凡事都讓著別人，如今到了婆家，上頭婆婆又厲害，原本以為可以平安一世，誰知道竟然出了這樣的事情。梁夫人只想著，便忍不住落下淚來，因杜太醫還在後面跟著，又趕緊稍微壓了壓眼角，命丫鬟們跟著走了。

這邊梁夫人才走不久，老王妃也過來了。原來方才徐側妃去壽康居問主意，說是林姨娘身邊的薛嬤嬤也撞牆死了，問老太太到底是怎麼個安置法。二太太正好在老王妃那邊服侍午膳，想起這林姨娘的事情本該是自己作主的，不說別的，府裡姨娘死了喪葬的費用那都是有定例的，如今林姨娘的死法不光彩，定然不會大辦一場，多下來的那些銀子少不得她監守自盜，也是沒人知道的，誰知道竟是被徐側妃給占了這便宜。

二太太心裡一時不爽氣，想起這王府如今也算是她當家，便想顯擺一下當家人的身分，開口道：「按著公中的定例，賞她家裡二十兩銀子，拉回去葬了算了。」二太太也是最近家裡頭事情忙給忙亂的了，她本來就對王妃這邊的人不大清楚，當初接管王府時，雖然王妃拿著花名冊給她看過，可她哪裡能記得大房這邊一個姨娘的老媽子家裡的情況，便只按著平常的慣例開了口。

徐側妃略略一窘，壓低了聲音道：「回二太太，這薛嬤嬤是個孤老，家中並沒有什麼人，當初林姨娘來的時候只有她一個人跟著，王妃念她年紀大了，便沒讓她出去，讓她繼續服侍了林姨娘。」

這時候老王妃已經沒什麼耐心，瞪了一眼二太太，抬眸對徐側妃道：「她也算得上忠僕了，既如此，就賞她一口棺材，葬在王府家生子的墓地裡。」老王妃蹙眉想了想，對徐側妃道：「這樣吧，林姨娘那邊，妳今兒帶了家丁小廝、丫鬟婆子一起把她的屍首送去家廟，只說是染了惡疾死的，讓家廟裡的尼姑超渡一下，過兩天就火化了，只注意一點，務必不能讓人瞧見了屍首，知道她是怎麼死的。妳回來之後就遷到旁邊的海棠院去住，那邊只說是因為林姨娘染了惡疾，不讓人住了。」

徐側妃多少年沒得到老王妃這樣的諄諄教導了，只感激得五體投地，又覺得過去十幾年她都活在悔恨中，是多麼的固執和無知，便磕了頭領命走了。二太太沒得了老王妃的好眼色，心裡自然也是不爽氣的，正好外頭有婆子找她，偷空便走了。

老王妃進青蓮院的時候，正好打到最後一個丫鬟。那姑娘年紀頗小，大約才十二、三的樣子，方才劉七巧進去時就交代過了那些行刑的婆子，只嚇唬嚇唬她們，不必真打傷了筋骨，讓她們記著疼就好了。可這板子落到身上，若說不疼那定然也是騙人的。那丫鬟見老王妃進來，只扯著嗓子喊。「老祖宗救我、老祖宗救我！我是呂嬤嬤的孫女兒，老祖宗救救我！」

這呂嬤嬤是老王妃的陪房，原先是老王妃身邊最得用的老人家，可惜前年得了疾病去了。家裡的兒子媳婦也是在王府當差，不過現在少在主子面前服侍罷了，沒想到這丫鬟竟是呂嬤嬤的孫女兒，老王妃倒也是念舊，停下來問道：「妳犯了什麼錯，是誰要這麼打妳的。」

那丫鬟哭哭啼啼的，又不敢說實話，便趴在凳子上哭個不停。一旁打板子的婆子看不下去了，便照實說道：「七巧姑娘說她嘴巴不乾淨，滿院子亂嚷嚷殺人的事。」那婆子雖然壯著膽量說了，可心裡也直犯怵，見老王妃臉色不好，生怕老王妃發火，急急的跪下來掌嘴道：「奴婢只是實話實說，請老祖宗饒命啊！」

老王妃冷笑一聲，見那丫鬟哭得梨花帶雨的，問道：「妳是在林姨娘身邊服侍的丫鬟？」

那丫鬟以為老王妃這是要寬恕了自己，急忙點點頭道：「是，奴婢是林姨娘身邊的丫鬟。」

「妳主子做出這樣的事情妳還幫著吆喝，真不愧是有其主必有其奴。依我看妳這板子自然是少不了的，只怕還要賞些別的。」老王妃說著，對一旁跪著的婆子道：「再賞她掌嘴二十。」老王妃看了一下那丫鬟臀部的傷勢，挑眉道：「不必故意放水，剩下的板子也只用平常的力打就是，七巧就是太心軟。」

那丫鬟一聽，兩眼一翻，再沒力氣求饒，直接暈了過去。

王妃還沒醒，劉七巧雖然乏了，卻不想獨自去睡，青梅便讓小丫鬟們搬了一張貴妃榻進來放在王妃的碧紗櫥裡頭，劉七巧就在那邊歪著，好不容易放鬆了些，抱著被子打起了盹來。杜若這會兒自然是不敢走的，每過片刻便上去探一探王妃的脈搏，見脈搏穩定，這才放下心來，坐在窗口下面的靠背椅上，扶著矮几看起了醫書。

青梅搬著墩子坐在王妃床前，這會兒有他們兩人在房裡，她也總算不用擔驚受怕，拿了一摞子的針線做起了小孩子的衣服來。她一會兒看看劉七巧，一會兒看看杜若，越看越覺得這兩人有夫妻相，便沒來由噗哧笑了一聲。

外面小丫鬟壓低了聲音進來通傳。「青梅姊姊，老祖宗來了。」

青梅瞧王妃睡得安穩，便起身迎了出去，見老王妃已經到了廳裡，開口道：「老祖宗來晚了，方才親家太太和杜太醫已經來看過太太了，杜太醫說有幾味藥是番邦的貢品，親家太太就急匆匆的進宮去求太后娘娘賜藥了。」

老王妃聽見梁夫人救女心切，很是安慰。「倒是勞煩了親家太太了，回頭再謝她，太太如今怎麼樣了，好些了沒有？」

「仍是沒醒，我瞧不出來好些了沒有，不過小杜太醫在裡頭呢，隔三差五的看一眼，奴婢心裡也安心了不少。」青梅說著，聽見了外頭小丫鬟受罰哭哭啼啼的聲音，便跪下來對老王妃道：「老祖宗，外面那些人雖是七巧發落的，奴婢心裡也是這個意思，還請老祖宗若是看不過眼了，也不要跟七巧計較。」

老王妃點點頭。「我知道妳和七巧都是好的，太太沒白疼妳們，妳向來做事穩妥內斂，七巧又是一個聰明人，太太如今沒醒，這院子有妳們照看著，我也放心。」

青梅低下頭，擦了擦眼角的眼淚道：「但凡太太是有親閨女的，出了這種事情，也自然是要第一個站出來討個公道的，我和七巧都在太太跟前服侍著，我自然是不用說，從小就跟著太太，七巧雖然是新來的，如今也認了乾女兒了，自然是一樣親的，這事其實也怨奴婢，當初若是攔著太太不讓她進去，也就好了，偏生奴婢沒那麼做，如今是悔也來不及了，本是想向老祖宗告罪，也賞了奴婢板子才好，可眼下太太身邊離不開人，這板子暫且先在老祖宗這邊欠著，等太太好了，奴婢自然去領了。」青梅說著，只想起依然昏睡的王妃，又忍不住哭了起來。

老王妃站起來，親自扶了青梅起身道：「快別哭了孩子，我記得那會子妳娘去的時候也沒見妳這麼哭過，可見妳是真心待太太的，只可惜妳們一個個都大了，總要出閣的，幸好妳不用嫁出王府去，等太太好了，還能長長久久的在她面前服侍著。」

一番話說得滿屋子的人都忍不住落下淚來，夏荷和冬雪兩人想想自己的年紀，過不了幾年也終究是要走的，忍不住也悲傷了起來。

外面廳裡一陣梨花雨細細密密的下著，葉嬤嬤懷裡抱著小哥兒是一聲雷陣雨轟隆隆的哭著。葉嬤嬤聽說老王妃來了，索性把小哥兒給抱了出來，再給老王妃多看幾眼。普通未足月的孩子一般都發育不良，便是哭的聲音也都弱一些，難得王妃這幾個月養得一直不錯，孩子雖然早產，看著倒是跟足月的孩子差不了多少。

老王妃見小哥兒哭了起來，趕緊讓葉嬤嬤上前，道：「來來來，奶奶抱抱，一定是哥兒知道自己的娘還沒醒，這心裡正傷心呢！」老王妃也不知有幾年沒抱過孩子了，王府裡如今最小的也就是二太太生的小兒子，可當年老王妃也沒怎麼抱過。如今她把孩子抱在懷裡，只覺得這孩子小小的、軟軟的，那麼脆弱，不禁又多心疼了幾分，只囑咐葉嬤嬤道：「妳好生伺候著，若缺什麼只管跟我說。」老王妃說著，又喊了夏荷到跟前道：「這幾日青梅和七巧要服侍太太，小少爺這邊妳多看著點，千萬不能讓葉嬤嬤和奶娘也累著了，知道了嗎？」

夏荷自然是恭恭敬敬的應了，老王妃哄了一會兒孫子，見他又睡著了，只捏了捏他的小臉蛋，想了想道：「如今你父親不在家，想當年你哥哥們的名字，有的是你爺爺取的，也有我取的，如今我也算是福壽雙全的人，便也給你取個名兒吧，以後你就叫周瑞，希望你能給王府帶來祥瑞，讓你娘早日逢凶化吉。」

老王妃這邊才說完話，那邊青梅便笑著道：「奴婢替太太多謝老祖宗賜名了，瑞哥兒，從今往後你就是王府的小少爺，是王爺的嫡次子。」青梅說著，便恭恭敬敬的對著老太太懷中的瑞哥兒拜了一拜。眾人聞言，也都齊唰唰的跪了下來，向老王妃行禮，又見過王府的七少爺。

老王妃把睡著的瑞哥兒遞給了葉嬤嬤，道：「行了，妳們都下去吧，我進去瞧一眼太太，也就走了。」

老王妃進去瞧了一眼王妃，又問了杜若幾個問題，瞧那邊劉七巧還歪在榻上睡著，一隻胳膊放在被子外面，露出藕節一樣一段白皙的手臂，也只搖了搖頭，不作他言了。如今的孩子，她這個老人家也是越發看不懂了，照理說劉七巧在她眼中，肯定是那最不守禮、最不懂規矩的人，可她偏偏又喜歡她這種光明磊落、甚至帶著幾分俠氣的做法，心疼她跟杜若兩人之前相知相愛卻不能相守的痛苦。如今見兩人終於守得雲開見月明了，她這個老人家也懶得管了，反正過不了幾個月就是杜家的人了。

老王妃嘆了一口氣，由丫鬟們扶著離去了。

那邊坐在去往皇宮馬車中的梁夫人，這會兒的心情卻是難有的複雜。那林姨娘是皇帝賞給自己男人的美人，她當時雖然萬般鬱悶，也是做好了留在家裡養著的打算。後來王妃求了她去，一開始她原本不願意，自己和梁大人少說也是幾十年的夫妻，就算是個美人，也不至於就能弄得家宅不安。可後來王妃幾次提起，梁夫人便以為是王爺看上了那林姨娘，想著為免傷了他們夫妻感情，送過去就送過去，反正這樣的一個弱女子，若是不安分，她有得是辦法對付她。

可偏偏事與願違，林姨娘去了王府，安分守己到令人詫異，便是跟王爺之間也都是規規矩矩的，聽說從不爭寵吃味。更讓梁夫人放心的是，過去那麼多年這林姨娘一無所出，顯然她對王妃沒有半點威脅，沒承想卻讓她陰差陽錯，知道了這麼一件事情。此時梁夫人想了想，無端便覺得後背一股涼意。若皇帝早已經知道了這林姨娘的身分，卻還送到自己男人身邊，那這不明擺著皇帝已經忌憚起梁相的勢力，開始有所動作了？

梁夫人仔細想了想十年前皇帝一併賞下的那些美人，有幾個已經是弄得別人家宅不安了，又因為是皇帝賞的貴妾，地位自然也與別的妾室不同，有的竟然連正室都奈何不了。

若說皇帝不是故意為之，她也不敢全信。這事情只怕還要同梁大人好好商議商議，才好確定最後的辦法，為今之計也只能守口如瓶了。

梁夫人想好了對策，進宮面見了太后娘娘，只說是王妃忽然難產，劉七巧不得已為她剖腹取子，如今大傷元氣，正巧需要哪幾樣藥材，偏生只有皇宮的御藥房有，所以便覥著老臉來求了。

太后娘娘聽說王妃難產也很是關心，宣了杜太醫進去細細的問明病情，又忙讓杜太醫去御藥房領藥。「以後恭王妃要是用到什麼藥，不必再來求了，妳只管用下去就是，恭王如今還在邊關守著，若是王妃出了什麼意外他豈不是要不安心？無論要什麼藥，但凡是宮裡有的，妳都拿去。」

梁夫人千恩萬謝，心裡卻有點說不出的感覺，一想起當初那個賜美人的主意就是上面坐著的這位想的，總覺得有些彆扭。

杜太醫取了藥先行出宮，那邊梁夫人又往小梁妃的錦樂宮走了一趟。梁夫人瞞下了林姨娘的事情不說，單說王妃今兒剖腹產了一個兒子出來。梁妃娘娘正也想著差人出宮給梁夫人傳話，把姜梓歆的事情給交代一下，便開口道：「母親還記得來參加重陽宴的那個姜太傅家的姑娘嗎？」

梁夫人想了想道：「妳說的是杜老太太帶進宮的那個姑娘嗎？怎麼了？難道皇帝看上了她？」梁夫人對這種事情很敏感，一下子就猜到了七、八分。那邊小梁妃搖了搖頭，道：「就算現在沒看上，只怕再見一面就要看上了，那日他宿在我的宮裡，還問起了這姑娘，我只說我母親已經看上了，向太后娘娘請旨給了二叔家的兒子。」小梁妃說著，便把那天姜梓歆故意踩了劉七巧一腳讓她在花房跌倒的事情說了一遍。「這姑娘的心計倒是一等一的，這種事情若不是我心細，誰又能發現呢？」

梁夫人蹙眉道：「這下糟了，妳三弟已經有人家了，是許翰林家的姑娘，上個月剛及笄時就定了下來，難不成讓他悔婚不成？」

小梁妃咬著唇，心想若是這樣，她豈非犯下了欺君之罪？可若是讓梁家悔婚，那以梁老爺在朝中的面子，豈不是也丟盡了顏面？梁夫人見女兒愁眉不展，忽然就眉梢一挑，想了起來道：「不然就嫁給他吧。」

小梁妃聽梁夫人這麼說，也是心中一跳，她方才也想到了這個人，只是沒好意思說出來。原來梁二爺還有一個嫡長子，是已故的梁二奶奶生的，從小腦子不好，一直都養在莊子裡。如今新進門的梁二奶奶又生了兒子，自然不會去管原配留下來的傻兒子，那孩子如今算算已有二十歲了。

小梁妃進宮之後，雖然知道面上與人為善、背地裡不得不防的道理，但畢竟沒做過幾件傷天害理的事情。平常和宮裡面那些老資格的妃子們在一起，面上看著也都是妳敬著我、我敬著妳的，連皇帝都誇她溫柔小意，比寵以前大梁妃還寵她。如今讓她做這麼一個打算，她倒還有些猶疑了起來。「母親，真的要如此嗎？她雖然有非分之想，終究也被我識破了。」

梁夫人想了想今日王妃的遭遇，只咬了咬牙道：「這不是妳發善心的時候，等她過了門，妳賞她金銀玉石、錦衣華服，讓她在我們梁家榮華富貴一輩子，這都不打緊，只千萬不能有機會讓她再見著皇帝，那就不好了。」

小梁妃聽梁夫人這麼說，也只咬唇點了點頭道：「如今我話已經說了出去，自然是不能收回的，幸好我當日沒說是給了哪位哥兒，不然到時不好講了。」

梁夫人聽小梁妃說了那姜梓歆的事情，早已經看出這姑娘必定也是個多事精，只笑著道：「前幾年我上莊子上查帳的時候，還見過妳大哥哥，除了腦子不大好使以外，模樣什麼的也都齊全，況且說起來，他還是正兒八經梁府的嫡長子呢！就連妳親弟弟，那還是妳娘在他後面才生出來的。」梁夫人心裡早已經打定了主意，自然容不得小梁妃再打退堂鼓，笑著道：「那姑娘既然那麼聰明，我便配個傻子給她，也算是天造地設的一對，齊全了。」

小梁妃聽梁夫人這麼說，總算安心了下來，只是她原本只想把她嫁了，如今卻要讓她嫁個傻子，心裡多少還是有些為姜梓歆可惜。

第八十七章

杜二老爺去御藥房配好了藥材，急急忙忙就又回了恭王府。宮裡御用的金瘡藥是南海外番邦進貢的，效果也比杜家的那一味好上一點。這些藥雖然都保存在御藥房，但太醫們從來不用這些藥，一般都是皇帝或者太后逢年過節用來賞給那些需要嘉獎的功勛人家。

杜二老爺為王妃換好了藥，那邊青梅已經熬好藥送了進來，幾個小丫鬟合力將昏迷不醒的王妃稍微攙扶起來，拿著銀勺慢慢的將藥汁灌下去。所幸王妃雖然重創昏迷，藥倒還是吞嚥得下去。青梅一邊餵藥一邊在那兒抹淚道：「太太，您可要早點醒過來啊，小少爺還指望著您醒了抱抱他、瞧瞧他呢。」

劉七巧看在眼裡，心裡也是尤為感動的。她知道有時候病人處於昏迷狀態時是一種不可自主的狀態，可以聽見外面的聲音和動靜，卻怎麼也睜不開眼睛。這個時候外界的影響對病人的求生意志就有很重要的意義，比如現在，如今王妃處於無意識昏迷狀態，卻可以聽見青梅的話，那她肯定正在嘗試如何醒過來。

眼看著天色不早，杜若送杜二老爺出了青蓮院。小廝在一旁揹著藥箱等著，杜二老爺回過頭來問杜若道：「你是不打算跟我回去了是吧？」其實杜二老爺也明白杜若的心思，如今王妃可是他半個丈母娘，對他和七巧又恩重如山，到現在還沒甦醒過來，確實讓人擔憂。

杜若想了想，點頭道：「今兒還是不走了，一會兒讓七巧帶我去客房將就一晚上，若是晚上有個特殊情況也好照應著。」

杜二老爺知道杜若是個實心思的孩子，只拍了拍他的肩膀道：「大郎，你這媳婦娶得不容易，二叔都替你感嘆了。」

杜若低眉一笑，臉上微微泛紅，眸中卻是難有的柔情密意。「我記得小時候二叔娶姨娘回來時教過我一句話——只要能抱得美人歸，刀山火海下油鍋那又如何？我這樣，豈不都是跟二叔你學的。」

杜二老爺急忙清了清嗓子，捋了捋山羊鬍子，還帶著那麼些得意洋洋道：「這話可不能讓你老爹聽見了，不然他又要說我沒把你教好了。」

杜若回了青蓮院，又去房中看了一回王妃。劉七巧見他沒跟著杜二老爺走，明知道他定然是抱著留下來觀察的意思，可還是沒忍住問了一句。「你怎麼沒走呢？我們這滿屋子的奴才，難道還照顧不好太太嗎？」

杜若靦覥一笑，開口道：「七巧，妳給我尋一處客房，我睡一晚就好了，若是晚上有什麼事情，妳也可以讓小丫鬟去喊我過來，這樣豈不是方便？」

青梅怕劉七巧怕羞，要趕杜若走，便急忙上前道：「這樣好這樣好，這樣我便安心了，不然萬一半夜裡太太要是有個好歹，這叫天天不應叫地地不靈的，豈不是要急死我了？」

劉七巧見青梅這麼說，自然也沒什麼意見，扭頭吩咐道：「玉蘭，妳出去找琴芳讓她去廚房傳膳吧，記得要一碗熬得軟軟的粳米粥，然後再來幾個小菜，讓許婆子看著辦。」

玉蘭聞言出去張羅，這邊劉七巧也從軟榻上下來，揉了揉自己腦袋道：「今兒真是累死我了，幸虧有你那藥，若這種日子還正好肚子疼，我非死了不可。」劉七巧說話時微微翹著唇瓣，帶著幾分嬌憨，那邊青梅見王妃喝了藥睡得安靜，便帶著小丫鬟出去掌燈。

杜若面皮上有著薄紅，視線卻停留在劉七巧的臉頰上，似乎有些愣怔，更是有些自言自語。「我說過，妳的病只有我能治，妳還不信。」

劉七巧被他這軟綿綿的話語勾得心火蕩漾，小聲道：「那你的病呢？我能不能治？」劉七巧走過去，伸手抱住杜若的腰，把腦袋靠在他的肩頭，慢慢道：「杜若若，有你真好，有你在身邊，我就感覺自己做什麼都有力氣了。」

杜若聽劉七巧在他耳邊呢喃，也覺得把持不住，收緊了抱著劉七巧的手臂，將她緊緊納入懷中，低下頭含住了那兩片紅潤的唇瓣，用力的吮吸著。空氣中瀰漫著淡淡雲片香的味道，夾雜著中藥的苦味和激吻中甜蜜的氣息。杜若喘著粗氣，捨不得將劉七巧鬆開，將她按在碧紗櫥的木格子上。

劉七巧正意亂情迷，眼眸微合感受杜若的指尖在她身上留下讓人羞恥的酥麻感，睜開眼睛的時候，卻看見王妃顫了顫眼皮，又合上了眸子。劉七巧嚇得三魂掉了兩魂半，慌忙推開杜若，一張臉紅得跟開水燙過的螃蟹一樣，急忙走到王妃的床前，握著她的手小聲問道：「太太、太太您醒了嗎？」

其實方才王妃正巧幽幽醒轉，卻讓她瞧見劉七巧和杜若這讓人無比嘆息的一幕。不過王妃本就是過來人，自然也懂得這些閨房之樂，況且他們兩人既已名正言順，那她也就乾脆睜一眼閉一眼算了，誰知道她正打算閉上眼睛繼續裝暈，倒是被劉七巧給發現了。

王妃顫了顫眼睫，慢慢睜開眼睛，看著劉七巧，說的第一句話是——「七巧，哥兒還好嗎？」

劉七巧這會兒只能用大喜過望來形容，連忙扭頭對杜若道：「你快去讓葉嬤嬤把孩子抱來給太太瞧一瞧，然後再派人告訴老祖宗和二太太，說太太已經醒了，不過這會兒精神不好，讓她們明天再來探視也是一樣的。」

杜若覺得劉七巧使喚起自己倒也是滿順手的，只笑著搖頭出去，把這些話告訴了正在外頭掌燈的青梅，青梅聞言，急忙就又告訴了紫雲讓她去各處跑腿，自己就先跑去了葉嬤嬤那邊，大概是太過激動了，她一邊哭一邊笑道：「葉嬤嬤，瑞哥兒呢？快抱出來。」

那邊葉嬤嬤服侍了一整天，也才坐下來休息，兩個小丫鬟上前道：「青梅姊姊，葉嬤嬤正帶著哥兒睡呢，怎麼了這是？」

青梅忙道：「那快讓奶娘抱了哥兒過來，太太醒了，喊著要見哥兒呢！」

兩個小丫鬟一聽這天大的喜事，急忙就進去喊人了。不一會兒奶娘抱著哥兒出來，外頭還蓋著一件百福被。青梅忙在前頭引路，讓奶娘跟著過去。

劉七巧見王妃嘴唇乾裂，便端了溫水，一勺一勺的餵了她一點，見她精神不濟的樣子，便道：「太太妳稍等一會兒，哥兒就來，妳只看一眼就閉眼睡覺，千萬可別勞神了。」

王妃點了點頭，稍稍合上眼，就聽見外面青梅的聲音道：「奶娘妳小心點，仔細門檻別絆著了。」外頭才說著，小丫鬟在門口一打簾子，青梅就把抱著孩子的奶娘給迎了進來。

奶娘抱著孩子走到碧紗櫥裡，劉七巧忙給她讓座，讓她坐在那邊把孩子遞過去給王妃看一眼。這會兒王妃沒什麼精氣神，強撐著睜開眼看了一下孩子，像是一顆心落地了，忍不住伸手摸了摸孩子肉滾滾的臉頰，拖長了聲音道：「孩子，要好好孝順你父親……」

王妃說著，手上一軟，眼皮子一翻又暈了過去。這下可把眾人嚇得不輕，青梅急忙跪在王妃的床前哭著道：「太太，妳這是怎麼了？好端端的，妳再睜眼看看啊！」

杜若連忙上前，按住王妃的脈搏，只覺得脈搏一會兒細緩，一會兒卻又重急，分明是病情不穩。可藥方才才吃下去，一時半刻自然也起不到效果，這會兒唯一能做的，也只有等。

劉七巧這會兒也束手無策，見杜若蹙眉診斷的模樣，也不敢去驚動他，只轉身也學起了老王妃，默默的唸起了阿彌陀佛來，滿屋子的奴才們都急得下跪唸起了佛。杜若拿著銀針，為王妃施了幾處針，過了片刻，王妃的脈搏總算又穩定了下來，才略略鬆了一口氣道：「這會兒似乎又安穩了下來，想必是方才一時醒得急，精神不濟，所以又暈過去了，只是這次我卻不好斷定她什麼時候才能醒過來了。」

劉七巧聽杜若這麼說，略略放了點心，只要脈搏正常，生命機能可以維持，那性命至少還是能保住的。只是昏迷的時間長了，終究會留下不少後遺症來。這會兒劉七巧忽然覺得前世的自己其實也滿廢材的，上大學的時候要是多修幾個專業就好了，比如復健療程、重症看護以及臨床心理學，這些專業在古代似乎都是很暢銷的熱門專業。不過……目前看來產科還是排在第一位的，古代人最重視的幾件事情無非就是金榜題名、結婚生子了。

杜若宣布王妃暫時無礙之後，眾人的心再一次從嗓子眼回到了自己的胸腔裡面。劉七巧扶著青梅起身又送了奶娘出去，外頭小丫鬟說是晚膳已經準備妥當，就在外面偏廳裡頭放著了。青梅中午就沒吃什麼東西，方才又哭了一場，看著很是憔悴，劉七巧忙道：「青梅姊姊，一起出去吃一點東西吧，妳中午就沒吃什麼，杜大夫說了，指不定太太什麼時候醒過來，別太太還沒醒，妳倒是先把身體熬壞了，那就不值當了。」

青梅本是懸著一顆心，沒多少食慾的，聽劉七巧這麼說，也只能打起了精神。「七巧妳說得對，太太還沒醒呢，我們可不能先倒下了，妳身上也不爽利，我更不能在關鍵時候掉鏈子的。」青梅只說著，便抬頭囑咐玉蘭和紫雲兩位小丫鬟道：「妳們兩個先在這裡守著，一會兒等我回來妳們再去吃晚飯吧。」

兩個小丫鬟依言點了點頭，兩人臉上都有著壯士斷腕般嚴肅的神色。畢竟兩人平常只是負責大廳裡端茶送水的，從沒進過王妃的臥室，如今青梅和劉七巧的婚事都定了，王妃以後身邊由哪些人服侍，就看這次的表現了。

劉七巧喊了杜若一起往偏廳裡頭用些晚膳，粳米粥熬得軟糯，幾樣小菜都看著新鮮，分別是一碟拌三絲、一碟拌蕨菜、一碟拌秧草。劉七巧平常就是個食肉動物，如今見了杜若這樣，心裡也是心疼的，嘴上卻不好意思說出來。

那邊青梅看杜若只吃這些，急忙喚小丫鬟裝了一碗冬筍火腿湯命人送上去。「杜太醫怎不吃些好的，整日青菜白粥，身子怎麼好呢？改天要是瘦了，豈不說是王府招待不周？」

劉七巧急忙擺了擺手，把那碗冬筍火腿湯給拿到了自己的面前。「姊姊妳饒了他吧，他這是在府上看病呢，可千萬別出什麼岔子，還是這樣清清淡淡的養著，保佑他那嬌滴滴的腸胃別犯病，等太太好了，他要是想吃大魚大肉的，只管讓太太賞他，反正今兒我是不讓他吃這碗湯的。」

杜若倒也被約束習慣了，對美食已經不像以前那樣狂熱，便低著頭只吃碗裡的粥和前面擺著的三碟小菜。劉七巧低頭看了一眼那碗冬筍火腿，上面並沒有多少油沫子，便用調羹把上面的油沫子都撇了乾淨，又用筷子挑出了火腿和冬筍才遞到了杜若的面前。「喏，別說我虐待你，你就這樣將就著喝一點吧，我嚐過一口，這湯還是清淡的。」

杜若從劉七巧手中接過了湯碗捧著，心裡暖融融的喝了幾口，他也不貪心，只剩下小半碗便不吃了。用過晚膳，又去了王妃的房裡看了一回，劉七巧正要送杜若去前頭院子裡安排一間廂房，卻被青梅給喊住了，只讓琴芳帶著杜若去了。

劉七巧知道青梅的好意，笑著道：「姊姊越發關心起我來了。」

青梅搖頭道：「妳跟杜太醫也是的，我看著都不成樣子，雖說你們定了下來，場面上該避的嫌還是要避的，這會兒若是妳送杜太醫到前頭去，只要妳多留了一刻，明兒府裡就有閒話說妳不檢點了。」

劉七巧聽青梅說得頭頭是道，只點頭道：「青梅姊姊教訓的是。」

青梅聽劉七巧這麼說，反倒不好意思了起來，拉著她坐下，嘆息道：「今兒為了我，妳得罪了院子裡那麼多的丫鬟，我過意不去。聽說妳把呂嬤嬤的孫女給打了，妳倒是不怕得罪人的。那丫鬟最是不老實，仗著呂嬤嬤是老祖宗的陪房，從沒把上面人看在眼裡，呂嬤嬤都死了幾年了，還當自己跟以前一樣風光？這會兒連老祖宗都不給她面子了，我方才出去的時候見她被打得都拖著走了，她娘哭哭啼啼的把她給揹走了。」

劉七巧這會兒也對那丫鬟同情不起來了，原先她就是殺雞儆猴打幾下做做樣子的，前面打的那兩個不過也就是受了皮肉之苦，這丫鬟倒是能鬧，如今可好了，這樣一來指不定還傷筋動骨了呢。

劉七巧扶額道：「這丫頭也太……」蠢笨兩個字實在不好意思說出口啊！

青梅笑著道：「不過這樣也好，起先我還擔心下面的小丫鬟不服氣，把這事情告訴老祖宗去，這回老祖宗都這麼發落人了，可見她是向著妳的，這樣一來，這院子裡的丫鬟就再沒有不服妳的了。」

兩人正說著，外面小丫鬟進來傳話道：「兩位姊姊，方姨娘帶著二姑娘和四少爺過來瞧太太了，正在外面廳裡說話呢。」

第八十八章

王妃出了事情，整座王府的人都知道了，下午幾位姑娘也都派了丫鬟們過來問情況，只是那時候青蓮院裡頭正在發落人，一時間也招待不周，姑娘們便沒過來。徐側妃擔了林姨娘的喪事，也是忙得不可開交，聽說怕晚了關城門，天還亮著的時候就帶著一群人把林姨娘的屍首送去家廟。如今這家裡頭還算賦閒的就只有這方姨娘了。

方姨娘今兒心情可不算好的，第一她在老王妃面前說話又沒撈著好；第二，這收殮林姨娘的肥差讓徐側妃給攬過去了；第三，聽見小丫鬟們回去說劉七巧正在青蓮院裡發威，把一干小丫鬟們嚇得話都說不清，恨不得只認她做小姐。

方姨娘在自己房裡時就用手戳了二姑娘的腦門，道：「妳看看人家，還不知道從什麼地方冒出來的野丫頭，如今倒好，比妳這正牌的王府姑娘還氣派，在青蓮院裡頭指氣使的，什麼人都不放在眼裡，小丫鬟喊打就打、說攆就攆的。妳怎麼就不爭口氣呢？還躲在我這屋裡做什麼呢？」

二姑娘周蕙本就是一個有性子的人，並不像大多數庶女是任人搓揉的性格，聽了這話也上了火氣，跟方姨娘頂嘴道：「妳現在來說我？當初若不是妳非要自己養我，我又何至於如今只能待在妳的院子裡，大姊姊是太太養大的，如今出了閣，每次回來太太都疼得跟心肝一樣。太太是什麼樣的人妳還不知道嗎？妳當時若是放了我過去，她必定還能多疼我幾分，妳自己耽誤了我，如今還要來說我的不是？我縱有不是，也就錯在沒投生在太太的身上，偏讓妳生了我出來。如今別人壓了我一頭，妳著急了？妳著急什麼呢？妳看著吧，這劉七巧是個聰明人，以後指不定還有多少後福呢！」

方姨娘聽周蕙這麼說，一時間也是感慨萬千，這麼辛苦的把女兒拉扯大，如今她卻怨著自己了，真真是心酸、鬱悶一股腦兒都湧了上來，只拍著胸脯哭道：「我這是什麼命呢！好好生的女兒都怨我的不是，我命不好給人做妾，我又能怨得了誰呢？」

周蕙聽方姨娘這麼說，也是心中不忍，擦了擦眼淚道：「姨娘，妳也是一把年紀的人，怎麼就是腦袋不清楚呢？父親如今正是如日中天的年紀，他若真是一個好色的，只怕這後院還不知道怎麼熱鬧呢！如今只不過多了一個林姨娘便鬧出這麼多的事情來，姨娘倒不如好好的吃齋唸佛，保佑太太早些醒過來，只要有太太在，這王府的後院才不會亂吶。」

方姨娘聽女兒這麼跟她一點點分析，仔細想想，她雖然是做姨娘的，卻還真從來沒受過半點氣。徐側妃清心寡欲的，從不爭寵；林姨娘又是一副高嶺之花的樣子，也不邀寵，這後院也就她時常在王爺面前蹦躂……方姨娘想到這裡，便覺得面紅耳赤的。只不好意思道：「算姨娘錯了，妳別往心裡去。」

周蕙聽方姨娘想通了過來，也鬆了一口氣。「姨娘能想清楚是最好的，太太若是沒了，不管換了誰進來，也都沒太太好的。」周蕙想起自己的婚事，心裡頭對王妃的感激還是在的。

劉七巧和青梅兩人一同迎了出去，見三人都在廳裡坐著，小丫鬟也都知禮的上了茶。劉七巧見周蕙和方姨娘的眼珠子竟是都紅彤彤的，分明就是剛剛才哭過，也不知道她們哭些什麼，倒是不好問了，便笑著道：「下午姨娘打發人來問的時候太太還沒醒呢，方才掌燈時太太醒過一回，看了一眼哥兒就又睡下了，這會兒還睡著。」

周蕙聞言，點了點頭道：「不過就是來問一聲，不必進去瞧了，左右自己走一趟也比使喚丫頭來放心些。」

方姨娘也略略尷尬的笑了笑，開口道：「倒是讓兩位姑娘受累了，這青蓮院那麼多事情，如今看著也井井有條的，還是兩位姑娘有本事。」

劉七巧聽方姨娘這話中有話的，也差不多知道她們兩個眼睛紅的原因了，只笑著道：「姨娘這話就說差了，本是想請二姑娘來主持公道的，可想著二姑娘還未出閣，若是這事情傳出去了，外頭人不知道的，還以為二姑娘不夠貞靜溫柔。我劉七巧原就是鄉下丫鬟，也不重這些虛的，況且今兒杜太醫也在，有他在這邊為我撐腰，我自然腰桿也挺直了。」

方姨娘一聽可了不得，劉七巧有一個不嫌棄她的未來相公，人家是商賈之家，不重這些。可周蕙將來要嫁的是侯府，若是傳了出去，當真還是一件麻煩事，方才滿腔的怒火也就不知不覺的散去一大半了。

周蕙聽劉七巧這麼說，正合自己的意思。王府家教森嚴，哪裡就像方姨娘想的這樣，姑娘家想插手什麼事情就能插手的？況且人家打的是青蓮院和紫薇院的人，壓根兒和自己沒關係，自己一個矜貴的姑娘家喜歡蹚這渾水才怪呢！也就是方姨娘那眼皮子淺的，覺得那樣在人前擺威風便有了體面，真真傻到姥姥家去了！

幾個人又閒聊了幾句，周蕙看著時間不早了，便起身告辭。出了青蓮院的門口，方姨娘的酸葡萄老毛病又犯了，甩著帕子道：「妳瞧瞧，如今太太沒醒，她們還真當自己是這院裡的小姐了，那劉七巧慣就一張巧嘴，還沒過門呢，就這麼不懂避嫌，果然是上不得檯面的人。」

周蕙見方姨娘自說自話還樂呵，也懶得搭理她，冷冷的笑了一聲。偏生那方姨娘覺得周蕙這是在笑劉七巧呢，心裡居然還偷著樂了起來。

王府西邊的二房，二太太正在房裡坐著，丫鬟們上前服侍著拆下她頭上的珠花步搖。二太太伸手一邊摘自己的耳墜子，一邊同她的貼身丫鬟道：「妳沒看見那徐側妃的樣子，簡直就是小人得志，今兒在我這邊支取了二百兩銀子，我尋思著她是怎麼花都花不光的，老太太說了，只唸上兩天就要燒了的，能花得了幾兩銀子？」

那丫鬟是她身邊房嬤嬤的孫女，在二太太跟前最是說得上話，只笑著道：「太太何必生這些閒氣，這給姨娘張羅喪事也不是什麼體面事情，太太何不好好的在家享享福罷了。就她那脾氣，翻不出什麼大浪來，如今大太太那邊也不知道是死是活的，太太妳這管家的位置可得坐穩當了，千萬別為了這麼一點兒小事，讓老太太置氣了。」

二太太點了點頭，往後面椅背上一靠，點頭道：「妳說得有道理，眼前可不能讓老太太不高興，太太這身子若是能好了，以後也鐵定是個泥菩薩，搬動不得的，少不了不能勞心勞力，哪裡還能管這一大家的事情，這節骨眼上，我若是能做得好，讓老太太高興，就能謀個長長久久的平安了。」

也不怪二太太著急，二房裡兒子閨女多，雖說每一項都有公中的慣例。可只要她掌家一天，自然這王府就不會分家，若是王府分家了，那憑二老爺的俸祿和自己娘家陪嫁來的那些嫁妝，可是不夠這一大家子的開銷的。

二太太這廂正和丫鬟嘀嘀咕咕的說話，外面的小丫鬟進來傳話，說是三姑娘那邊問太太是不是過去瞧一眼大太太，白天青蓮院裡面哭聲震天的，都沒人敢過去，這會兒晚上算是安生了，總也要過去瞧一眼的。

二太太想了想道：「妳去告訴三姑娘，方才青蓮院那邊有丫鬟來說過了，說是太太才醒，沒什麼精氣神，叫我們都別過去了，這會兒也晚了，就明天一早再過去瞧吧。」

周菁正在房裡等回話，聽丫鬟這麼說，氣得捶床道：「母親真是糊塗，別人都去了，就我們不去，老太太知道了會怎麼想？還以為我們二房的人都想著大伯母早點去了好。」

周菁想了想，自己一個姑娘家這麼晚過去也不方便，便喊了方才給二太太傳話的那丫鬟道：「妳這會兒去青蓮院外頭打探打探消息，只說是二太太喊了妳去問一聲的，天色也不早了，就說我們明兒一早就過去瞧瞧太太。」

青梅和劉七巧這會兒剛送了二姑娘和方姨娘離去，正在太太的房裡服侍。外頭琴芳端了一盞茶和一盤子小點心進來。「青梅姊姊，方才我遇見二太太房裡的珠兒，說是二太太讓她過來瞧一瞧太太。我說她一個二等丫鬟還沒混上，怎麼今兒這麼體面，直接跑我們這邊來了？被我一問才知道，原來三姑娘想要過來瞧太太，二太太那邊懶怠著動，三姑娘怕老太太知道了不高興，就讓她一個跑腿的丫鬟來我們這邊問了。」

青梅笑著道：「三姑娘倒是一個懂事的，我們這位二太太，說她傻吧，有時候太聰明；說她聰明吧，有時候又真讓人看著傻。」

裡頭正說著，外面小丫鬟輕聲道：「兩位姊姊，梅香院的小櫻姊姊來了，說是來問問太太的病情。」

劉七巧和這小櫻還算有點交情。梅香院住著的是二太太的表姪女趙紅芙，之前趙紅芙生病的時候，全賴劉七巧這邊延醫問藥，如今聽說是已經大好了，這小櫻對劉七巧自然是感激不盡的。

那小櫻見劉七巧迎了出去，有些不好意思道：「我們姑娘說隨便找個姊姊問問都是一樣的，不必七巧姑娘妳親自出來，姑娘原本是想自己來一趟的，又怕別人說她想著攀高枝，所以就只讓我悄悄的過來問一問。」

「你們姑娘有心了，只可惜這會兒太太還沒醒，究竟什麼時候醒過來也沒個定數，我們這滿屋子的人都還等著呢。」劉七巧說著，不由又嘆了一口氣，只覺得心情又沈重了起來。

小櫻忙勸慰道：「我們姑娘說，太太是她見過最寬大溫柔、嫻靜恭孝的長輩，必定好人有好報的。」

劉七巧點了點頭。「妳家姑娘說得真好，太太可不就是這樣的一個人嗎？」劉七巧又和小櫻嘮叨了幾句，見時辰不早，便開口道：「妳姑娘那邊離不開妳，早些回去吧，一會兒往西邊的門也要關起來了，別讓那邊人抓了妳和妳家姑娘的錯處。」

送走小櫻，青梅冷笑了一聲道：「瞧瞧，人家一個客人也有這樣的心思，她倒好，正兒八經的管家太太，也不過來走一趟。」

劉七巧笑著道：「妳也說了二太太如今是管家太太，這不貴人事忙嗎？哪裡有空過來？人家要的是氣派，妳說是不是？」

青梅噗哧了一聲，道：「說起氣派，我在房裡是沒看到，聽方才玉蘭說，妳今兒倒是氣派得很呢！」

劉七巧鬱悶的撇了撇嘴道：「妳還說，這杜太醫和杜大夫都在呢，妳就讓我出去做這事情，我本來也是一個貞靜嫻淑的姑娘家，生生就給妳逼迫成了潑婦一枚了。」

青梅扶著腰笑道：「妳說這話也不覺得臉上臊得慌嗎？我都替妳害臊了，貞靜嫻淑？這幾個字還真不配妳！依我說，妳竟是那『真不嫻淑』！」

劉七巧這會兒也沒脾氣了，果然是「真不嫻淑」比起「貞靜嫻淑」和自己更相配一點。

王妃這一次醒後又昏過去，直到第二天下午都還沒醒過來。杜若待在王府一天一夜沒回去，自然也是不大方便的，等杜太醫來的時候，便讓他在這邊照應著，自己回了杜家，洗漱一番打算繼續來王府值夜。

杜若是白白淨淨的男孩子，臉上都沒有幾根鬍鬚，誰知道在王府待了一晚上，這下巴底下居然長出幾根青色的鬍渣來。這下可是心疼壞了杜大太太，雖然知道王妃這次凶險，心裡卻忍不住責怪七巧，不該讓自己男人這麼受累的。

杜若在那邊打圓場道：「我一早就去客房睡了，哪裡能受累？半夜也沒有人吵我，王府是個清靜幽雅的地方，不過就是換了一張床，睡得不大安穩。再說這幾日就算我在家也睡得不安穩，這不剛從百草院搬出來，也不習慣。」

杜大太太忙讓丫鬟去準備了熱水，對杜若道：「你一會兒別著急走，先去老太太那邊請安了再走，知道不？」

杜若點點頭道：「母親您放心吧，我自然會過去的，只若是今兒王妃還沒醒，我沒準還要在王府再待上一晚。」

杜大太太聞言，只恨不得讓茯苓趕緊去給杜若收拾鋪蓋，杜若笑著道：「母親快別忙，王府一應東西都是新的，他們那種人家，講究著呢。」

杜大太太聽杜若這麼說，也只得放下了心來。一邊送他回院子裡，一邊道：「七巧身子也不好，王府丫鬟多，你好歹讓她多歇著點，別把自己熬壞了，以後吃虧的可是我們。」杜大太太從自己身體不好的經驗下得出的教訓是——女孩子一定要養得壯實一點，哪怕胖一點不打緊，但是不能瘦弱，不然不管以後生娃還是做什麼，總是吃虧的。

杜若見杜大太太這麼護著劉七巧，心下也高興，自然不會把昨天劉七巧又累暈的事情給說出去，只笑著道：「母親儘管放心吧，七巧就算再瘦弱些，憑寶善堂這招牌，等她過門了再慢慢養回來就是了。」

杜大太太見兒子開自己的玩笑，瞪了他一眼。「我這還不是為你好？你當我是整天閒著呢，這幾日為你準備聘禮，都忙得我頭大了。」

杜若聞言，覺得臉頰又泛紅了起來，一時間只低著頭不說話。

第八十九章

卻說邊關離京城六百多里路，因為昨天事出緊急，石頭只去了王爺以前的舊部那裡，讓他親派了六百里加急去往邊關送信，這一天一夜過去，信總算是到了王爺的手中。這幾日雖然休戰，但練兵卻一日不可廢，王爺收到信的時候正在校場上帶兵訓練。一聽說是軍營裡派來的六百里加急，王爺還以為是朝中終於擬定了來和談的大臣的名單，待到他打開信封，看完信上面的內容時，一張臉已經白得全無血色。

蕭將軍見王爺陡然變色，也不知出了什麼事，正想上前去問，王爺才恍似清醒了過來，轉身對蕭將軍道：「亦安，我要回京城一趟。」蕭將軍聞言，也是一驚，只開口道：「將帥沒有聖旨召見不得私自離營，到底出了什麼事情？」

王爺將手中的信紙揉成了團，握拳道：「王妃難產，如今孩子生下來了，可是大人生死未卜，我承認我這人英雄氣短兒女情長，我必須得回去看一眼。」王爺言畢，深吸一口氣道：「珅兒年少，還需要多歷練歷練，我就讓他留在你身邊好好學，他若是有什麼不對的，你儘管教訓就是了。」

王爺回到自己的營帳，見劉老二正在那邊為他整理平日所用的物件，便開口道：「老二，想你媳婦閨女嗎？快整理一下，同我一起回京。」

劉老二出來的時候曾經問過劉七巧王妃的產期，他記得是要到十月中旬的，如今王爺表情凝重的說要回京，聽他的口氣，卻不像是全軍要拔營回京的樣子，便只口問道：「王爺，莫不是京城那邊出了什麼事情？」

王爺一邊解開自己的戰袍，一邊道：「太太剖腹早產，生死未卜。」

劉老二一聽可不就急了，這剖腹早產，能做到的豈不是只有他那殺千刀的閨女？怎麼就遇上這種事情了？劉老二嚇得大氣不敢出，只急急忙忙上去服侍王爺換上了便服，開口道：「王爺，奴才跟您一起回去。」

這時候周珅聽聞消息，也從外面跟了進來道：「父親，孩兒要同你一起回京。」

王爺拍了拍他的肩膀。「擅自離營這是重罪，我這次回去看完了你母親，還要進宮向皇上請罪，你就在這邊跟蕭將軍好好待著，就當是將功贖罪。」

周珅聽王爺這麼說，也不好再堅持，只開口道：「那父親一路順風，若是母親大好了，記得早日寫信過來，也好讓孩兒安心。」周珅這一陣子跟著蕭將軍打過幾仗，幾番歷練之後，人看上去也沈穩了不少。

劉老二換上了衣服，跟在王爺的後面走出軍營，他那條腿前幾天剛下了繃帶，這會兒還不大索利。劉老二瞧見校場上一群人正在訓練，忽然從人群中竄出一個戴著紅纓頭盔的年輕人來，向劉老二揮揮手道：「二叔，你路上小心些，告訴我爹娘，等我當了將軍再回牛家莊孝敬他們。」

劉老二也不知道為什麼，心裡卻是一陣心酸，他這一趟來戰場，一個韃子都沒殺，反倒成全了王老四，如今他已經成了周珅手底下的一員猛將了。劉老二衝著他揮了揮手道：「知道了，我回去替你傳話。」

杜若洗過了澡，又去壽康居裡頭問過了安。杜老太太聽說杜若還要去王府，只蹙眉道：「不然喊店裡其他大夫去？這會兒你去人就能醒過來嗎？」

杜若想了想道：「王妃是七巧的乾娘，大長公主既然把七巧許配給我了，以後王妃自然也就是我的乾娘了，別的不說，只當我是去盡盡孝道的。」

杜老太太聽著杜若這話，雖然不怎麼順耳，卻也完全找不到什麼反駁的藉口，怎麼解釋都那麼合情合理。杜老太太這下也敗下陣來了，只能心裡嘆息道：這孫兒可真是老實得可憐啊，看劉七巧那個姑娘慣是靈巧會說話的，以後還不知道會被她怎麼欺負呢？杜老太太清了清嗓子，嚴肅的開口道：「不管怎麼說，如今你和七巧之間的事情還沒通明路，該避的嫌還是要避的。」

杜若連忙低頭，一副受教的模樣，杜老太太也只能隨他去了。

杜二老爺在王府待了大半天，喝著自己準姪媳婦沏上來的上等雲霧茶、吃著王府小廚房做的精緻糕點、手裡隨意翻看著幾本平日裡他帶著的書籍，好不愜意。

杜二老爺方才為王妃換了藥，見她身上的傷口癒合得極好，知道那番邦進貢的藥確實是一劑良藥，便悄悄的用指甲挑了一點用紙包給包起來，打算過幾日讓杜若這醫藥天才給研究一下裡面的藥材配方。如今王妃還沒醒過來，多半還是因為失血過多引起的，不過今兒一早的湯藥和天王保命丹都餵了進去，只要能吃得進去藥，醒來只是時間問題罷了，所以杜二老爺也覺得輕鬆了一點。

杜若回家換好了衣服，又按照劉七巧的囑咐去了一趟順寧路，把王府的事情說了一下。告訴李氏這幾日脫不開身回去，讓錢大妞好好照顧著李氏。劉子辰自從吃了杜若開的藥，咳嗽已好了很多，這幾日越發精神了，也好帶了很多，熊大嬸空出了手來，便把劉家大大小小的家務都給包了。

李氏聽王妃受了這麼大的磨難，只雙手合十唸起了阿彌陀佛，急忙喊了錢大妞道：「大妞，快去佛案前上一炷香，一會兒我們倆唸一會兒，為太太祈福。」

杜若交代完之後，匆匆忙忙又回去了王府，見杜二老爺蹺著二郎腿一派愜意的樣子，只上前問道：「二叔，太太的情況如何了？」

杜二老爺撚了撚山羊鬍子道：「傷口沒有紅腫化膿，脈象平穩，我倒是放心得很，只是這什麼時候能醒，倒是不能確定了。」杜若聽杜二老爺的判斷和自己一樣，這才鬆了一口氣。「太太可能是太過勞累了，這會兒處於深度睡眠狀態。」

「既然你來了，那我可就回家歇著了。」杜二老爺合上書本，又端起茶盞，將剩下的茶一飲而盡，笑著說道。

「二叔不回太醫院了？」

「皇上今兒一早傳我問話了，讓我從今天開始什麼都不用管，只負責王妃的身子，這不現在你在，我就可以回去歇歇了。」杜二老爺說著，起身拍拍杜若的肩膀，半真不假的玩笑道：「好好服侍你半個丈母娘，到時候她醒了，多添七巧一份嫁妝，咱們杜家不是賺了嗎？」

杜若徹底服了自己這位二叔，被他弄得哭笑不得，又不能搖頭，便只硬著頭皮點了點頭。門外面守著的一群小丫鬟們一時沒忍得住，只噗哧一聲笑成了一團。杜若頓時覺得自己的臉燒了起來，揹著藥箱往王妃的房裡鑽進去。

正巧劉七巧從裡面出來，見了杜若臉紅成了個螃蟹，便問道：「你這是怎麼了？快說，難道你又被別的什麼小丫鬟看上了不成？」

杜若瞪了劉七巧一眼，搖著頭繞過她進去了，外面的小丫鬟們見劉七巧出來了，急忙一個個都止住了笑，裝作一臉正經的模樣。劉七巧笑著道：「妳們一個個，還嫌昨兒我發落的人少了嗎？都在這邊杵著幹麼？快去廚房看看太太的藥熬上了沒有，葉嬤嬤那邊哥兒還要不要人照應？老太太那兒又派了人來問話，琴芳，妳去老太太那邊走一趟，方才杜太醫說的話妳也聽見了，就照實回了老太太去，讓她老人家安心。」

劉七巧正在廳裡頭指派人各司其職，外面小丫鬟進來傳話道：「七巧姊姊，親家奶奶來了。」真不愧是親閨女，老人家才一趟一趟的跑。

劉七巧聞言，忙親自迎了出去，上前扶了梁夫人進門道：「親家太太，昨兒多虧了您進宮求來的藥，杜太醫說太太的傷口癒合得極好，昨兒晚上掌燈時刻太太醒了一回，見著了哥兒，就又睡過去了，只是到這會兒還沒醒呢。」

梁夫人聞言，也是心中一緊，只問道：「杜太醫怎麼說？」

「杜太醫說，只怕是太太昨兒過度累著了，外加失血過多，人一時半刻的緩不過來，所以還處於深度的昏睡狀態。」劉七巧如實回話道。

那邊梁夫人鬆了一口氣。「這麼說來，性命已經保住了？」

劉七巧點頭道：「回親家太太，杜太醫是這麼說的，如果不出什麼意外，只等太太醒了就好了。」

梁夫人跟著劉七巧進去，見房間裡頭支開了半扇窗，角落裡的狻猊香爐中也換上了王妃最愛的香。雖然依舊是蓋不住那一股濃濃的藥味，總算也讓人心裡先安定了幾分。杜若正坐在床邊的墩子上為王妃診脈，臉上表情平淡，看不出個所以然來。

梁夫人落坐，外面早有小丫鬟們送了茗茶點心過來，梁夫人也沒心思吃，只喝著茶問道：「王爺那邊去信了嗎？」

「昨兒一出事就喊了人送去了，說是專門用了傳軍報的六百里加急，算算時辰，這時候也應該得到消息了，只是也不知道王爺走不走得開。」青梅說著，又上前為梁夫人添了一盞茶。梁夫人忙道：「妳快坐下來歇歇吧，這些事情小丫鬟做就好了，瞧妳這眼睛下頭的烏青，只怕是一夜沒睡吧？」

青梅自然是不敢睡的，劉七巧這兩日身上來了癸水，自己還虛弱著，昨天又發落了丫鬟們，到了晚上是睡得比豬還死。青梅雖然知道王妃一時半會兒醒不過來，奈何就是懸著心思，怎麼也合不上眼，竟是真的一宿沒睡。

劉七巧見了她這摸樣，便開口道：「姊姊快到外頭次間裡面休息一會兒，這會兒我和杜太醫都在，還有玉蘭和紫雲兩個小丫鬟看著，就算我們都不中用，還有親家太太在呢。」青梅也實在睏得睜不開眼了，便點了點頭，到外面的炕上和衣靠著睡去了。

沒過多久，老王妃聽說梁夫人來了，也從壽康居那邊過來了。昨兒沒見到已是失禮了，今兒怎麼也得見上一面。梁夫人聞老王妃也來了青蓮院，便從房中出來，兩人在廳裡坐了下來，聊了幾句。

這會兒也沒別人在場，可兩位老人家心裡卻各懷心事。梁夫人覺得，這林姨娘怎麼說一開始也是梁府的人，誰知道入了王府惹出這麼大的禍事來，心裡不安得很。而老王妃那邊，又覺得自己瞞著林姨娘的身世，明知道她是個禍害，還由著王爺把她留在了身邊，這才鬧出這麼大的事情來，也是悔不當初。兩人端著茶盞各自不語，都不知如何開口。

那邊劉七巧見了，便勸慰道：「老祖宗、親家太太，妳們也別太難過了，既然杜太醫說太太能醒過來，太太必定是可以醒的，大家只耐心等著便好了。」

劉七巧的話打破了尷尬，那邊梁夫人先陪笑道：「我這閨女，從小到大都被我寵壞了，從沒受過半點苦，嫁到了王府這麼好的人家，上頭又有老太太妳疼著，也算得上是享福的命了，誰知道竟然遇上這樣的難關。」

老王妃聽梁夫人這麼說，也一時感慨，她對這個媳婦也是沒得挑剔的，唯一就是太心善了一點，不管對什麼人都敬著三分，有時候難免讓人欺負到頭上。不過這倒也正好合了她的性子，反倒讓她這個當婆婆的越發在府中有了威嚴。

「妳也不用太難過了，太醫既然說了沒事，想必她也能熬過這一關。再說了，這哥兒才出生，她如何捨得丟下了不管？以後她要是不在，指不定別人怎麼欺負了哥兒，做娘的但凡懷了這樣的心思，自然是想長長久久的活著的。」

梁夫人聞言，擦了擦眼角的淚道：「如今也只能這麼想了，我統共有兩個閨女，一個閨女年前難產，一屍兩命就這樣死了。如今只剩她一個，本以為她命比她妹妹好，誰知道竟也有這樣的劫難。」

老王妃想起年前去的梁貴妃，心裡也是一陣惋惜，又瞧了一眼梁夫人，只覺得比上次見她確實又蒼老了些。

王妃這一覺睡得極長，竟是到了第三日的晌午還不見醒過來。杜若這都在王府住了幾晚了，每回回杜府，杜老太太就問道：「那王妃怎麼還不見醒過來呢？不會是不好了吧？」杜若這會兒心裡也沒底，不過從脈象上來看，還是一切正常的。便如實回話道：「估摸著也就今兒能醒了，二叔說若是再不醒，就施針試試看了。」

睡眠是重傷病人休養最好的辦法，所以杜太醫希望王妃能自然甦醒。可如今這兩、三天過去了仍沒甦醒的跡象，饒是像杜太醫這樣淡定的人，也微微有些不放心了起來。

劉七巧見青梅守了兩個晚上，走路都打起了飄來，便自告奮勇的守了大半夜，下半夜讓兩個小丫鬟輪流守著，她自己在軟榻上睡得人事不知的，醒來的時候竟是染了風寒，頭疼得都快炸了。

青梅見她鼻涕眼淚一大把的，只氣得心肝疼，又訓那兩個小丫鬟道：「妳們是死人啊，看著七巧沒蓋好被子，不能上去搭一把？這下好了，一個沒好，另一個又病倒了，倒是上趕著病了。」

劉七巧知道她這是感冒了，可是在古代感冒的死亡率也是能達到百分之十的，她可不希望她這感冒傳染給了別人，弄得王府裡到處都是感冒的可不好了。最關鍵的是，如今青蓮院還住著瑞哥兒，這金貴的小娃娃要是被自己傳染上了，那可了不得。

於是劉七巧只好讓小丫鬟向老王妃那邊回了話，就說自己染了風寒，不便待在府上，先出去養好了再說。老王妃原是不捨得她出去的，只想讓她去海棠院那邊住著，府裡人也好照顧，可轉念一想，府上的丫鬟終究沒有七巧家裡人可靠，也只好就允了。

第九十章

杜若走的時候，劉七巧還沒醒，杜若回來時，劉七巧已經坐著轎子回了順寧路上的劉家。劉七巧回家之後第一件事情，就是脫了衣服往炕頭上滾了一圈，抱著被子一臉的感嘆：果然做看護不是人幹的事，以前聽說自己醫院的看護一個月也得有不少錢，如今想想，這錢還真不是一般人能賺的。

錢大妞見劉七巧自己回來了，甚是奇怪，便問了她幾句，劉七巧只縮在角落道：「大妞，去熬一碗薑湯給我，昨兒晚上著了涼，這會兒正頭重腳輕呢。」

杜若回到王府，見劉七巧不在，便問了小丫鬟，那邊小丫鬟只老實交代，說七巧染了風寒，回自己家休養去了。杜若這會兒就跟腳底下沒生根一樣，恨不得馬上就去瞧瞧劉七巧，奈何杜二老爺還沒從宮裡過來，他一時也不敢走開，萬一王妃這時候醒了那可怎麼辦？

杜若等了好半天，就快等不及的時候，門外一個小廝飛奔的從外面衝進院子來，也不找人，只語無倫次的衝裡頭大喊。「快去稟報老太太，王爺回來了！王爺回來了！」

杜若這時候也精神一振，心道王爺回來免不了要問王妃的病情，只怕自己一時半刻也走不了，便只能暫且將劉七巧的事情放在了一旁。

這時候，青蓮院的門嘎吱一聲被人推了開，王爺一身風塵僕僕的從外面進來，雙眸通紅、兩頰長滿了絡腮鬍子，也沒來得及跟人招呼，便帶著一路的塵土走到王妃的床前。

「卿卿，我回來了。」王爺的聲音帶著長途跋涉的乾啞，沈得幾乎讓人聽不清。外面丫鬟婆子圍成了一圈，見了這樣的情形，早已跪了下來，個個都忍不住落下淚來。

王爺也覺得悲傷難耐，只將自己被馬韁勒傷的手掌輕撫過王妃臉頰，低頭落下淚來。

外面的葉嬤嬤早已經抱了瑞哥兒過來，急忙送到了王爺的面前。「王爺，這是瑞哥兒，老祖宗取的名字，意為天降祥瑞。」

王爺強忍住眼底的淚，伸手抱了孩子過來，龐大的身軀抱著瘦小的孩子，說不出的不和諧，眼看著他那不會抱孩子的架勢，孩子就要從他的胳肢窩給漏下去了，偏生還不肯鬆手，還往王妃的面前送了送道：「卿卿快看，這是瑞哥兒，咱們的小兒子。」

葉嬤嬤再沒忍住，摀著嘴哭了起來，又從王爺手上將孩子抱了回來。正打算要回去，卻聽那邊床上，王妃用極度虛弱的聲音說道：「瑞哥兒……王爺……我們的瑞哥兒……」

青梅當即喜極而泣，顧不得儀態，急忙轉身拉著杜若的袖子道：「杜太醫，你快看看太太是不是醒了，她說話了，你聽見了嗎？聽見了嗎？」

杜若站得遠沒聽真切，不過待他凝神時，卻看見王妃的唇瓣似乎有意識的動了兩下。杜若忙上前，按著王妃的脈搏測起來，那邊王妃居然已幽幽的張開眸子。雖然只有一條縫，可當她看見站在自己面前風塵僕僕、儀態全無的王爺時，閉上眼流下無聲的淚來。

杜若見王妃落淚，表明神智已然清醒，見脈搏穩妥，便退開了兩步，不打擾兩人的團聚。老爺一把握住了王妃的手，大掌將其包裹在內，抬手擦了擦她眼梢滑落的淚來，懺悔道：「都是我的錯，讓妳受苦了。」

一眾小丫鬟們哪裡見過他們家冷面王爺這種模樣？都感動得落下淚來，青梅急忙遣了眾人出去，獨留王爺和王妃兩人在裡面說話，自己則站在門口候著。王妃剛剛甦醒，精神仍是不濟，只看著王爺不停落淚，一時間卻也說不出什麼話來。

稍過片刻之後，兩人的情緒才算冷靜了下來，王妃一連昏睡幾日，開口的時更是氣若游絲。王爺安撫道：「卿卿，妳快別說話，讓太醫過來好好瞧一瞧。」王爺正要起身，卻被王妃一把抓住了掌心，王妃只覺得所觸之處粗糙不堪，側首看見王爺掌心的傷口，又傷心的落下淚來，抬眸看著杜太醫道：「麻煩杜太醫為王爺包紮一下傷口。」

王爺頓時覺得心中一熱，忍不住又要落淚，那邊王妃微微擠出一個微笑道：「妾身無礙，王爺還是去別處沐浴更衣，先拜見老太太吧。」

杜若見王妃臉色仍不好，知道她是強打精神說話，便道：「太太還是先休息，如今人已經甦醒，後面湯藥飲食跟上去，便能好得快些，太太不要操之過急，身子要慢慢養。」

王妃顯然也已疲累至極，點了點頭，又耷下眼皮睡了過去。

王爺這時候已經平靜了下來，彎腰為王妃掖了掖被子，轉身問杜若道：「王妃如今可是性命無虞了？」

杜若點頭道：「有皇上賜藥，太太的傷口恢復得很好，如今人既然已經清醒過來，應該是性命無虞了。」

王爺點了點頭，來到廳中，外面已有壽康居的丫鬟來問話，見王爺這滿面風塵的模樣，也是心疼不已。青梅見王爺出來，急忙迎了上去。「奴婢已經命人去備熱水了，王爺不如先洗個熱水澡，去去風塵。」

王爺想了想道：「不必了，妳們這邊已經夠忙亂的了，我還是去別處吧。」

青梅本想挽留一番，奈何她不是王爺的人，又怕別人說閒話，也只能任由他走了。

王爺前腳才走，後腳琴芳從外面進來對杜若道：「杜太醫，奴婢方才看見劉二管家了，他是跟著王爺一起回來的，這會兒王爺去了方姨娘那邊，二管家像是要回家呢，奴婢怎麼看著他是腿腳不大索利的樣子，兩個小廝正扶著他走路呢。」琴芳因為知道杜若和劉七巧的關係，故意跑來對杜若說這些，只巴望著以後劉七巧走了，她能頂一個好位置。

杜若聽她這麼說，見王妃已然醒轉，便辭了青梅往外頭追去，果然在大門口追上了劉老二和扶著他的兩個小廝。劉老二之前大腿骨斷了，才復原不久，又跟著王爺長途跋涉，兩天一夜的騎馬，患處又發作了起來，只腫得腿都直了。他又怕耽誤王爺的行程，一路忍著，等到王府的時候，腿已經痛得沒了知覺，連馬都下不來了。

杜若急忙上前，檢查了一下劉老二的傷口，看著應該是原來接好的骨頭又裂開了。杜若急忙喊人將劉老二扶上了自家的馬車，這才坐到了車裡面，低著頭恭恭敬敬道：「劉二管家，晚輩送您回去吧。」

劉老二見了杜若，自然是心中一喜，見他那靦覥的樣子，便笑著道：「你如今把我弄上了馬車，不送我回家，還能把我送哪兒去？」

杜若對這老丈人一向敬畏，當初就是他逼自己把婚書給寫了。不過杜若這會兒已經理直氣壯了很多，索性開口道：「劉二管家，實不相瞞，您不在京城的這段日子裡，我和七巧的婚事已定下來了，原本就只等王爺和您一起凱旋歸來，然後就上您家提親去的。」

劉老二哪裡知道這變數居然這麼大，只差點兒吐出一口老血來，指著杜若問道：「你好好說，什麼叫婚事已經定下來了？誰給你們定的？我是七巧的爹，她的婚事怎麼說還得我說了算。」劉老二是真疼劉七巧，猛然聽說劉七巧的婚事定下來了，第一個心裡反應就是捨不得、第二個反應就是杜若這是在說大話呢！

杜若連忙解釋道：「伯父您聽我說，婚事是大長公主保的媒，我祖母也已經同意了，只等著你們回來，就上您家提親。」

劉老二跟著王爺長期衙門宮門的兩邊跑，自然知道大長公主那是誰，聽說大長公主給劉七巧保媒，嘖了嘖口水，有點不可置信的問道：「你說實話，七巧是不是趁我不在家，又去幹什麼驚天動地的事情了？她從小到大就沒有讓我省心過的時候！」

杜若笑著道：「沒有，只不過大長公主病了，晚輩和七巧合力為大長公主治病，所以大長公主才給了這樣的恩典。」

劉老二這回是真高興，激動地一拍大腿，差點兒就疼得跳了起來。他跟王爺一樣，這兩天兩夜沒合眼，這會兒渾身上下又酸又臭的，臉上滿是鬍渣，倒像是逃難回來的一樣，露出一口白牙，哈哈大笑了起來。

春生熟門熟路的把車趕到了劉七巧家門口，熟門熟路的在門口叫門道：「大妞快開門，二管家回來了，快開門。」

錢大妞最近有熊大嬸幫做家務，輕鬆不少，眼下正在屋簷底下為劉七巧繡嫁妝，聽春生在外面喊，丟了手裡的活計往裡屋喊：「大娘，春生說大伯回來了，可不得了了！」

錢大妞說著，撒丫子就往門口跑，繞過了影壁急忙把門打開，正看見春生在那邊扶著劉老二從馬車上下來。錢大妞見劉老二這一臉狼狽樣，只詫異道：「大伯怎麼這樣了，倒是跟逃難回來的差不多，這腿是怎麼了？」

杜若和春生兩人架著劉老二往裡頭去，李氏對著鏡子理了理鬢角，也急急忙忙迎出去，見了劉老二這等模樣，忽的就鼻子一酸，哭了出來。劉老二見李氏站在那邊，腰身處已經有了淺淺的弧度，跛著腿往前走了兩步道：「我這好容易留了一條命回來，妳哭啥？」

李氏原本只摀著嘴落淚，聽劉老二這麼說，更是抑制不住傷心難過，只哭得更傷心了，上前道：「他爹，你的腿是怎麼了？咱們家剛才好了一個跛腿的，你怎麼也跛上了？」

這會兒大家都坐了下來，杜若才有空仔細檢查劉老二的大腿，如今大腿腫得厲害，一時間也不好上夾板，杜若便只給劉老二先敷了去痛消腫的藥膏，等過幾日消腫了，再看怎麼把大腿給綁上。

這時候熊大嬸也進來了，小王氏抱著劉子辰也來前頭看熱鬧，見了劉老二道：「二叔，你可回來了。」

劉老二見她們都在這邊，也很是詫異，李氏見他這一身髒亂的，便開口道：「大妞，妳先燒一鍋熱水，讓妳大伯洗乾淨了，其他的事情過會兒再說吧。」

杜若見全家人都在這裡，唯獨劉七巧不在，便問錢大妞道：「七巧呢？」錢大妞指了指房間裡頭道：「七巧一早回來喝了一碗薑湯就睡下了，這會兒正焐汗呢。」杜若轉身進門，見劉七巧正蓋著被子睡覺，額頭上雖然有些燙，不過身上倒是潮潮的，手心也帶著汗，並不是冰冷的，這才放下心來，坐在窗口的靠背椅上一邊看書一邊陪著她。

劉七巧一覺睡醒，正巧日落西山。杜若已經在茶几上點了蠟燭，正孜孜不倦的翻閱著手中的典籍。劉七巧睜開眼睛，悄悄的翻了一個身，盯著杜若看了半天，見他津津有味的模樣，一點兒都沒有發現她醒過來的意思，便開口道：「有你這麼陪病人的嗎？病人都醒了老半天了，也不遞一口水過來，我都快渴死了。」

杜若聽見劉七巧說話，才算是回過了神來，急忙起身倒了一杯方才錢大妞才換過的熱茶，遞給劉七巧道：「晚生錯了，還請七巧姑娘見諒。」

劉七巧捧著茶盞一飲而盡，又把杯子遞給他道：「還要一杯。」

杜若急忙又為她滿了一杯遞過去，劉七巧又喝了，總算覺得嗓子裡不那麼乾啞了，這才有些疑惑的問杜若道：「不對，這裡不是王府，你怎麼會在我家呢？」

杜若見劉七巧臉頰燒得通紅，一雙杏眼方醒過來也是濕漉漉的，中衣衣領又開那麼大，足以瞧見衣服裡的肚兜。雖然杜若很努力控制自己的視線，可還是會時不時的偏離軌道。杜若忽然覺得也口渴起來，搶了劉七巧手中的杯子，給自己也倒了杯水，仰頭灌下去，才開口道：「王爺回王府了，妳爹也跟著回來了，我送妳爹回妳家，所以就留了下來。」

劉七巧一聽劉老二回來了，只高興地歡呼了起來，也顧不得人還病著，掀了被子就要下床，被杜若伸手給按在了床上。「七巧，別動，妳能穿好了褲子再掀被子嗎？」劉七巧的臉頓時脹的通紅，她方才嫌穿著夾褲睡覺不舒服，所以下身脫得只剩下一條褻褲，方才那一掀被子，一雙光潔如玉的修長大腿就這樣露在了杜若的眼前……

劉七巧只覺得臉上燒得厲害，扭過頭，撇嘴對杜若道：「那你還不快出去？我、我好起來穿衣服啊！」

杜若抱著被子按住劉七巧的動作，這時聽劉七巧這麼說，才表情呆滯，急忙鬆了手退出門外去。劉七巧見他挽了簾子出去，這才掀開被子，從衣架上取衣服下來，穿戴整齊，又坐在妝檯前，將自己散亂的髮整理好，從妝奩中取一支平時不常戴的珍珠釵戴在鬢邊。

劉七巧對著銅鏡照了照，低下頭時發現自己的胸口此時已經鼓起了很明顯的弧度，再不是在牛家莊時雌雄莫辨的模樣了，頓時臉紅到了耳根，這種期待自己快快長大然後可以嫁人的感覺真的好奇特。前世的自己什麼時候關心過胸多大了？只關心過考試有沒有不及格……

第九十一章

劉七巧站起來，將房裡的簾子挽起，走到外間，順著就到了中廳，見劉老二已經換了乾淨的衣服，正坐在那裡喝茶。劉七巧看著劉二老臉上的風霜之色，竟有一種劫後餘生的感覺，只眼睛一紅，還跟以前一樣撲到他的懷裡，埋頭哭了起來。

「爹，您總算回來了，我們全家都盼著您回來呢！」劉七巧一邊哭，一邊蹭著劉老二的大腿，那邊杜若急忙道：「七巧快起來，大伯的腿上還有傷，剛上過藥，妳可別蹭糊了。」

劉七巧就說怎麼撲上去就聞到一股子膏藥味道，急忙起身擦乾了眼淚問道：「爹，您的腿怎麼了？」

劉老二只擺擺手道：「沒什麼大不了的，就是給韃子的馬蹄給踩了一腳。」劉七巧聽他說得輕巧，心裡還是忍不住突突跳動了起來，這馬蹄的分量有多重，劉七巧自然心中有數，不然為什麼古往今來多少人因為騎馬落得個終身殘廢的。換言之這一腳若是沒踩在劉老二的大腿上，隨便換個地方，劉老二能不能回來也兩說了。

劉七巧默默唸了一遍阿彌陀佛，開口道：「這次一定要讓母親去娘娘廟還願，若是沒有那平安符，後果可不堪設想。」

劉老二見劉七巧神神叨叨的表情，便笑著道：「妳不是從來不信這個嗎？什麼時候也這麼虔誠起來了。」

劉七巧一本正經道：「我才開始信，不行嗎？」

劉老二伸手捏了捏劉七巧的臉頰，搖頭道：「臉上比我走時少了幾兩肉，是不是在王府服侍人太累了？」

劉七巧搖了搖頭道：「那倒沒有，只是我長高了而已。」劉七巧挺了挺胸，亭亭玉立的站在劉老二面前，劉老二從上到下打量了劉七巧一番，心中也不無感慨：劉家有女初長成了，可惜便宜了杜家人。劉老二轉頭看了一眼坐在一旁的杜若，開口道：「我不在的這段日子，多謝杜大夫對她們的照顧。」

杜若連忙擺手道：「不敢當不敢當，不過是略盡綿力而已。」這略盡綿力也夠意思了，給兒子找了有名的先生、擺平了跟閨女的婚事、還全年不間斷給丈母娘供應安胎藥，又當全職的家庭醫生。劉老二想想杜若，年紀輕輕一小夥子，為了個自個兒姑娘做到這一步確實不容易，看來劉七巧這回是真沒看錯人了。

這時候李氏從外頭進來，見三人正坐著，便開口道：「她爹，晚飯已經做好了，請了大郎一起去吃吧。」

劉老二見李氏看著杜若那眉開眼笑的樣子，嘴裡還一口一個大郎，只感嘆道：自家媳婦也是一個耳根軟的，這都喊得那麼親切了！劉七巧急忙上前扶了劉老二往飯廳那邊走。

今天正好春生也在，杜若便讓春生去接了劉八順回家。劉七巧扶著劉老二從廳裡出來的時候，劉八順正好從門外回來，繞過了影壁就飛奔著撲向了劉老二。往常劉老二都是伸手就把他給抱了起來，這會兒腿正疼著，就只伸手摸了摸劉八順的腦袋。劉八順在劉老二的身上蹭了兩下，那邊劉七巧送了一個爆栗給他，道：「快先去洗手，一會兒過來吃飯。」

劉八順委屈的撇撇嘴，開始向劉老二告狀。「爹，您不在的時候，姊姊就知道欺負我。」

劉七巧瞪著眼珠子正要給劉八順爆栗，劉八順急忙接著說：「幸好杜大夫疼我，這就算扯平了。」劉八順說著，撒丫子就往房裡去了，氣得劉七巧直跺腳。

因為有杜若在，其他人都很自覺的就不坐下來吃飯，杜若笑著道：「伯母，不用講這規矩，喜兒她們也餓了，再說一家人一起坐著吃飯才熱鬧。」

劉七巧見李氏還要推辭，便開口道：「娘，你們就坐下一起吃吧，規矩我以後會慢慢教給八順和喜兒的，如今我們自己家裡，講這些規矩做什麼？爹才回來，總要坐下來陪他吃一頓團圓飯的。」

李氏拗不過劉七巧，便也添了碗筷讓大家夥兒都坐了下來，又乾脆讓錢大妞去後面請了熊大嬸和小王氏一起來。熊大嬸和小王氏死也不肯來，她們便只好一家人先吃了。

劉老二倒了一杯燒酒，少少的抿了一口，咂咂嘴道：「還是這京城的酒好喝。」一席上除了劉老二，只有杜若一個成年男人，杜若便承擔起了和劉老二聊天的義務，開口問道：「伯父，伯是不是當真不打了？」

劉老二又喝了一口酒，點頭道：「真不打了，我回來前兩天，才聽說那草原王已經死了，家裡幾個兒子正鬧矛盾，原先跟我們打的是他的四兒子和七兒子，在家巴著皇位的是他三兒子，如今這兩個兒子正回去搶皇位呢，哪裡有空再繼續跟我們打呢！」

杜若這也是第一次從邊關回來的人口中得到確切的消息，自然是放下心的點了點頭，又問道：「那這麼看來，伯父這次回來了，應該是不走了。」

劉老二嘆了一口氣道：「不走了，年紀大了，還是在家裡守著老婆孩子好，那戰場就是年輕人的地盤，我一個半老的老爺子，不去湊這熱鬧了。」

杜若也感嘆道：「伯父這麼想也好，如今伯母又有了身孕，少不得家裡得有個男人，眼下王府的事情只怕也不少，過一陣子伯父大概又要忙起來了。」劉老二蹙眉想了想，可不是王府接下去有不少大事情要辦？兩位姑娘要出閣、兩位爺要娶親。王爺雖說先行回京了，還少不得要進宮請罪，後面是福是禍的還說不清楚，樁樁件件確實也讓人頭疼。

劉老二點了點頭道：「王府裡的事情，主子們怎麼安排我們奴才便怎麼做，只不過七巧這件事情，倒是要好好安排一下了。」杜若這會兒想的也是這件事，如今劉老二已經回來了，這提親就要提上日程了，但是現在王妃的身子還很弱，王府裡的人也都沒什麼精氣神，總要再等一等，等大家夥兒都歇上了一口氣才成。

杜若現在才終於明白了究竟何為好事多磨。他雖然不能喝酒，這會兒倒確實很想搶了劉老二手中的酒杯，也狠狠的抿上一口了。

劉七巧似是看穿了他的心事，挾了一筷子菜送到他碗裡，開口道：「著急什麼？橫豎我要到明年七夕才能及笄呢，爹您是嫌棄我在家礙事了嗎？怎麼一回來就提這事情，我可不要那麼早就出嫁。」

李氏聽劉七巧這麼說，只嗔怪道：「這事哪有妳插嘴的分兒，雖說大事是要等到明年七夕才行，可眼下的幾件事情也是要辦一辦的，難不成說到了日子就能過去了？妳真當妳還在牛家莊呢？只花轎一來，直接上去就完事了？」

劉七巧這會兒是當真不明白了，這古代結婚到底有多少要講究的，不過似乎這些都跟她沒什麼關係，她此時需要做的，依然就是快快的長大。

用過了晚膳，杜若也要起身回家了，劉七巧把他送到了門口。門口昏黃的廊燈在風下微微搖曳，劉七巧抬起頭，看著杜若道：「傻子，快回去吧，你自己身子還沒好呢，這幾日來回奔波，沒睡好沒吃好的。」

杜若伸手握住了劉七巧的手，低下頭在手背親了一口道：「妳這是在心疼我嗎？」

劉七巧撇了撇嘴，只垂下眸子，小聲道：「我不心疼你，還心疼誰呢？」

杜若伸手揉了揉劉七巧的頭頂，淺笑道：「難得妳不毒舌我，我倒是不習慣了。」

劉七巧瞪了一眼杜若，咬了咬牙道：「別得了便宜賣乖，快早點回去歇著吧。你看看，腮幫子都凹下去了，看著真心疼。」劉七巧這還是第一次覺得看著杜若瘦削的臉頰，有一種刀割一樣的心痛。

杜若看著她紅紅的眸子，也是一陣意亂情迷，只看著她小聲道：「等回頭妳過門了，好好養我唄。」

劉七巧急忙搖頭，眨了眨眼珠子道：「才不要，我又不是養豬專業戶。」

杜若坐上馬車，在青石板上骨碌碌的滾動了起來，沿街的燈籠緩緩遠去，他撩開簾子看了一眼，小街巷裡頭各家各戶晚上聊天說話笑罵的聲音都落入耳中。杜若覺得，這種溫馨的感覺竟是他二十多年來從未感受過的。杜若靠在馬車壁上，笑著閉上眼睛，帶著一身的疲累在車中小憩了一會兒。

因為杜若回去晚了，杜大太太又在門口等著，見杜若回來了急忙迎了上去。「我還當你今晚又不回來了，可是聽你二叔說你是去了七巧家，我料想你也不會在她家留宿的。」杜大太太說著，連忙讓丫鬟拿一件披風給杜若披上了。「你這身子才好些就忙裡忙外的，明兒你在家歇一天吧。」

杜若伸手緊了緊身上的披風，轉身對杜大太太道：「母親，七巧的爹回來了。」

杜大太太聞言，也笑著道：「謝天謝地，總算是回來了，我這心裡頭這幾天正鬱悶了，你說七巧的爹是在邊關的，那刀劍不眨眼的地方，雖說我們這裡都預備好了，可萬一她爹要是有個三長兩短的，豈不是又要耽誤個幾年，這會兒總算菩薩保佑，一切都順順利利的。」

杜若也鬆了一口氣點了點頭，那邊杜大太太忙道：「你先去給老太太請安，就說今晚不走了，我就不去了，才從那邊出來，我去找你爹商量你和七巧的事情去。」

杜若聽杜大太太說得這麼直白，也覺得略不好意思，只低頭嗯了一聲，便朝著福壽堂的方向去了。

卻說王爺沐浴更衣之後，先是去壽康居拜見了老王妃，之後又往青蓮院看了一回王妃，才進宮面聖去了。

王爺去壽康居的時候，老王妃就遣了所有丫鬟到門外候著，不等老王妃開口，王爺就跪了下來，沈痛開口道：「兒子鬼迷了心竅，把那樣的禍害留在身邊，是兒子對不起王妃。」

老王妃頹然落坐，緩緩的嘆了一口氣，搖頭道：「這事情也怨不得你，我也是有責任的，我是年紀大了，本以為你們兒孫自有兒孫福，就疏忽了，倒是沒看出來那林姨娘還有這等血性，只可惜用錯了地方。」

王爺聽到這裡，心裡也萬般不是滋味，只咬著牙道：「誰又能想到她一介弱女子，苟且偷生已是不易了，竟會有這樣極端的想法……兒子本覺得她還算老實，就當她是個擺設，在王府養著，也不會礙到誰，誰知竟……」

「不知道的事情多著呢！當初她來的時候，誰能想到她是林邦直的女兒？這事情只怕還沒那麼簡單，最怕的就是皇帝也是知道她的來歷的，若真是這樣，那就太可怕了。如今你岳父獨領朝中文臣，你這次出征又有功，只怕皇帝眼下是倚重你，再過一陣子就要猜忌你了。」老王妃說著，只覺得心驚膽戰，想了半天才道：「不如還是趁這次你擅自離營為由，乾脆卸了在軍中的職位，在家榮養一陣子，一來多一點時間陪陪你媳婦，二來也好避一避這風頭。」

王爺心中也正有此意，便點頭道：「兒子也是這個意思，可是兒子轉念一想，若皇上也不知道這林姨娘的身分，是下頭人做了這手腳，那只怕就更可怕了，這明槍易躲暗箭難防啊！」

老王妃一時蹙眉不語，這件事確實關係重大，到底要怎麼處置還是一件發人深思的事情。王爺擰眉不語，過了片刻才開口道：「兒子以為，還是將事情全盤告知皇上。這林姨娘若真的是皇上布下的一枚棋子，那昔年兒子收下林姨娘的時候，皇上必定還有後招，可這轉眼十年過去，明眼人看著是風平浪靜到了極點。」

「可萬一皇上知道這件事，你又撞破了他的心思，那如何是好呢？」老王妃越發覺得頭疼上火，連連說了幾聲使不得。

王爺笑道：「我本就是為了請罪降職而去的，我既交出了權柄，他也無須再猜忌我，我便學著以前的晉王爺一樣，做一個閒散王爺罷了。」

老王妃合上眸子，只萬般無奈的點了點頭，放了王爺進宮。

誰知王爺這一入宮，直到戌時都沒有回王府，老王妃更是嚇得晚膳都吃不下，連忙讓丫鬟把二老爺給請了過來，讓他去宮門口給打探消息。二老爺一直在宮門口等到了亥時，也沒有一個遞消息的人出來，只好匆匆忙忙的回王府給老王妃回話。

老王妃嚇得一宿都沒敢睡覺，將衣服穿戴整齊，在佛堂裡面唸起了大悲咒，雖然這只是臨時抱佛腳的做法，可畢竟當成心裡安慰還是有用的。

到了第二日一早，宮裡頭倒是差人將王爺送了回來，只不過去的時候人是站著的，回來的時候人卻是躺著的。

原來昨天王爺前去告罪，皇上正在御書房約見幾個大臣，討論去邊關和韃子議和的事情。他雖然倚重這堂兄，可當著那麼多大臣的面卻也不好偏袒，只發了一通火，當場就砸了茶盞，命人將王爺押在殿前鞭笞三十。可憐王爺這一路上餐風飲露、快馬加鞭，身子都快熬乾了，自然是熬不過這三十鞭的，只打到二十鞭子的時候就暈了過去。這下皇帝也著急了，他一向自詡仁君，治國以仁，要是讓外面人知道自己把自己親堂兄給打死了，豈不是壞了名聲？於是急忙讓太監們送了王爺入宮裡伺候著，又宣了值夜的太醫瞧過了，直到王爺醒來，皇帝這才放下了心來。

王爺年少時曾跟在皇帝身邊做過兩年的御前侍衛，兩人關係極好。就在病榻前，王爺便把林姨娘的事情一五一十給說了出來。皇帝聽了這些，當時就愣住了，實在想不到十年前自己一個不經意的決定，居然造成了這樣的後果，只擰眉道：「當時人是朕賞的，人選是太后娘娘定的，那些姑娘裡的確是有罪臣之女，但是林邦直的女兒確實不在其中。」

皇帝也是一個雷厲風行的性子，當夜就命太監將當年送出去的那十多位美人的檔案翻了出來。在林姨娘的卷宗上面清清楚楚寫的是：林秀佳，江南海寧林家，因侵佔族人田畝，殘害宗族被抄家，有一女入教坊司，乙亥年送往京城。

皇帝指著卷宗道：「朕記得清清楚楚，當時朕還一再關照，這些姑娘並非是大奸大惡之人，多半只是因為家中父兄犯錯所以才牽連其內，朕這麼做，雖然不算為她們找了一個好歸宿，終究也是給了她們一處安身立命之所。」

王爺看皇帝的神色倒不像是在騙人，又繼續道：「若真的是這樣，那麼肯定是有人做了欺上瞞下的事情，且那個人定然是梁相的對頭。」皇帝想了想，早已心中有數，當年跟著他一起去江南的不過就那麼幾個人，這中間和梁相有過節的倒是好找得很。且這最後的人選是怎麼落到了梁相的府中，他也盡數回憶了起來。

第九十二章

次日一早，恭王爺被抬著回王府的時候，另外一道聖旨也悄悄的送到了鄭國公府上，皇帝竟然沒有半點先兆，只忽然間就下令褫奪了鄭國公家世襲的公爵之位，用的罪名竟然是意圖謀反！這簡直就是天大的帽子扣下來，只不過這帽子也是最好扣的，無論你有沒有罪，只要皇帝說你有，你便是連反駁都不成。

整件事情足以驚動朝野，嚇得一干朝臣連給鄭國公說情的膽量都沒有，生怕被皇帝治上一個連坐之罪。只暗中思忖這鄭國公怕是真的做了什麼大逆不道的事情。當夜，鄭國公在宮裡做婕妤的孫女懸樑自盡了。

彼時小梁妃正在錦樂宮沐浴更衣，聽見宮女慌慌張張的進來道：「稟娘娘，玉華宮的鄭婕妤死了。」

小梁妃冷不丁就在浴桶裡打了一個冷顫，扭頭問道：「好端端的，怎麼就死了？」這鄭婕妤還是當年因著小梁妃進宮的契機，鄭國公上下通融，總算是多均出了一個名額，讓自己的孫女跟著梁瑩一起進了宮。雖然入宮之後聖寵不多，但畢竟家世擺在那邊，倒也混了一個婕妤的封號。

小梁妃知道那鄭國公和自己的父親在朝堂上是死對頭，可偏偏也抓不到他什麼錯處，幾番短兵相接，實力也不容小覷。皇帝天生就是個老油條，慣得看下面的大臣互相掐架，最後自己當這個和事老，兩邊都不得罪人，穩穩坐自己的天下。

那宮女見小梁妃臉上並沒有什麼喜色，只又悄悄的湊到她耳邊道：「聽說今兒一早，皇上下旨把鄭國公的爵位給奪了。」

「怎麼那麼突然，之前半點風聲都沒有？我記得三年的科場舞弊案，我父親幾次上書彈劾他都被他給避過了，最近也沒聽說他犯了什麼事？」小梁妃自然不知道，這是十年前種下的因，十年後結出的果。只是得到這個結果，唯獨最無辜的人便是躺在青蓮院依舊病著的王妃罷了。

幸好王爺後背的傷不是很重，又有皇帝御賜的金瘡藥，沒過幾日就已經結痂癒合。王妃也是才醒過來不久，自然不能下床，便想著王爺能去別的姨娘那邊住上幾天。一來也好照顧自己身上的傷。二來，他出去這些個月，畢竟沒近過女色，既回來了，自然是要紓解一番的。

可王爺覺得心中愧對王妃，便沒心思去別的姨娘那裡，只一心一意的待在青蓮院，可憐青梅又要服侍王妃，又要服侍王爺。王妃躺在床上，見王爺粗手大腳的，手中捧著一碗藥想要過來餵她，便擺了擺手道：「不用你忙這些，倒是折殺我了，你回來也有幾日了，還是去別的姨娘那邊瞧瞧，方姨娘那邊，二姑娘大婚的日子也要定下來，如今我是操不得這心了，還要你這裡拿個主意。」

王爺這回雖然吃了皇帝的鞭子，但並沒有因此生出嫌隙，且皇帝褫奪鄭國公爵位的事情他也已經知道，倒沒料到王府內院的一件事情反而給梁相掃去了朝廷上最大的對頭。

王爺這邊正餵著王妃喝藥充當起好男人，老王妃那邊卻喊了丫鬟來傳話，說是請他往壽康居去。紫雲見青梅不在，便上前為王爺更衣，見他身後中衣上還染著藥膏，便往櫃子裡找了一件乾淨的衣服，低著頭臉色紅紅的給王爺換上了。

王妃靠在床頭，看著這姑娘小心翼翼的樣子，心裡也甚是讚賞。王爺進了壽康居，才知道原來是鄭國公府的老太君來了。鄭國公府出事的時候，老太君正在京郊的別院裡面度假，這冷不防的一道驚雷劈下來，著實讓年邁的老人嚇得不輕。

原本這林姨娘的事情已經過去了十年，鄭國公當時也不過就是隨意安排一下，他一個京城裡的酒色官員，哪裡能知道這林邦直的女兒有這樣的膽子，竟然敢殺人？原本他的如意算盤，不過就是想她如其他後院的女人一樣，讓梁相的後院添些堵，自己也好挑他一個治家不嚴的罪名罷了。後來聽說這林姨娘被恭王妃給領回了恭王府，鄭國公一早就把這事情給忘了。

誰知道這一晃十年過去，竟然落下了這麼大的罪名。若不是有機靈的下人打聽到那夜恭王爺是在宮裡過的夜，如此順藤摸瓜，鄭國公才算是恍然大悟，竟沒想到那林姨娘做出這等事來，只嚇得把十年前的事情和盤託出。

鄭國公府的老太君蕭氏是蕭將軍的親姑母。王爺和蕭將軍又有澤袍之誼，蕭老太君便想著，也不知道恭王府這趟後門能不能走通，所以今兒就來了。

見王爺進來，蕭老太君起身向王爺行了禮數。「老身見過王爺。」如今她男人的爵位被奪了，自己原本這正一品的誥命也沒有了，自然要向恭王行禮。王爺也是懂禮數的人，作為晚輩，向蕭老太君行了一個晚輩禮。

這邊老王妃一早已聽王爺說過了這事情的原委，從蕭老太君進來後就知道了她的來意。只是開門不打笑臉人，所以她也就在場面上招呼著。如今見王爺來了，老王妃便讓丫鬟們扶著起來道：「時候不早了，我也該去佛堂裡面替我兒媳婦唸一會兒經，保佑她早日康復了。」

蕭老太君聽著雖然有些刺耳，可也說不出半句話來，只勉強笑了笑，目送老王妃離去。這邊王爺開口問道：「不知老太君前來所為何事？」

蕭老太君心道：難道你們還不知道所為何事？既然你們不想說，那我也不說。蕭老太君只陪笑道：「聽聞王妃又為王爺誕下麟兒，老身是來賀喜的。」

王爺抿了一口丫鬟們端上來的茶盞，不緊不慢道：「那倒是要多謝老太君厚愛了，這幾日鄭國公府正是多事之秋，老太君還前來賀喜，晚輩愧不敢當，為免皇上多疑，老太君還是帶上賀禮回去吧。」王爺說著，臉上也是露出了凝重之色，只嘆息道：「臣為了大雍鞠躬盡瘁，只因為家中妻室命在旦夕所以擅自離營了一次，皇上就治了本王的罪責，在大殿前杖責本王三十鞭，著實讓人心寒。如今鄭國公一事，弄得朝廷裡也是人心惶惶的，晚輩倒是疑惑一問，這鄭國公到底做了什麼意圖謀反的事情，惹得龍顏大怒了？」

蕭老太君原本以為這恭王必定是知道其中緣由的，如今聽他這麼一問，心裡便疑惑了起來，開口問道：「王爺當真不知我家老爺所犯何事？」

王爺一臉懵懂的搖了搖頭，蹙眉道：「晚輩確實不知，鄭國公祖上是開國功臣，對朝廷一向是忠心不二，如今皇上竟然不念一點舊情，著實讓人想不透啊。」王爺是一門心思的想著裝傻，他就不信這蕭老太君能當著面把鄭國公的罪給說出來。

蕭老太君這會兒也懵了，只覺得大抵自己家所犯的事情絕對不止這麼簡單，若當真只是因為恭王府後院這件事情，恭王自己都不知道，如何會去跟皇帝講？皇帝既不知道，又如何會治自己家男人的罪？蕭老太君想到這裡，便料定了自家不成器的老爺定然還犯了其他的錯處，讓皇帝給抓住了！

蕭老太君見恭王府這路棋只怕是走不通了，便起身道：「家門不幸，多有叨擾，老身這就告辭了。」

王爺連忙起身恭送，又囑咐小丫鬟們把一應的賀禮全都一起給送出去。原本應該在佛堂的老王妃從裡間出來，搖頭笑著道：「沒想到你居然也沈得住這氣，方才我倒是忍不住激了她一激。」

王爺起身，扶著老王妃入座，擰眉道：「鄭國公太過小人之心，有今日的下場不足為惜。」

老王妃點了點頭道：「正是這個道理，在皇帝面前要小聰明的人，能有幾個有好果子吃的？還不如像你爹那樣，只一個勁兒的表忠心便好了。」

王爺點頭笑了笑，弓著身子在老王妃耳邊小聲道：「皇上的意思是，等這次大軍凱旋歸來，嘉獎恭王府襲三代郡王爵位。」王爺說著，只又嘆息道：「兒子本想給兒孫們賺一個世襲罔替的爵位，如今看來是不成了，不過兒孫自有兒孫福，我也管不著那麼多了。」

老王妃雙手合十，默唸了幾句阿彌陀佛，開口道：「哪有長長久久的富貴？便是朝廷也有個興衰榮辱，如今你能保得五代的榮華富貴，已是不易了。」老王妃說著，忽然又想起了一件事情來，便開口道：「七巧的事情，你也是時候上書了，如今大長公主已經保媒，想來過了年這事情也是要辦的，既然已經允了人家，就要給人家一個正正經經的體面，這才是我們王府做事的風格。」

王爺聽到這裡，蹙眉點頭，端著茶盞喝了幾口茶，將在軍中劉老二帶兵去救周珅的事情也一併說了。雖然是故意省去了那些聽著讓人提心吊膽的細節，可老王妃聽過之後，還是忍不住心跳加速。

「這是救命之恩啊！」老王妃嘆息道：「珅兒如今也大了，平常看著很是內斂，怎麼出去了卻還是改不了這衝動的毛病？不過也怨不得他，你年少時要不是你老子看著，也是一樣的。」

王爺這會兒沒有發言權，只有低頭聽著的分兒，一個勁兒地點頭說是。那邊老王妃擰眉細細想了想道：「不如這樣吧，把東北角上那一處薔薇閣闢出來，讓劉老二一家搬進來住吧。一來，如今七巧是你們的乾閨女，出嫁總要在王府走的；二來那薔薇閣本來就是以前你姑奶奶一家住過的房子，雖然在府裡頭，朝外面也是開著門的，好歹又僻靜又靠著王府，也好有個照應。」

王爺聽老王妃都安頓得妥當，點頭道：「一切有老太太作主就好了。」

劉七巧在家裡養了幾天，等回王府的時候已經是生龍活虎的，半點兒病氣都沒了。如今王妃的身子也好了些，一天也有一、兩個時辰能靠一會兒。劉七巧才回來，便急匆匆的往青蓮院跑去，直接衝到了王妃的房中，看見王妃正靠在那邊吃東西，雖然一張臉還是蒼白的多，可畢竟人已是清醒了過來。

王妃見了劉七巧，也急忙招手讓她過去，劉七巧紅著眼睛，走上前坐在王妃的床沿上，也不說話，只小心的靠在她的懷裡，竟是哭了起來。

「瞧瞧，我這開心果怎麼也哭了起來？真是讓人看了都心疼了。」王妃說話的聲音還如以往一樣溫婉柔軟，聽著就讓人心裡軟糯糯的。

劉七巧吸吸鼻子，用帕子擦了擦眼角道：「太太，都什麼時候了，妳還拿人尋開心？太太妳摸摸，我的臉都熬瘦了！」

青梅聽劉七巧這麼說，上前道：「妳這難道不是因為這幾日著了風寒，要清淡飲食，所以才瘦下去的嗎？」

劉七巧噗哧一下笑了起來。「太太您瞧瞧，我才要在您面前邀功，就又被她給揭穿了，我不管我不管，太太我是真瘦了是不是？」

王妃伸手摸了摸劉七巧的臉頰，她是最知道劉七巧的，她剛進王府的時候，還是一個青澀的小姑娘，臉上兩團的嬰兒肥，看著就惹人憐愛。如今是越發長大了，才脫了稚氣，自然是沒以前那樣肉嘟嘟的。

「七巧妳是長大了，也該出嫁了。」王妃說著，不由深深的嘆了一口氣。

想當初從牛家莊搬到城裡，總共就只有四輛馬車，還有兩車裝的是人。可誰知道這次從順寧路往王府搬，整整裝了十來輛車。劉老二最近腿腳不方便，所以沒往王府裡面跑，劉七巧又不想因為這事情去煩擾了貴人多忘事的二太太，所以只悄悄的跟杜若透露了一下，本來是想他喊上幾個力氣大的，多跑幾趟也無所謂，只要一天之間能把這些東西搬過去，到了那邊，他們一家人再慢慢整理就好了。

誰知道早上一開門，這門外一溜的馬車排成了一整排，堵得鄰居家都不好出入了。劉七巧昨兒聽老王妃吩咐，賞了薔薇閣的鑰匙之後，她就先去薔薇閣給看了一圈，見裡面的房屋、器具竟都是派了人修葺一新的，心裡自然是又感激又高興。

大長公主這樣的出家之人，難得涉世紅塵便做了一次媒人，這樣的風雅之事，早已經傳遍了整個京城。現在滿京城的大街小巷，都知道寶善堂未來的少奶奶是劉七巧。作為劉七巧的鄰居們也覺得很是光榮，一大早的就在門口看熱鬧呢。

周嫂子這會兒總算恍然大悟道：「以前看這寶善堂的馬車老往劉嬸子家跑，我一開始還以為是劉老爺病多，如今想想，怕是有別的貓膩了。」

一旁的張嫂也抱著懷裡幾個月大的孫子，點頭道：「我給七巧看過相，說她是金命，能富貴一生的，我當時還想著，這就一個下人家的閨女，哪裡來這麼好的運勢呢？」

周嫂子不以為然的笑了笑。「張嫂子妳算得那麼準，有沒有算到妳媳婦是個短命的呢？」

張嫂子只啐了一口周嫂。「妳這狗嘴裡吐不出象牙的，我得罪妳了嗎？真是的！」

李氏如今有了身孕，什麼東西都不能動，一早就被劉七巧扶上了前面的馬車。劉七巧站在院子裡，囑咐小廝們搬東西。劉子辰的病好了，前兩日劉老三那邊就派了車來接了回去。倒是熊大嬸跟小王氏商量了半日，最後決定留下來，照顧李氏日常起居。劉七巧想了想，李氏如今是不能動彈的，家裡的家事只讓錢大妞一個人做確實也累人，便答應了下來，只不過跟熊大嬸說好了，一個月給她一兩銀子就當是工錢。熊大嬸起初非不肯要，後來還是錢大妞勸道：「大娘妳這樣，七巧可不敢用妳，就是我，她還非要每個月給我一兩銀子呢，大娘不如就留著，這城裡東西多，難免看上了什麼，難道還讓家裡人給妳捎銀子不成？」

熊大嬸聽了覺得很有道理，就答應了下來。這會兒她正和兩個小廝搬著五斗櫥往外頭來。

劉七巧從庫房出來，對站在一旁的劉老二道：「爹，咱們家庫房哪裡來那麼大一個玉雕的，看著可值錢了，是以前王爺賞的嗎？」

杜若一聽，頓時就想起了以前他曾幹過的傻事，嚥了嚥口水，故作面癱狀地低下了頭，一副事不關己的模樣。那邊劉老二見杜若那尷尬的神色，早已經猜出了一二，只笑著道：「是王爺賞的，一起帶走了吧，那邊房子大，正好放在大廳裡的長案上，夠喜慶。」

杜若對老丈人的仗義執言很是感激，不然的話，讓劉七巧知道他做了這麼蠢的事情，可定還會被笑上一陣子的。眾人打包完畢，將一應物件都裝上了馬車，劉老二上前落了鎖，開口道：「裡頭還有幾樣東西是老爺子的，等他來了再過來看吧，這房子一時半會兒王府也不收回去，先就這麼放著吧。」

第九十三章

一行人駕著馬車，浩浩蕩蕩的來到了王府的西北角上。這一處薔薇閣是昔年王府的老姑奶奶住過的地方，老姑奶奶嫁得遠，偏生一輩子沒生出一個孩子來，後來男人死了，便回了王府住，二十年前南遷時，她不願意走，只在這邊守著，最後病死在這裡。如今這院子倒是有些年頭沒人住了，不過北遷之時，整個王府修葺一新，這邊也跟著一起修理了一番，後來就成了客院，並沒有什麼正經主子住過。

老王妃那邊也派了幾個專門做粗活的婆子過來幫忙劉七巧搬家，她們平常都是院裡的粗使婆子，見了劉七巧都要恭恭敬敬的陪小心，如今見劉七巧這麼體面，自然是越發小心服侍了。

劉七巧進了薔薇閣，這時候二太太身邊的房嬤嬤也帶著四個丫鬟過來，見了劉七巧便道：「七巧姑娘，這是二太太給妳挑的丫鬟，二太太說了，按府裡的慣例，每個姑娘是有六個丫鬟的，只不過這會兒幾個二等、三等丫鬟都有主子服侍，小丫鬟們又太不懂事，只怕不能好好服侍，還要在下面多訓練幾日才能送過來。」

劉七巧點了點頭道：「房嬤嬤回去回了二太太，我從小就沒人服侍習慣的，不用再給我添丫鬟了，這四個裡頭，我也只留兩個下來。」劉七巧說著，便抬頭瞧了一看房嬤嬤帶過來的這四個丫鬟，見綠柳也在裡頭站著，便朝她點了點頭。劉七巧將四個人都看了一遍，見其中有一個是原來林姨娘院子裡的，每次都是她搶先來找杜若去給林姨娘看病的。還有一個是在小廚房打雜的，許婆子常說她慣會偷懶。於是劉七巧就把綠柳還有另外一個她沒怎麼見過的小丫鬟給留了下來，其他兩個讓房嬤嬤都給帶走了。

房嬤嬤一走，劉七巧便開口問綠柳道：「妳怎麼過來了？不指望等世子爺回來了？」綠柳笑著道：「七巧，妳也知道我娘身子不好，我這不是想著以後跟著妳了，好歹到寶善堂請大夫可以少收些銀子，我也就謝天謝地了。」

劉七巧聽綠柳說得直白，忍不住笑了起來，不過劉七巧仔細想了想，最初進王府之時，真的一門心思直心腸對她好的，還真就只有綠柳一個人，她的性子和錢大妞差不多，只不過大妞從小沒了父母，比起綠柳來，看上去更有大人的範兒。

劉七巧聽她這麼說，只笑著道：「那我可收下妳了，不過有一件事我得給妳說明白了，杜大夫可是不收通房的。」

綠柳見劉七巧這麼直來直去的說，只憋得滿臉通紅。「妳這壞蹄子，跟我說這些做什麼？寶善堂那麼多小廝夥計掌櫃的，妳是怕嫁不掉我嗎？」

劉七巧聞言，只笑得前俯後仰的，直接推著綠柳往廳裡面去。

另外一個小丫鬟是二房那邊一個姨娘院子裡打雜的，說起來她這次能到薔薇閣還真虧二太太是個酸葡萄。二太太雖然心裡面也不怎麼受用如今劉七巧還占著一個姑娘的名頭，可她是當家太太，自然不能在這些小事上面做出上不了檯面的事情，該派的丫鬟婆子自然是要派的。有些王府的家生子不願意去，但有些是知道寶善堂名號的，又想著自家閨女的將來，便使了銀子給二太太下面的管事媳婦，想讓她們在二太太面前提一提。

這不提也不打緊，提起來二太太的醋罈子又上來了，只抱怨他們沒眼色，那寶善堂算什麼好地方？劉七巧一個鄉下丫鬟，就算進了寶善堂當大少奶奶，難不成就真風光了？在她看來，劉七巧也就值一個貴妾而已。所以這次，但凡使了銀子想過去的，一個都沒成，反倒便宜了這沒依沒靠的小丫鬟。

劉七巧瞧那丫鬟不過十來歲的樣子，心裡倒是有了自己的打算。

杜家一行人直忙到了晌午，春生拿著杜若給的銀子，到鴻運路上請了大家夥兒一起吃一頓。劉七巧領著那幾個丫鬟婆子把東西都一一整理好了，一家人這才算是有了閒工夫坐下來。

綠柳畢竟是王府家生的丫鬟，規矩上還是好的，一早就進了茶房，為一眾人都沏了茶送上來。杜若坐在那邊，眼看著大件的都收拾得差不多了，也略略放下心來。

劉七巧起身道：「嬤嬤們都歇一會兒吧，剩下的穿戴、衣服，我們自己整理就好，不勞煩嬤嬤們了。」劉七巧說著，給錢大妞使了一個眼色，錢大妞便進去房裡，每人送了一吊錢給她們打酒喝。送走了婆子們，這屋裡總算是安靜了下來，劉老二才回來便急著進府中拜見王爺，這會兒正好不在。

李氏看了一眼新宅子，只覺得自己有生之年居然能住到這麼好的房子，真是又欣喜又感嘆，這一切都是託了劉七巧的福。

綠柳一早就見過李氏，便規規矩矩的上前行禮道：「奴婢給夫人請安。」

李氏見綠柳穿戴得很是體面，和劉七巧也相差不了什麼，知道這定然也是府裡面的高級丫鬟，連連擺手道：「姑娘使不得，快坐吧。」

綠柳笑著道：「主子在哪有奴婢坐的分呢，從今往後七巧就是奴婢的主子。」綠柳說著，又給一旁的小丫鬟使了個眼色，那小丫鬟也福了福身子道：「奴婢青兒給夫人請安。」

李氏瞧著孩子長得瘦小，一雙大眼珠滴溜溜的，倒是惹人憐愛，便問道：「妳幾歲了，家裡還有些什麼人？」

那青兒小聲回話道：「奴婢十歲，家裡頭還有什麼人奴婢也不記得了，奴婢很小的時候就被人牙子給賣了，賣了好幾戶人家，前不久才到了王府裡來。」

李氏見著可憐，只伸手握著她的小手道：「怪可憐的！」說著，便把倚在她身旁的錢喜兒給拉了出來道：「妳以後就跟喜兒做個伴吧，她比妳小，妳多照顧她。」

青兒很懂事的點了點頭，心想這大概是另一位小姐了。

杜若吃過兩盞茶，眼看這天色不早了，便起身告辭。他今兒一早就過來幫忙，指揮若定，雖然沒做什麼體力活，但畢竟走來走去也不輕鬆，再加上中午只是隨常吃了一點兒，這會兒只怕也餓了。劉七巧家才搬過來，廚房還沒開伙，留他吃晚飯也不現實，便把他送到了門口。

杜若到了門口，回身看了一眼劉七巧，想了想道：「我爹娘已經商量好了，等過了王府小少爺的滿月宴就親自上門提親，既然有了大長公主保媒，那媒婆也不用請了，七巧，妳在家等著就好。」

劉七巧覺得臉上熱辣辣的，掐指算算，過不了幾日就是滿月宴了。如今太太身子越發好了起來，已經可以下床走動走動了，不過經歷了這一次重創，終究還是元氣大傷。好在宮裡頭三天兩頭的補品送過來，她如今也不著急，經歷了這一次之後，越發看淡了許多，只安安心心的養著，平日裡逗逗孩子，身子倒也恢復得不慢。

杜若回到家中，卻覺得家裡頭的氣氛似乎有點兒不對，他還同以往一樣，先是回自己的院子換了一套衣服，等去往福壽堂那邊請安的路上，卻見杜大太太的貼身丫鬟清荷迎了過來，攔住了他的去路道：「大少爺先往太太院子裡去吧，奴婢已吩咐廚房準備了你吃的東西，一會兒就送過來了。」

杜若心中覺得奇怪，便問道：「福壽堂那邊出了什麼事嗎？」

清荷搖了搖頭，道：「今兒下午梁夫人帶著聘禮上梨香院提親了。」杜若聽說梁夫人前來提親，第一想到的便是梁睿，梁睿比杜若小了有四歲，也是京中有名的才子，倒是和姜表妹同齡，竟是一樁好親事。

杜若正要開口，那邊清荷繼續道：「姜姨奶奶一開始以為是門好親事，就答應了下來，高高興興的往福壽堂去報喜，誰知老太太一問，姜姨奶奶說來求親的是梁二爺家的大公子，是梁府的嫡長子呢！那得意勁兒，簡直……說得自家姑娘是人見人愛花見花開的。」

杜若想了一下這幾次見姜姨奶奶的樣子，覺得清荷說得倒是很貼切，便笑了起來道：「妳說的倒是有意思，不過這樣說主子們長短是非是什麼道理？太太是這麼教妳的嗎？」

清荷一時得意忘形，這會兒聽杜若這麼說，只低頭認錯，又小聲開口道：「後來老太太一說，梁二爺家倒是有一個嫡長子，可那是個傻子，今年得有二十出頭了，因為是傻子，從未議過親。姜姨奶奶一聽可就傻眼了，派人立即去梁府問去，問過的下人回來回話道：梁夫人說了，大少爺那不是傻，那叫天真無邪。」清荷說到這裡，又忍不住笑了起來。

杜若這會兒倒是有些想不通了，接著問道：「後來呢？後來怎麼說？」

「還能怎麼說？這事姜姨奶奶已經應了，聘禮也都在梨香院堆著了，若是鬧得退親，姜姑娘的名聲還要不要了？也不知道姜姑娘是得罪了哪路神仙了，竟然這麼命苦！」

這會兒梨香院裡頭的姜梓歆方才哭過了一場，這眼珠子正跟那魚眼珠一樣，又紅又腫的。拿著白綾抹脖子吧，又怕嚇著了她娘。如今她哥哥姜梓丞已經去了玉山書院，家裡沒有一個作主的人，她們又是初來乍到回京城，今兒梁夫人來提親，祖母只高興得眼珠子都不會轉了，哪裡知道竟不是天上掉餡餅，而是掉了一個天大的笑話下來。

姜梓歆覺得這輩子算是毀了，嫁給一個傻瓜，做什麼名義上的梁家少奶奶，用她一輩子的幸福換這樣一個稱呼，這算哪門子的好事？姜梓歆照了照鏡子，看了一眼鏡中自己秀美的容顏，只暗暗垂淚。

外面的小丫鬟悄悄跑了進來，湊到她耳邊道：「姑娘，我方才瞧見大少爺回府了，這會兒正往太太的院子裡去呢。」

姜梓歆聞言，匆忙就站了起來，握住了那小丫鬟的手道：「一會兒妳遠遠的看著，見我掉下去了就大聲喊知道不？」

那小丫鬟拿帕子擦了擦眼淚道：「小姐，妳這又是何苦呢，這樣一來妳的名聲可就全毀了。」

姜梓歆低著頭，擦了擦眼淚道：「不然還有什麼辦法？若讓我嫁給那個傻子，不如死了好，眼下也只能這麼做了。」姜梓歆說著，理了理身上的衣裳，往杜家的園子裡去了。

杜家的園子裡有一片湖水，夏天的時候荷葉田田，臨岸的地方還建著水榭。此時已是深秋，湖裡裡的枯荷沒有起乾淨，看著倒是零落得很。姜梓歆站在水榭的欄杆邊上，只一個縱身便跳入了湖中。

那小丫鬟摀著嘴，見姜梓歆跳了下去，只驚慌喊道：「不好了、不好了，姜姑娘跳河了！」

杜若這會兒正跟清荷閒聊，已經到了如意居的門口，聽外頭這麼一聲大喊，匆忙回身喊了二門口兩個小廝道：「還不快去救人。」

一時間杜家的花園亂了起來，過往的幾個丫鬟婆子在岸邊伸著腦袋道：「快下水救人去，快去！」

幾個小廝這會兒也顧不得其他，只能脫了鞋襪，硬著頭皮下去救人。

杜若往回走了幾步，又想到姜梓歆畢竟是個姑娘家，這會兒只怕是一時想不通所以才自尋短見，如果自己貿然前去，免不得讓她越發羞憤了，於是停下了腳步，道：「清荷，我就不過去了，妳快去太太房裡，取一件披風送過去，這會兒天冷，別讓姑娘受涼了。」

清荷知道杜若的難處，點了點頭。「大少爺還是迴避一下得好，一會兒奴婢過去說一聲，只讓丫鬟小廝們千萬別把這個事情往外頭傳，反倒壞了姜姑娘的名聲。」

杜若雖然沒過去，畢竟還是對這位表妹很關心的，便吩咐道：「妳也不用回來，就在那邊幫忙，照看好了再回來也不遲。」

清荷拿了披風出去，正巧遇見杜二太太跟杜茵從舅老爺家赴宴回來，送她們回來的正是齊家的表少爺齊昀。她一心想把杜茵給了她這姪子的，這樣也好親上加親，杜茵也不用去了陌生人家受婆婆的氣。只不過經過了上次燈會的事情，杜茵對這個表哥已經是失望透頂，見了他就覺得心煩。每每以前能哄得自己開心的小玩意兒，如今見了越發覺得他幼稚得很，整日裡不唸書做學問，就知道玩。

那表少爺送了她們進來之後，正想再坐一會兒好討杜茵的歡心，偏生杜茵卻不想理他。一行人正往裡面走呢，小丫鬟上前來道：「回大姑娘話，那邊姜姑娘投了河，小廝們正救她呢。」杜茵也不是愛看熱鬧的人，只開口道：「我們走我們的。」

這邊正說著，那邊河邊上幾個小廝已經合力將姜梓歆給拉了上來。只見姜梓歆那蒼白的臉頰上貼著一縷烏髮，纖長的睫毛微微翹著，緊閉著雙眼似乎很是痛苦。那表少爺平常見的姑娘們哪裡有這樣姿色的，只覺得心裡一動，腳步就忍不住上前了兩步。丫鬟小廝都知道這是二太太娘家的表少爺，俱都恭敬有禮的退了兩步向他行禮。

齊昀低頭看了姜梓歆兩眼，蹙眉道：「這位姑娘只怕是喝多了水吧，你們誰過來幫她壓壓肚皮？」

卻說姜梓歆其實並沒有暈過去，她從小在江南長大，姜家在那邊也有幾個莊子，她小時候曾學過鳧水，這會兒之所以還閉著眼睛不醒過來，無非就是等著杜若過來。誰知道半路上居然殺出一個程咬金來，這會兒冷風一吹，姜梓歆只覺得自己凍得都要顫了起來，偏生杜若還是沒有過來。

杜茵見齊昀愛看這樣的熱鬧，這會兒已經不知道是喜還是怒了，只冷冷道：「表哥素來憐香惜玉，姜姊姊這會兒沒醒，表哥還是救人要緊吧。」

齊昀以為杜茵是真心這麼說，只單膝跪地，伸手便按住了姜梓歆的小腹，想將她腹中的湖水給擠出來。可惜姜梓歆並沒有喝幾口水，這一掌下去倒是漏了氣了，只得假裝咳了幾聲，微微張開眼睛看了眾人一圈，忽然眼珠子一紅道：「你們讓我死吧，為什麼不讓我死了算了！」

這齊昀姜梓歆也見過幾次的，自然沒看上，可如今杜若又不在，一圈圍著的都是小廝，不把這根救命稻草給抓住了，她這輩子就只有嫁傻子的命了。姜梓歆也顧不得其他，撲在齊昀的胸口嚶嚶的哭了起來。

這會兒清荷正巧過來，嚇得拿著披風連連退後了幾步，見杜茵早已經變了臉色，哼了一聲甩袖就走了。齊昀被一個美人抱著，眼看著杜茵拂袖而去，卻也動彈不得。清荷知道這下子只怕是要亂套了，急忙上前遮了披風，對齊昀道：「表少爺還是快些送姜姑娘回梨香院吧，這裡人多嘴雜的，對姑娘名聲不好。」

齊昀這會兒總算也明白了些什麼，姜梓歆見齊昀面露難色，索性一閉眼假裝暈了過去，來一個人事不知。齊昀這下沒轍了，只能用披風包裹著姜梓歆，將她送往梨香院。

這會兒沈氏得到消息，正從梨香院出來，見一個陌生男子抱著自家的閨女從外頭進來，這一顆心早已經不知道往哪邊放了。

福壽堂那邊，姜姨奶奶聽說姜梓歆投河，兩眼一翻就暈了過去。嚇得杜老太太急忙讓杜大太太去請大夫，杜大太太無奈，只得把在自家院子裡躲著的杜若給請了過去。杜若為姜姨奶奶施針後，她老人家總算醒了過來。此時外面的小丫鬟進來回報道：「老太太、姨太太放心，姜姑娘已經救起來了，這會兒被齊家表少爺送回了梨香院去了。」

姜姨奶奶這會兒兩隻眼珠子已經直了，覺得只要是個男人總比傻子好，只急忙轉頭問杜老太太道：「那……那齊家少爺是個什麼人？」

杜老太太如實道：「是我二媳婦娘家的少爺。」

杜二太太前面走得急，逕自就往自己院裡來了，才歇了一口氣，後面杜茵從門外進來，揮手就打翻了一套桌上的茶盞，恨恨道：「一個是狐狸精、一個是色鬼！」

杜二太太何曾聽見杜茵說這話，嚇得急忙上前問道：「妳這是怎麼了？誰又得罪了妳，快說說？」

正這時候，院外有個小丫鬟扯著嗓子道：「二太太，表少爺抱著姜姑娘往梨香院去了。」

「什麼？」杜二太太這會兒也明白過來了，拉著杜茵的手道：「我方才特意走得快，讓妳好和妳表哥說上兩句話，妳怎麼讓妳表哥給走了呢？」

杜茵扭著帕子道：「表哥表哥，有什麼好的？娘您看錯他了，他就是一個沒用的色鬼！我就不信，沒了他我還嫁不出去了？」杜茵說著，趴在桌上嚶嚶的哭了起來。

姜梓歆這一場戲作得不成功，凍壞了自己也沒撈到正主。如今正主正一本正經的坐在她的床頭為她把脈。

姜梓歆看了杜若一眼，見滿屋子的大人們都站著，一時間只不知道說什麼好。她原本的如意算盤打得實在不錯。想著杜家也是知書守禮的人家，若是她被杜若看了去，總要給她一個交代的。如今劉七巧既然定了下來，自然是推託不掉的，到時候她若是退一步，說願意嫁給杜若，效仿古代娥皇女英，只怕杜家人未必就不同意了。況且她從杜老太太的言語中也知道她對劉七巧這個孫媳婦不盡滿意，所以她便橫了心這樣搏一搏。

誰料到人算不如天算，杜若懂得避嫌之道，卻有人伸長了脖子上來。姜梓歆想到這裡，傷心的眼淚就如斷了線的珍珠一樣啪啪啪的落了下來。

姜姨奶奶見好好的孫女兒如今成了這樣，傷心欲絕，一邊抹淚，一邊對杜老太太道：「老太太可要為歆兒作主，這樣她這輩子也不要活了。」

杜老太太這會兒也是難辦了，外面齊昀還坐著，杜老太太想了想，對一旁的丫鬟道：「去把二太太請過來，告訴她我有事和她商量。」

杜二太太這會兒正在院子裡鬱悶，聽見外頭說老太太傳她去梨香院，頓時覺得大事不好了。一旁的杜茵這會兒止住了哭聲，用帕子擦了擦眼角道：「老太太讓妳去，那妳就去吧。反正我是不稀罕表哥的，隨她們怎麼著吧。」

杜二太太心裡也是千萬頭的草泥馬咆哮而過，端著笑臉進了梨香院，見大廳裡頭三堂會審一樣坐著，小心翼翼開口道：「老太太喊媳婦過來，到底是為了什麼呢？」

杜老太太開門見山道：「齊家少爺是妳娘家的少爺，他的事我不好插嘴，妳好歹是他親姑媽，妳來看看這事到底應該怎麼辦吧？」

杜二太太依舊裝傻，只問道：「到底是什麼事啊？」

姜姨奶奶見她裝傻，和沈氏兩人都聳了聳肩哭了起來。杜老太太被這哭聲弄得心頭煩亂，開口道：「歆丫頭想不開投河，正巧被齊少爺給救了，這本是一件好事，只可惜這歆丫頭才有了親事，如今又出了這樣的事，人家那邊也不好說呀！」

杜二太太被說得丈二和尚摸不著頭腦，她就今兒出門了一天，怎麼就發生了那麼多事情，這姜梓歆是什麼時候有了親事？她怎麼就一點兒也不知道。杜二太太還想再問兩句，誰知道姜姨奶奶卻一錘定音的拍板道：「如今事情都已經發生了，那邊的親事自然不能應了，還望二太太去跟妳家舅爺說一聲，就說我們姜家等著他來提親了。」

這會兒就連齊昀都暈了，直接站起來道：「我想娶的是表妹，不是這什麼姜姑娘啊！」

杜二太太見齊昀這糊塗樣子，一句話把自己閨女都說得不檢點了起來，只氣得絞了帕子厲聲道：「人生大事自古都是父母之命，媒妁之言，誰准你這樣胡說八道的，你表妹清清白白的姑娘家，你說這些渾話，她以後還要不要嫁人了？」

齊昀見一向偏疼自己的姑姑說出這樣的話來，只嚇得低著頭不敢反駁。杜二太太這會兒也只能打落了牙齒和血吞，咬牙道：「你一會兒早些回去，明兒等我去了你家再跟你父親提這個事情！」

晚上杜大太太回到自己院中，特意喊了杜若過來，驚魂未定道：「今兒幸虧你長了心眼沒過去，不然可不就是要賴上你了，這姜姨奶奶一家我可算看出來了，都是不簡單的人啊，今兒說出那些話，明擺著就是要吃定了你二嬸的娘家了。」

杜若倒是沒把人想得那麼有心計，只笑著道：「娘您不必擔心，我和七巧的婚事如今整個京城的人都知道了，還能反悔不成？難不成姜姨奶奶會讓表妹給我做妾？」

杜大太太心裡倒是不敢確定，姑娘家沒了名聲，做妾也不是不可能。不過姜家指望著姜梓丞考科舉，應該也不會把自家的閨女給人做妾的。杜大太太想明白了這一點，心倒是放了下來，只開口道：「今兒恭王府送來了請帖，三日後是小少爺的滿月宴並認七巧的認親宴，請了我們一家過去，老太太那邊正在挑禮物，不然你也過去瞧瞧？」

杜若推辭道：「我不過去了，方才送來的東西還沒吃，等吃過了回自己院子去。」

杜大太太看了一眼自己瘦弱的兒子，為了追兒媳婦也是滿拚的，不過她自己本就是被杜大老爺寵在了掌心裡頭疼著愛著，見兒子像爹自然也是高興的。只又開口問道：「七巧那邊都安排好了嗎？」

「都安排好了，王府一早就有安排，進去就可以住，那院子很好，跟我現在住的品芳院差不多大，七巧家人不多，住著也正好，難得的是那院子有獨立的門口，不用從王府過，還清靜。」

杜大太太只點了點頭，嘴角微微翹著道：「我這幾日把提親所要用到的聘禮也都列好了清單，前天我看了黃曆，這月二十八是納吉的好日子，你和七巧的八字我也拿去合了，批的是：男木女水大吉利，家中財運常進室。常為寶貴重如山，生來兒女披青衫。」

杜若對這東西並不是很相信，不過見杜大太太笑容滿面的樣子，便知道一定是好兆頭。

杜大太太歡歡喜喜道：「老太太看了這籤文，直笑得合不攏嘴道：『生來兒女披青衫，那可不得了了，這家裡只怕是要出狀元爺了』！」

杜若見杜大太太高興，又同她多聊了幾句，過了掌燈時分才回到了自己的院中。

劉七巧送走了杜若之後，便回屋把箱子裡的衣服都整理到了櫃子裡，又給各人找了房間，各自都分配好之後，也累得快趴下了。這一看時辰，可不又到了飯點。錢大妞急忙揣著菜籃子道：「七巧妳等著，我這就出門買菜去。」

錢大妞前腳要走，後腳朝著王府那邊的小門外有人敲了敲門道：「七巧姊姊開個門，太太囑咐奴婢送菜來了。」

錢大妞急忙上前開門，見門外站了五、六個亭亭玉立的姑娘家，皆是一色嫩綠色的丫鬟裝扮，穿戴得俏生生的，臉上都帶著笑，低頭站在後頭。琴芳見了錢大妞，也聽說過七巧家是有個丫鬟的，便照應了一聲道：「這位姊姊，這些都是太太賞給七巧姑娘和嬸子的。」

錢大妞愣了半刻，這會兒總算反應了過來，急忙靠邊站了，伸手引了人進來道：「姑娘妳裡面請吧。」

劉七巧這會兒從廳裡面出來，見琴芳領著一群小丫鬟進來送飯，只謝天謝地道：「就知道太太疼我，知道我這忙了一天連一口熱飯都沒吃到，就給我送來了。」

琴芳笑著道：「七巧姊姊早些用膳吧。太太說一會兒請嬸子過去聊一會兒，劉二管家今兒在外頭陪著王爺用膳，這會兒就不過來了，也讓奴婢來說一聲。」

劉七巧點了點頭道：「妳回去回了太太，一會兒我就跟我娘一起過去見過太太。」

琴芳點了點頭，領著小丫鬟們放下食盒就走了。劉七巧上前打開長案上放著的食盒，見了一色的好菜，只覺得口水都要流下來了，急忙照應著錢大妞，把飯菜都給擺好了。

劉七巧坐下來吃飯，綠柳便上前為她滿了一碗飯，又照著以前服侍世子爺一樣，用公筷挾了幾樣小菜放到她面前的菜碟中，這才恭恭敬敬的退後了幾步。這樣一番動作之後，原本很隨意的錢大妞頓時就隨意不起來了，只學著綠柳的樣子垂首侍立在一旁。

錢喜兒扶著李氏出門，又去喊了劉八順出來，正要往桌上坐，被錢大妞一把拉住了，湊到她耳邊小聲道：「等七巧姊姊和大娘吃完了我們再吃，知道嗎？」

錢喜兒雖然年紀小，可看著另外兩個姑娘都站著，自然就不好意思了，只低著頭不說話。

劉七巧見眾人這拘束的樣子，頓時覺得這樣下去也不是辦法，要還是按照以前的辦法，主子下人坐在一桌上吃飯，只怕綠柳和這新來的小丫鬟不習慣。況且外面還有兩個洗掃婆子，既然都是下人，倒不能太分得三六九等的。劉七巧想了想，既然李氏已經在錢寡婦的面前誇下了這海口，那麼錢喜兒不管是當養女也好，當童養媳也好，該給的體面還是要給的。女孩子要嬌養，既然以後這姑娘要成為自家弟弟的媳婦，那從現在開始養好一點，不說讓她跟城裡的姑娘一般，但也不能讓人看著太小家子。

劉七巧拍了拍身邊的位置，對錢喜兒道：「喜兒，坐這邊來跟我們一起吃。」

錢大妞聽見劉七巧說這句話，心裡一陣感激，差點兒將淚珠子都給憋了出來，蹲下來拍了拍錢喜兒的肩膀道：「喜兒，七巧姊姊讓妳上桌吃飯，妳就坐過去吧。」

錢喜兒怯生生的看了一眼李氏和劉七巧，腳下卻沒敢動，她依稀想起來她們一起從牛家莊出來的時候，她姊姊跟她說的話，忽然間就低下頭，吸了吸鼻子道：「七巧姊姊，你們吃吧，喜兒不餓，喜兒跟我姊姊一起吃。」

劉七巧倒不知道錢喜兒這會兒已經有點懂事了，雖然說話間帶著幾分委屈，但畢竟還是忍住了上桌的慾望，這對一個小姑娘來說已經是難能可貴了。劉七巧笑著道：「喜兒快上來吧，一會兒八順吃完了還要進去寫大字，妳得給他磨墨，不然他寫不完今晚又要睡得晚了。」

錢喜兒聽劉七巧這麼說，一下子就堅持不住了，連忙點了點頭，在劉七巧的身邊坐了下來。錢大妞上前為她裝了一碗飯，和另外三個丫鬟服侍著她們幾個人先吃了。

劉七巧吃完了飯，起身對大妞道：「妳們三個就在這邊吃吧，吃完了往廚房裡收拾收拾，讓外頭婆子和熊大嬸都吃了，這些碗碟都是王府的，估計也貴得很，明兒一早我得給太太還回去。」

——未完，待續，請看文創風432《巧手回春》4

文創風 431

巧手回春 3

國家圖書館出版品預行編目資料

巧手回春 / 芳菲著. --
初版. -- 臺北市 : 狗屋, 2016.07-
冊 ; 公分. --(文創風)
ISBN 978-986-328-616-5(第3冊:平裝). --

857.7 105008043

著作者	芳菲
編輯	張蕙芸
校對	黃亭蓁　許雯婷
發行所	狗屋出版社有限公司
地址	台北市104中山區龍江路71巷15號1樓
電話	02-2776-5889～0
發行字號	局版台業字845號
法律顧問	蕭雄淋律師
總經銷	知遠文化事業有限公司
電話	02-2664-8800
初版	2016年7月
國際書碼	ISBN-13　978-986-328-616-5
原著書名	《回到古代开产科》，由北京晉江原創網絡科技有限公司授權出版

定價250元

狗屋劃撥帳號：19001626

網址：love.doghouse.com.tw　E-mail：love@doghouse.com.tw